本书为教育部人文社会科学研究一般项目（青年基金项目）"格律诗句法结构与节律结构关系研究"阶段性成果（项目编号 15YJC740068）

汉初五言诗句法结构
与节奏互动关系研究

宋　曦　著

浙江工商大学出版社
ZHEJIANG GONGSHANG UNIVERSITY PRESS
·杭州·

图书在版编目（CIP）数据

汉初五言诗句法结构与节奏互动关系研究 / 宋曦著.
— 杭州：浙江工商大学出版社，2021.10
ISBN 978-7-5178-4682-6

Ⅰ.①汉… Ⅱ.①宋… Ⅲ.①五言诗—诗歌研究—中
国—汉代 Ⅳ.① I207.22

中国版本图书馆 CIP 数据核字（2021）第 207625 号

汉初五言诗句法结构与节奏互动关系研究

HANCHU WUYANSHI JUFA JIEGOU YU JIEZOU HUDONG GUANXI YANJIU

宋　曦　著

责任编辑	张莉娅　姚　媛
封面设计	林朦朦
责任校对	鲁燕青
责任印制	包建辉
出版发行	浙江工商大学出版社
	（杭州市教工路 198 号　邮政编码 310012）
	（E-mail：zjgsupress@163.com）
	（网址：http://www.zjgsupress.com）
	电话：0571-88904980，88831806（传真）
排　　版	杭州彩地电脑图文有限公司
印　　刷	浙江全能工艺美术印刷有限公司
开　　本	889mm×1194mm　1/32
印　　张	8.125
字　　数	207 千
版 印 次	2021 年 10 月第 1 版　2021 年 10 月第 1 次印刷
书　　号	ISBN 978-7-5178-4682-6
定　　价	45.00 元

　　汉初五言诗代替四言诗成为主要的诗歌形式，是中国诗歌发展史上的一个重大事件。本书试图通过这两类诗体在语言形式与节奏的相互关系来探讨它们转变的语言学动因。关于语言形式，本书从句法结构和词汇两方面考察这两类诗体。关于节奏，本书有两个假设，一是四言诗的节奏是二二节奏，这一节奏是利用句法结构形成的，节奏是制约句法的；二是五言诗的节奏是二二一，也是利用句法结构形成的。基于这两个假设，本书对四言诗代表作和汉初五言诗进行语言描写，并以当时的散文文本为参照，从而突显诗歌语言的特点。

　　本书的主体内容可分为三部分：

　　首先，以汉语四言诗的代表作《诗经》为案例，提取所有的四言诗行，标注词性和句法结构。统计结果表明，四言诗的主要句法结构是二二结构，这一结构与二二节奏是一致的，而且诗行中的助词出现在节奏点位置。其他句法结构包含助词的比例较高，但是助词并未出现在节奏点位置，而是出现诗行的行首或者行末，其中出现在行末的频率高于行首。内包的 [1+2] 结构中数量最多的是单音动词和作宾语的双音名词结合。[2+1] 结构中 2 是双音名词，1 为单音名词、动词或形容词，二者数量相当。从词汇特点来看，双音名词数量最多。在不同结构和不同类型的诗歌中，双音动词和双音形容词的数量比值不同。

其次，分析早期五言诗的词汇、句法和节奏。以汉乐府诗代表作《焦仲卿妻》和文人五言诗代表作《古诗十九首》为案例，标注其词性和句法结构。统计结果表明，五言诗的主要句法结构是二一二结构，这一结构与二二一的节奏不一致。与二二一节奏相一致的诗行数量很少。内包的 [1+2] 结构中数量最多的是动宾结构，其中 1 是单音动词，2 是双音名词作宾语。[2+1] 结构中数量最多的是名词结构，其中 2 是双音名词，1 是单音名词。五言诗中助词很少。《焦仲卿妻》中助词出现了 3 次，是表被动的"被"和"见"。《古诗十九首》中助词出现了 2 次，是语气助词"言"。从词汇特点来看，双音名词数量最多，双音动词和双音形容词的数量相当。

最后，以同时期的散文文本中的四字句为参照，分析它的词汇、句法和节奏特点，并与四言诗进行比较。统计结果表明，四字句的主要句法结构是二二结构，这一结构与二二节奏一致，助词数量约占 30%。从词汇特点来看，双音名词数量最多，双音动词次之，双音形容词最少。

因此，从四言诗到五言诗，诗歌的节奏与语言结构的关系是随语言的发展而变化的，四言诗时期节奏制约句法结构，但到五言诗初期就不能制约了。四言到五言的变化表面上是增加了一个字，实际上是词汇双音化以及句法结构复杂化的结果。

·目录·

·绪论·

第一节　缘起

　　人类演进之初就出现了诗歌。何为诗？从内容和形式两个方面来观察，无外乎以下几个要素。从内容上观察，有人认为诗的本质在于意境，而意境难于精确描述，难于翻译。比如，美国诗人弗洛斯特说："诗就是翻译中失去的东西。"也有人认为诗的本质在于选材、主题。《说文解字》上说："诗，志也。"《毛诗序》说："诗者，志之所之也。在心为志，发言为诗。""志"字古文字上边是"止"，下边是"心"，止于心，就是记忆的意思。朱光潜（2001）也认为诗歌有两大基本功能，一个是表达自然感情，一个是便于记忆。前者体现于民谣歌舞，其历史"与人类起源一样久远"（朱光潜，2001）。后者体现于早期的历史文献，不管什么民族，不管什么内容，一般都是诗歌形式。从形式上观察，杨公骥（1986）认为诗是有节奏有韵律的语言的加强形式，Morris Halle 和 Vergnaud（1987）认为诗与散文的区别在于诗行，而诗行对长度和有标记音节所在位置是有要求的。施向东（2001）认为诗歌都是有格律的。诗歌的"格律"有广义、狭义两种含义。狭义地说，格律指的是唐以来兴起的近体诗和词曲在字数、节奏、平仄、押韵、对仗等方面的种种规定。因此，所谓格律诗，指的就是"近体诗"，以区别于不按照这些特殊规定写下的"古体诗""乐府诗"等等。词和曲也是有格律的诗歌。广义地说，任何诗歌都是有格律的，节奏、押韵等是诗歌最基本的因素。

然而，诗和歌之间是什么关系？它们是一体的，同时诗、歌与音乐也紧密联系在一起，如《尚书·虞书·舜典》记载"诗言志，歌永言，声依永，律和声"。而且诗、歌、音乐和舞蹈也是相互关联的，如《礼记·乐记》中说"诗言其志也，歌咏其声也，舞动其容也：三者本于心，然后乐器从之"，总之，在中国诗歌的发展历史中，诗歌和音乐、舞蹈有密切关系。那么，从两汉到魏，诗常靠声乐做拐棍儿（俞敏，1999），这之前更不用说，诗是和音乐的节奏相配合的。直至永明运动时期，永明诗人主张，让诗不必依傍声乐，独自发展自己的朗诵的声音美，在这上头建立起一种新形式——格律（俞敏，1999）。那么永明运动之前非格律诗除依赖音乐这个拐棍儿之外，言语自身能否安排节奏？如果不可以的话，那么诗歌和散文有什么异同？如果可以的话，如何安排？

诗并不等同于一般的语言，从形式上来说，节奏和韵律是构成诗体的基本要素。何为"节奏"？当代语言学对"节奏"的定义是言语中可感知的单位突显的规律性；这种规律性可用重读对非重读音节、音节长度（长对短）或音高（高对低）等形式或这些变项的组合形式来说明（克里斯特尔，2004），比如近体诗要求诗行的二四音节平仄异声，就是通过声调的平仄对立，形成有规律的等距离的突显。韵律对于诗来说，可以看作押韵。押韵的文体有多种，比如儿歌或顺口溜等等，但它们不能称为格律诗，只有同时满足节奏和韵律两个要求才能被称为诗。从明清至当代，汉语学界公认的五言诗句的典型节奏是能够形成二三诵读节奏的句式。为什么是第二音节后作为一个节奏点？用什么来标识？早期五言诗形成的研究并没有回答这些问题。比如冯胜利（2006）提出五言诗是三音节音步发展的结果，他所指的三音节音步也就是三言诗行，似乎五言诗行由五个音节组成，顺理成章就是二音节音步和三音节音步的组合。赵敏俐（2016）采用"双音组"和"三音组"的概念，使之符合诗体生成的音乐特征，但他也没有回答双音成一组三音成一组的动因。

　　至"初唐四杰"之铺垫发展，近体诗基本定型，早期的五言诗起源于何时，无外乎西汉、东汉或者曹魏时期几种观点，而这段时间声调还未被发现，直到南朝时期，沈约才发现了声调，周舍并用"天子圣哲"为例表示平上去入四声。没有声调作为可感知的单位，早期五言诗是如何体现突显的规律性和节奏的呢？以上研究似乎并没有在这方面进行探讨，而是沿用公认的诗歌的二三节奏观点。此外，汉语的第一部诗歌总集是《诗经》，有着两千多年历史，后人对它的文学成就研究较多，语言学机制研究主要集中在韵律方面，对其节律是什么、如何形成形式美感的研究较少。而且《诗经》的诗行主要由四个汉字组成，是四言诗的代表作，其后逐渐形成五言诗，并成为主要的诗体形式。那么五言诗的节律是什么、如何形成其形式美感，以及四言和五言的节律有何不同？因此，本研究要回答的问题是四言发展成五言，增加的一个字放在哪里，此字导致语言形式以及节奏发生了哪些变化。其最终目的是要从语言学机制内探索四言诗发展成五言诗的动因。

第二节　文献综述

一、文献评论

五言诗是中国最重要的诗体之一，关于它的起源问题，学者们从不同方面进行过探索。早期的文学方面的探索主要集中于例证搜集，证明五言诗起源于何处，以及成于何时的研究等。至今为止，五言诗体起源何处说法不一，这就说明其起源何处尚不明确，或者说其源头不止一处，是一个长时间的群体共同创造的漫长过程。五言诗体的形成也不是一次裂变，而是逐渐演变从而规约化的过程。对于五言诗成于何时，主要有西汉、东汉和曹魏时期等观点，但是不管是哪一时期，当时声调尚未被发现，而是在之后的南朝时被发现的，自然也就没有平仄对立的节奏模式，那么此时的五言诗节奏模式是怎样的，由什么来构成的，对此已有的研究鲜有涉及。

当代学者则通过分析五言诗句的句法构成和语言节奏，来说明五言诗起源和成立的语言学机制。赵敏俐（1996）用《诗经》中的《周南》和《召南》与《古诗十九首》为案例，比较四言和五言在诗体结构和语言表现功能上的差异。也有从早期五言诗节奏的变化或者句式结构的丰富等方面来论述五言必然取代四言的理由的，例如，赵素蓉（1996）、吴小平（1985）和陈祥明（2000）。还有把五言句节奏的形成和五言诗体的成立接合起来分析的，如葛晓音（2006）指出五言句首先是作为散文句式存在，散落在先秦诗歌中，随着四言节奏的愈趋成熟和固化而逐渐衰退，但有一部分五言句因为找到了可以和四言及骚体节奏兼容的形态而进入了诗化的过程之中。冯胜利（2006）提出五言诗是三音节音步发展的结果。还有研究五言诗节奏形成的音乐学和诗学关系的，如赵敏俐（2016），他认为音乐节奏对五言诗的音步组合有强化作用。此外，还有罗桢婷（2016）归纳的五言诗节奏形成的四个层次及其美学示范。

关于五言诗的节奏，汉语学界自明清到当代，研究者公认的五言诗句的典型节奏是能够形成二三诵读节奏的句式。为什么是第二音节后作为一个节奏点？有什么标记？早期五言诗形成的研究并没有回答这些问题。比如冯胜利（2006）提出五言诗是三音节音步发展的结果，他所指三音节音步也就是三言诗行，似乎五言诗行由五个音节组成，顺理成章就是二音节音步和三音节音步的组合。赵敏俐（2016）采用"双音组"和"三音组"的概念，使之符合诗体生成的音乐特征，但他也没有回答双音成一组三音成一组的动因。因此，节奏作为言语中可感知的单位突显的规律性，从目前对早期五言诗的节奏研究来看，似乎鲜有形式化的探讨，而是沿用公认的诗歌的二三节奏。

二、目前研究的不足

上述学者从不同角度对五言诗进行了研究。早期五言诗研究着重文献分析或采用统计方法进行归纳总结，现代语言学理论跟诗歌格律形式有关的主要是生成音系学中的节律音系学，而形成节律突显的重音或声调在早期五言诗中尚未发现，因此，目前存在的研究空间有：（1）研究对象扩展到诗歌和散文的对比研究，对比散文和诗歌词汇和句法的差异，通过他者折射出诗歌的本质，更能体现从四言到五言，为什么有这种转换，以及如何转换的。研究这些问题可以加深我们对五言诗成因及其类型的认识。（2）研究范围扩大到与节律结构相关的词汇、句法结构，解释在没有声调对立的情况下，如何形成诗歌节奏。（3）研究方法采用量化分析方法，对大数据进行分析，分析不同文本之间的异质性，可展示传统格律诗研究没有涉及的方面。

三、研究思路

本书对《诗经》中的五言和四言以及早期五言诗通过定量分析和定性分析相结合的方法，考察早期五言诗与四言诗有何不同，以及与同时期散文中的四字句有何不同，从而试图从语言学角度来解释中国诗歌发展过程中一个现象，即四言诗先出现，而为什么之后出现的五言诗成为中国诗歌主要形式。具体研究思路是：首先，归纳诗歌的本质特征以及基本要素。其次，（1）选取典型的四言诗和五言诗，以及同时期的散文文本，自建语料库；（2）提取诗歌中的四言诗句和五言诗句、散文中的四字句，进行词类、句法结构标注；（3）对比四言诗和五言诗的词类、句法结构的比例，同时期散文文本中四字句的词类、各类句法结构的比例，以及它们在随机排列的情况下应出现的比例；（4）进行两方面的对比：一是诗歌范畴内，五言诗和四言诗的对比；二是以散文文本作为参照基准，四言诗和散文的对比。最后，总结五言诗区别于四言诗以及散文的词汇、句法特征，并进一步探索早期五言诗词汇、句法结构对节奏的作用，以及语言本身的节奏和诗人有意创造的节奏效果、对早期五言诗形成的影响。

第三节　研究对象

本书以四言诗和早期五言诗语言学特征作为研究对象，重点研究四言诗和早期五言诗在语言方面的差异，从而说明四言如何发展到五言的。本书四言诗采用的语料是《诗经》，五言诗采用的语料是汉代乐府诗《焦仲卿妻》和《古诗十九首》，本节主要介绍取材的理据。

一、四言

就中国古典诗词来说，"言"是指诗行中的字数，如二言、三言、四言、五言和七言，这样的诗行内分别有二个、三个、四个、五个和七个字。从历时角度来说，上古的诗与乐、舞合为一体。首先出现的二言歌谣，进而发展成为我国诗歌的原始形式二言诗。由于各种原因，现存二言诗的数量极少，最早的二言诗，刘勰在《文心雕龙·章句》中说："寻二言肇于黄世，《竹弹之谣》是也。"《竹弹之谣》即《弹歌》，见于《吴越春秋》，歌曰："断竹，续竹。飞土，逐肉。"从刘勰开始，它一直被认为是中国的第一首二言诗，讲述了原始先民断竹造弓打猎的过程。成书于周初至春秋战国时期的《周易》的卦爻辞中也保存了许多二言诗。《周易》是把它们当作远古歌谣来对待。二言诗是在原始歌唱的语音系统的基础上，为了适应叙事发展的需求而产生的，在其产生后，则主要是通过原始歌谣的歌词被传唱而保存下来的。上古语言不丰富，文字也不多，此类诗歌句式简单，难以表达更丰富的内容。在诗歌格律探索过程中，这类结构是较早被放弃的。

三言的起源说法众多。一般是以宋严羽的《沧浪诗话》为准，认为"三言起于晋夏侯湛"。晋挚虞的《文章流别论》云"古诗之三言者，'振振鹭，鹭于飞'之属是也。汉郊庙歌多用之"，就是说《诗经》中的三言诗是三言之始。明王世贞的《艺苑卮言》认为汉乐府《铙歌十八曲》中的"巫山高"是三言之始。唐皎然的《诗议》、日人遍照金刚的《文镜秘府论》都认为"三言起于《虞典》《元首》之歌"。各家持据不同，起始时间也相距很远，汉郊庙歌辞中完全是三言的很多，三言作为诗体的一种，汉代已经存在，但是并没有成为中国古代诗歌中的主要形式。

随着文字的产生、思维的发展以及人们对情感和社会生活表达的需要，诗歌和古谣谚的语言形式也变得多样化，这时，四言诗开始产生。在之后中国古典诗歌发展史中，四言诗在相当长的时期内独占诗坛，盛极一时。处于发轫阶段的四言诗多为古歌谣辞。例如：

日出而作，日入而息。凿井而饮，耕田而食。帝力于我何有哉？（《击壤歌》）

卿云烂兮，纠缦缦兮。日月光华，旦复旦兮。（《卿云歌》）

大约成书于周初的《周易》之中已经有许多四字句，并且押韵。例如，"鸿渐于陆。夫征不复，妇孕不育"（《渐·九三》）三句四言，句句押韵（依上古音押韵，下同）。又如，"伏戎于莽，升其高陵，三岁不兴"（《同人·九三》）也是三句四言，后面两句押韵。《周易》中还有不少三字句。在先秦两汉的典籍里，如《诗经》是以四言体为主，《左传》所载《宋城子讴》《子产诵》等，《史记》所载《麦秀歌》等，都是以四言诗为基本体裁。由此可见，在西周到春秋时期，无论是社会的哪个阶层，抑或是普通还是庄重场合，四言诗都是比较普及的。尤其是《诗经》，它在语言形式上冲破了原始歌谣从《周易》以来二言、三言的句式，在诗歌发展史上具有里程碑的意义。《诗经》从时代上讲，从周初到春秋中期，大约有五百年之久；从地域来讲，从黄河流域至长江流域，仅《国风》就包含了十五个国家和地区；从作者来讲，《国风》取自各国民间，《雅》《颂》取自朝廷贵族；从句式来讲，其整体以四言为主，杂有从二言到八言多种句式，整齐中富于变化，体现出一种参差错落、流动的美感。这种四言句式，在句法结构及节奏顿挫等方面，都是最单纯、最简朴而又完整的一种体式。因此，《诗经》的体裁大体一致，即四言诗占主导地位。叶嘉莹（1984）也认为《诗经》代

表四言这种诗体，其观点是《诗经》以前之古歌谣，一则不尽可信，再则未能成体，故从略，《诗经》中的诗歌，虽二言至八言之句法俱备，然就其整体言，则以四言为主。此种四言之句，在句法之结构及节奏之顿挫各方面，皆为最简单而又最完整的一种体式，是以晋挚虞即云"雅音之韵，四言为善"，以为其足以"成声为节"（《文章流别论》），盖一句之字数如少于四言，其音节则不免劲直迫促，不若四言之有从容顿挫之致，是以中国最古最简之一种诗体，为《诗经》所代表之四言体，此正为必然之势。

此外，从其艺术成就来说，《诗经》运用赋、比、兴的艺术表现手法，使创作对象生动鲜明，读者从诗人创造的生动鲜明的形象中体会其中的意蕴，产生了含蓄、深婉、蕴藉的审美欣赏效果。同时，《诗经》运用回环复沓、反复咏叹的章法结构，在艺术表现上，既起着强化作用，使所表达的思想情感更加突出，描绘的对象更加鲜明，又能收到回旋跌宕、回肠荡气的艺术效果。正是这些表现手法的运用，《诗经》才取得了"以少总多，情貌无遗"的艺术效果，形成了含蓄、蕴藉、韵味深长的艺术风格。这种风格成为我国古代诗歌的民族风格和审美特征，影响深远。

二、五言

五言诗从汉魏至唐，长盛不衰。《诗经》中早就有五言的句子，如《召南·行露》的"谁谓雀无角，何以穿我屋？谁谓女无家，何以速我狱？"。但是关于五言诗的起源，一直颇有争议。《文心雕龙》曰："按《召南·行露》，始肇半章；孺子《沧浪》，亦有全曲；《暇豫》优歌，远见春秋；《邪径》童谣，近在成世。阅时取证，则五言久矣。"但这里提到的只是含有五言的句子，并不是完整的五言诗。最后完成体制，全篇用五字齐言出现在汉代。汉初诗坛，体式上无新创，延用楚骚体，或是四言。后来民音大量涌现被后世称为乐府的歌诗。乐府诗初期多为杂言，五言句多杂于其中，至后期，五言句式逐渐增加，出现了完整的五言篇章。由于乐府受统治者重视，广为流传，文人也深受影响，开始仿作，文人五言诗逐渐多起来。东汉末的《古诗十九首》，标志着五言诗已经成熟；而到了魏晋南北朝，钟嵘认为五言诗已经"居文词之要"，成为文人诗作的主要形式。

关于五言的起源，从节奏方面探索，杨仲义（1997）提出骚体中的三字顿，是古汉诗由四言向五言、七言转化的表现，并在未来以二、三顿和四、三顿为基本句型的五言、七言诗中形成为一种规范。因此，通篇五言和以五言为主的五言古体，是古代汉语诗歌的基本形式。它是在《诗经》四言体基础上向前发展，经过战国骚体的过渡，而以汉乐府为其先导，在魏晋南北朝时昌盛诗坛的。也就是说五言诗体首先是出现在汉乐府中。

从历史角度来看，叶嘉莹（2014）也认为五言来自汉乐府："乐府诗的本义，原只为一种合乐之歌词，就其广义者言，则《诗经》及《楚辞》之《九歌》皆可称为乐府诗；然若就其狭义者言，则乐府诗实始于西汉武帝之世，《汉书·礼乐志》云：'武帝定郊祀之礼，……乃立乐府，采诗夜诵，有赵、代、秦、楚之讴。'以李延年为协律都尉，多举司马相如等数十人造为诗赋，略论律吕，以合八音之调。"当时的乐府诗，其歌词之来源有二：一则出于士大夫之手，一则采自民间歌谣。其乐谱之来源亦有二：一则继承《诗经》《楚辞》之旧调，一则为受西域胡乐影响之新声。至其歌词之体式，则有承《诗经》之四言体，有承《楚辞》之楚歌体，有出自歌谣之杂言体者，而其间最可注意的一种，则是由新声的影响所逐渐形成的一种五言的体式。

本书采用叶嘉莹（2014）的观点，认同五言体式源自汉乐府，所研究的五言诗是《焦仲卿妻》，选自宋郭茂倩的《乐府诗集》。这首诗是汉乐府的代表作之一，它和北朝民歌《木兰辞》并称为"乐府双璧"。而且乐府诗以叙事体为主（葛晓音，1990：4），这首诗是汉乐府唯一有头有尾叙述了一个完整的故事的。对这首五言诗的分析是为了了解五言在形成初期的句法和词汇特征，以及与四言的差异。

东汉时期五言诗体式进入成熟阶段，其标志是文人五言诗《古诗十九首》。《古诗十九首》见之于《文选·杂诗》，《玉台新咏》载其中八首。历代对这十九首诗评价很高。刘勰的《文心雕龙》称之为"结体散文，直而不野。婉转附物，怊怅切情，实五言之冠冕"。钟嵘的《诗品》谓之艺术风格"文温以丽，意悲而远，惊心动魄，可谓几乎一字千金"。皎然的《诗式》说："辞精义炳，婉而成章，始见作用之功。"胡应麟的《诗薮》称："随语成韵，随韵成趣，辞藻气骨，略无可寻，而兴象玲珑，意致深婉，真可谓泣鬼神、动天地。"从语言使用上说，谢榛《四溟诗话》谓："平平道出，且无用工字面，若秀才对朋友说家常话，略不作意。"就诗歌发展史中的地位来说，王世贞的《艺苑卮言》云："谈理不如《三百篇》，而微词婉旨，遂足并驾，是千古五言之祖。"陆时雍的《古诗镜总论》云："谓之风余，谓之诗母。"以上评论可见《古诗十九首》一是成熟的五言诗体，二是它在五言中地位之高，就像《诗经》在四言中的地位。因此，为比较分析四言到五言转变中的差异，本书也把成熟的早期五言诗《古诗十九首》纳入考察范围内，语料选自逯钦立的《先秦汉魏晋南北朝诗》。

《楚辞》非本书的研究对象，采用叶嘉莹的观点，她认为《楚辞》的骚体，则因为句法的扩展及语词的间用，故其所表现的风格为变化飞动，且因句法的扩展，篇幅也随之有极大的延长，此种扩展和延长，使诗歌有了散文化的趋势，于是《楚辞》的骚体，遂逐渐由诗歌中脱离出来，发展而为赋的先声。因此，早期五言并不是从《楚辞》发展而来的，故也未将其列入本书的研究范围之内。

第四节 研究目的

　　本研究是为了探索句法结构与诗律结构的关系，采用的案例是四言诗和早期五言诗，研究它们之间的转变的语言学动因？《诗经》作为歌词，其自身是否有节奏，如果有，是如何形成的。我们试对《诗经》中的四言以及早期五言诗通过定量分析和定性分析相结合的方法，考察早期五言诗与四言诗有何不同，以及与同时期散文中的四字句有何不同，从而试图从语言学角度来解释中国诗歌发展过程中一个现象：为何五言诗代替四言成为中国诗歌主要形式。

　　从语言学视角来看，《诗经》之后，四言没成为我们主要的诗歌形式，五言产生之后，却成为汉语诗最基本形式。本研究拟揭示四言到五言的本质区别是由哪些因素导致的，以及这个音节的加入，加在什么位置，在哪些方面给诗律带来根本性的影响，从而满足了人类语音审美、节律审美方面更加完美的需求。

第五节　研究方法和原则

　　本书的主要研究方法是统计和比较的方法。首先对文本进行切分，切分到最小单位并进行标注，进而整理归类，最后通过比较，从语言内部揭示出四言和五言的差异，以及诗歌和散文文本之间的差异，从而总结出诗歌的语言特征，揭示四言诗和五言诗之间的异同。

　　在研究中，我们遵守的原则是朱德熙（1985）提出的简单、严谨原则。这两条原则是朱先生在批评句本位语法体系的时候提出来的。朱先生认为句本位语法体系是照搬印欧语的语法，既不简单也不严谨。我们也同意朱先生"简单和严谨同等重要"这一观点，在此观点指导下，甄选语料，仔细统计，确保数据准确有效，从而展示出两种诗体自身的语言面貌以及它们之间的差别。

　　《诗经》的节奏，通常认为是二二，节点在第二和第四字。而《诗经》时期声调尚未发现，如何分节以及用什么方法确定节点，本书的假设是通过句法和词汇的方法来确定的，本书通过归纳总结《诗经》的句法结构和词汇结构拟论证这一假设。此外，语言本身的因素也会影响诗歌的节奏，那么，诗歌的节奏是如何适应语言本身的呢？本书拟从语言运用的实践，即从具体案例中归纳诗歌的节奏，以及它的语言特点。

第六节　本书结构安排

本书分为以下部分进行研究和探讨。

绪论，介绍本书的缘起和研究对象，以及本书的研究方法和原则，并对各章节的主要内容进行介绍。

第一章介绍与诗律有关的语言学理论——节律音系学以及它的发展，并提出本书的研究方法。

第二章以《诗经》为案例，对四言的词汇和句法结构进行描写，并找出它们与节奏之间的关联。

第三章建立参照物，描写同时期散文文本的词汇和句法结构特点，对比它与诗歌的差异，从而探索诗歌是否有意识运用语言自身的特点建立节奏。

第四章对早期五言的词汇和句法结构进行描写，并找出它们与节奏之间的关联。

第五章是结语，总结全书的主要研究成果以及将来的研究方向。

第一章　诗律研究理论

　　与诗律相关的语言学理论是节律音系学理论，本章归纳总结了有关汉语诗歌格律的节律音系学研究，将其分为线性和非线性两种研究方法。首先，介绍了节律音系学的基本概念和操作方法；其次，介绍了与诗歌格律有关的节律音系学理论；再次，详细梳理了从 1979 年到现在，把节律音系学理论运用到汉语诗律研究中的经典案例，从而说明节律音系学理论在汉语诗律研究中的进展，以及汉语诗律研究发展的方向；最后，介绍了本书研究的方法。

第一节　生成音系学理论简介

　　生成音系学理论，根据研究基础的不同，可以分为两大类，第一大类以规则为基础（rule-based approach），也是生成音系学的经典理论。代表作是 *The Sound Pattern of English*（Chomsky, Halle, 1968），简称 SPE，它提出了生成音系学的基本假设，比如音系规则推导假设，一直贯穿到今天的生成音系学，没有发生变化，作为主流的生成音系学，一直是以规则为基础的理论。这类理论的发展经历了两个阶段，一是线性理论（the linear approach）阶段，二是

15

非线性理论（the non-linear approach）阶段。线性主要指音系表达的线性，音流被看成单层次或一条线的单线性结构，比如底层表达、表层表达、中间层次的表达，它主要是表达的理论，是一种线性的理论。音系表达分成两个不同的层次——表层表达与底层表达，音系表达的原始单元是区别性特征，区别性特征置于一个矩阵，音系规则把底层表达转换成表层表达，音系规则的运用讲究次序。规则和规则的按序应用与推导是音系分析的基础和核心。这一阶段叫线性音系学阶段。

1975 年之后生成音系学进入非线性音系学阶段，这一阶段的音系结构是有层次的，音流不再被看成单层次或一条线的单线性结构，而是被看作多层次或多线性结构。例如在 SPE 的线性理论当中，声调、重音等这些传统的、我们称作超音段成分的东西，都和音段成分一起放在同一个特征矩阵里处理，这是 SPE 的一个缺陷，所以 20 世纪 70 年代的音系学家致力于把不同性质的特征用不同层面立体地表现出来。这个时期的音系学，叫作非线性音系学。非线性理论认为声调、重音、甚至元音和辅音都属于各自独立且相互关联的层次，音流是由这些多层次、非线性要素按照一定的规则组合而成的。其中涌现的理论包括自主音段音系学、词汇音系学、韵律音系学、CV 主干音系学、短语音系学、特征几何音系学、节律音系学等。这一阶段的研究重点从音系规则转移到音系表达。

第二大类理论是以制约条件为基础的理论（constraint-based approach），最有代表性的是优选论（optimality theory），它认为语法的核心部分是制约条件。优选论对于共谋问题、跨语言的标记形式、语言习得、双重性问题、类型差异等等问题的解释具有自身的理论优势。从 20 世纪 90 年代初至今，优选论的研究重点主要放在制约的定义以及制约之间的等级关系上，而且制约是可以被违反的，因而其论证方式和形式变得非常复杂。在成功地解释某些音系现象的同时，优选论也逐渐暴露出理论自身的不足，如音系不透明现象、循环问题、过度概括、音系例外现象等都是束缚优选论进一步发展的主要问题，而且后期对优选论的修补与拓展也常常使得该理论陷于其自身带来的逻辑悖论之中。以规则为基础的生成音系理论并没有因为优选论的出现而退出音系研究的舞台，这一理论仍然处于进一步发展的过程中。那么，人类大脑语法构造究竟以制约条件为基础还是以规则为基础？并行处理模式究竟有没有心理现实性？优选论模式是否真的优于推导模式等，还是有其他模式？这一系列问题都是现行音系学试图考虑和应该做出回答的问题。当然对优选论的批评并不能说明以规则为基础的推导理论没有缺陷，但是优选论是否就是解决音系问题的正确理论，对优选论的众多修正方案是否可以真正解决优选论在理论机制和方法论上存在的问题，尚有待进一步研究，因此，优选论发展迅速，但仍未取代非线性音系理论的主流地位。

第二节　节律音系学简介

节律音系学（metrical phonology）是研究重音和节律突显的音系理论，它区别于以前的重音研究之处在于它采用了层级结构。其思想源于 M. Y. Liberman（1975）的博士论文 *The Intonational System of English*。受音乐研究方法的启发，Liberman 把节律分析方法用于言语重音和节律，进而于 1977 年与 Alan Prince 合作写了

On Stress and Linguistic Rhythm，对重音表现形式等进行了重要的补充和修正，奠定了节律音系学的形成与发展的基础。节律音系学理论发展基于两类形式——节律树（metrical tree）和节律栅（metrical grid），其中心概念是节律音步（metrical foot）。下面对它们进行详细介绍。

一、节律树与节律栅

节律音系学首先是对重音的研究，而对重音的探索由来已久。用线性方法研究重音，结构主义语言学家认为重音是音位，具体说来，重音曲线分为四类音位[']、[^]、[']、[∨]。重音音位的不同导致同一短语有不同解释，如 light house keeper 有两种重音曲线，一种是 1-3-2-4（1 表主重音，2 表次重音），其含义是 lighthouse keeper（灯塔管理员），另一种是 2-1-3-4，其含义是 light housekeeper（体重轻的管家）。

生成语法学派对重音的研究始于 Chomsky、Halle 和 Lukoff（1956），他们认为重音是可用 [± stress] 来区别，又可通过严格而普遍的规则来预测的。关键是规则用句法层级结构来解释词汇项结构，结构主义以音位分析来解释重音，因而两派理念完全不同。他们提出来的方法论成为生成音系学的基石。特别是他们提出音系结构可用普遍性的形式规则来描写；规则的本质是实证调查而不是被预先设定的方法论制约；规则计算的表征可以没有语音或物质相关但包含心理区别。

Chomsky 和 Halle 在此基础上，于 1968 年写成了里程碑式的著作 *The Sound Pattern of English*，该书用生成音系学模式对重音进行了全面论述，运用形式化的方法和规则预测重音位置。它把重音也看作一种特征，与 [鼻音] 和 [舌冠] 等特征一样。这样做有利于理论的属性统一，然而它仍使用数字来表现重音值，也带来了一些问题。因为重音没有绝对的声学标准，它是通过不同音节相互比较，靠母语者的感知来判断的，是一个相对概念。而其他特征体现的是绝对概念。比如 [鼻音]，在任何环境下，都是通过降低软腭来体现的。而且重音有远距离影响力，当语音规则不是由相邻音段的语音单位诱发产生时，线性分析的不足就显现出来。具体体现为包含内嵌短语的复合词在配置重音时，复合词重音规则（compound stress rule，CSR）和核心重音规则（nuclear stress rule，NSR）相互作用后产生不合语法的重音。Liberman 和 Prince（1977）认为问题之所在是因为 Chomsky 和 Halle 的规则只对特征 [重音]的数值敏感，而且把它当成绝对的数值。他们的解决办法是非线性的分枝结构，即所有成分为偶分，分枝结点的重音力度形式化为强（S）或弱（W）标记。短语的右分枝总是标为"强"，复合词的右分枝标为"强"的情况是当且仅当它还有分枝。

Liberman 和 Prince（1977）提出的相对凸显（relative prominence）概念成功解决了内嵌短语的复合词重音配置问题，并把重音分析深入到词中的内部，为解决其他重音系统提供了有效方法。这种表现重音的相对强弱关系的偶分结构跟句法的树形图类似，用于描写语言节律特征，被称为节律树（metrical tree）。节律树最底层的单位是韵（rime）（也有把莫拉（mora）作为最底层单位的），由一个强韵（S）和一个弱韵（W）组成一个音步。音步层上也有强、弱之分。音步的重音组成短语的重音，向上再组成话语的重音。这样左向或右向的长度不超过两个音节的音步叫作受限音步（bounded foot），这样的层级结构可清楚地表示重音冲突消除。

节律音系学采用的是偶分树（binary tree），并规定当偶分树枝中一枝为 S 时，对应枝必为 W，那么当一个词只有一个重音以及一个词有一个主重音和一个次重音，两者的节律结构是相同的。然而，事实并非如此，于是 Liberman 和 Prince（1977）通过增加结构来把它们区分开来，如下图所示：

```
h é l i x              n á r t h è x
+   –                  +       +
s   w                  s       w
  ∨                      ∨
```

　　另外一种解决方法是用节律栅，重音代表的节律位用"*"标志，非重音则用空白表示。投射到节律栅上去的成分可以是韵核或是莫拉与一个节律位自动连接，所以，重音成了脱离音段的自主成分。节律栅呈阶梯性，横行表示语流的基本节奏，纵列表示节奏的强度，"*"多的节奏特征就明显。关于栅的层次，语言通常用三个凸显层来定义它（Liberman，1975；Halle，Vergnaud，1987），最底层是音步层，向上组成音步层，再向上组成词层。如果出现重音冲突，Prince 主张用等级层次表现出的强弱关系来说明，消除重音可采用节律规则"栅移动"（x-movement）。"栅移动"是有顺序的移动，即 x 移动的方向须由低向高、从右至左（英语），按层次移动，例如 thirteen men 的节律栅以及重音冲突消除为下图，其中横线表示重音冲突：

```
      *                  *              *      词层
     *—*              ←*  ⊛          *    *    音步层
    * * *             * * *          * * *      音节层
  thir teen men  →  thir teen men  →  thir teen men
```

　　对于这两种节律表达式，有三种不同的理论主张，一是树栅论（tree-grid theory），代表人物是 Hayes（1983，1984）和 Kager

（1988）；二是有人认为节律树的作用完全可以由节律栅承担，代表人物是 Prince（1983）、Selkirk（1984）、Halle 和 Vergnaud（1987）；三是唯树论。

无论持哪种理论主张，都不是像 SPE 把重音标示为绝对强弱，用数字标示在元音之上，而是用相对凸显（relative prominence）来定义重音，重音表现为音节间的相对凸显关系，与音段处于不同层面，而且有自己的组织结构，其表达是有等级的。

二、音步

构建节律树和节律栅需要涉及节律音步概念，大多数节律理论采用两类音步：抑扬音步和扬抑音步。抑扬音步管辖两音节，第二音节配置重音；扬抑音步也管辖两音节，第一音节配置重音。假设音步偶分，左重或右重，这两类音步与音节重量匹配，逻辑上可以配成四组。Hayes（1985）提出这四种完美的对称不一定全部存在。类型学调查对左重且对重量敏感的音步还存疑，但确无右重且对重量不敏感的音步。如果一串音解析成音步，那么世界上的语言可以分为以下四类（Hayes，1981）：

模式 1　主重音在音节首，次重音随后每隔一个音节出现，如马拉农库语（Maranungku）；

模式 2　主重音在尾音节，次重音在它之前每隔一个音节出现，如外瑞语（Weri）；

模式 3　主重音在倒数第二音节，次重音在它之前每隔一个音节出现，如瓦劳语（Warao）；

模式 4　主重音在第二音节，次重音随后每隔一个音节出现，如阿劳坎语（Araucanian）。

Kenstowicz（1994）由此总结了格律栅的建构由两个参数确定，一是 [左重，右重]，二是 [从左至右，从右至左]。并进而用

Maranungku 节律栅的生成，来演示这类栅是如何建构的。

　　主重音和次重音的区别在于 Line 1 中某一星号得到了加强，通常是加强 Line1 边界成分，例如 Maranungku 和 Araucanian 加强 Line 1 最左边的的星号，Weri 和 Warao 加强最右边的星号。根据 Prince（1983），重音基本上是节奏现象，而无明确定义强弱音节的组合。任何强音可和任意一边的弱音组合，同样，任何弱音也可和任意一边的强音组合。也有观点认为，一强一弱音节组合的双分单位就是节律音步，音步因重音出现在左右边界的位置不同而分为左重或右重音步，重音所在位置为音步中心。左重音步称为扬抑格，右重音步称为抑扬格。通常人们认为音步中心管辖旁边弱位置，参数 [从左至右，从右至左] 规定了节律音步组合的方向。以 Maranungku 为例，音步是从左至右的左重音步。对于偶数音节词来说，强弱两分的音步正好可以把所有音节都分完；而奇数音节的词，穷尽性两分后必定剩下一个音节，这个音节带重音，自成一个音步，叫作减衰音步（degenerate feet）。

　　重音和非重音交替出现的语言也会遇到特殊情况，例如美国温尼贝戈族印第安语（Winnebago）。这种语言如果词内只有短元音，则每一奇数音节重读，第一音节除外，双音节词中尾音节重读。如何处理第一音节不重读而其他奇数音节重读的情况呢？如果音步解析可以忽略第一音节，问题就解决了。我们可以假设一条规则，在进行节律化分时避开某些音节。从节律上说，这一特征叫节律外属性。具有节律外属性的音节对节律化分来说是看不见的，也不能投射到 Line 0。需要注意的是，这类音节只能出现在边界位置，许多语言已经证明了这一点。只有在节律域边界才能激活这类属性，一旦加缀脱离边界位置，这个音节就能被节律解析规则"可见"，从而投射一个星号到 Line 0。具体到温尼贝戈族印第安语就是把第一音节标为节律外属性，把其他音节投射到 Line 0 上，把 Line 1 上的星号从左至右解析成偶分右重音步，如下所示：

```
Line 1          *              *        *
Line 0  ⟨*⟩ (*)    ⟨*⟩ (*  *) (*  *)
         wa   je   hi   ra  wa haz ra
```

实际上，音步的长度并非只限于两个音节，在某些节律结构里，一个单词只有一个重音，位于词首或词尾，如拉脱维亚语、捷克语或法语，因此，两个重读音节之间的距离是不受限制的，这样的音步称为不受限音步（unbounded foot）。如果出现这样的情况，那么应该怎样表示呢？有人提出可用左向分岔或右向分岔的节律树表示。左向结构里，左边的成分带重音，右向结构里，右边的成分带重音。

如果用节律栅表示，关于节律结构为 'vvv 这样的词，可假设一条规则把重音分配给首音节或尾音节于 Line 1，词层面规则挑出 Line 1 唯一的星号作为 Line 2 星号的宿主，如下所示：

```
Line 2                              *
Line 1                   *          *
Line 0  * * * *    * * * *    * * * *
         v v v v → v v v v → v v v v      左重
```

第三节　节律音系学与诗律

节律音系学是语言学理论的一个分支，研究自然语言的重音现象，它与之前的重音研究方法不同之处在于它假设的层级结构让人想起诗律研究的传统方法中的结构，因而叫节律理论。节律音系学（metrical phonology）也是跟诗歌格律形式有关的主要的语言学理论。其中 metrical 来自 meter（诗律）或 metrics（诗律学），meter 在古典时代来自于涉及诗歌和音乐的理论（Liberman，1975）。节律音系学是关于音节重音（stress）的理论，重音和诗律、节律音系学和诗律为什么会联系在一起呢？那是因为诗律多数跟重音有关，人们用重音理论研究诗律，如 Halle 和 Keyser（1966，1971）、Hammond（1995）、Hayes（1983）、Kiparsky（1977）等，他们认为，解释诗律的正确方法不是传统的 metrics 而是重音理论（Halle，Keyser，1966，1971；Kiparsky，1975，1977）；此外，节律音系学把可以单独处理的领域如重音、诗律、重叠、最小词现象和韵律形态学结合起来，研究它们的共变。20 世纪 70 年代中期，非线性生成音系学开始出现，其中研究重音结构的节律音系学使用非线性表达率先将"层级结构"的概念引入音系学领域（Liberman，1975；Liberman，Prince，1977）。

一、Halle 和 Keyser 的诗律理论

Halle 和 Keyser（1971）把节律（meter）当作简单抽象模式编码成一列单词的过程，这一过程需要建立对应关系，使模式成分与单词序列的特定语音（或音系）性质对应起来。因此，节律研究包括分离的两方面，一是抽象模式，二是对应规则，此规则能使给定单词串被看作某种抽象模式的实例。如果用于诗歌，则要用对应规则把节律模式中的 X 与语言中的某一单位一一对应起来。Halle 和 Keyser（1971）总结出三类对应单位，它们分别是音节、元音（包括单个元音和溶合元音）以及带主重音的元音。简单的抽象节律模式与这些单位一一对应，并由它们体现出来，相互对应时遵守以下

两个规则中的一个：

a. 抽象节律模式的每一个成分与诗行里的单个元音对应；

或

b. 抽象节律模式的每一个成分与诗行里的一个元音或连续的多个元音对应。

从规则 a 至 b，节律模式的复杂度明显增加了，而且，规则 b 也涵盖了规则 a，也就是说容许的变体也增加了，从而使规则 b 适用的范围更广。由此可见，对应规则把节律模式映射到实际诗行，规则和节律模式两者不是一体而是分离的，在这样的情况下，我们可预测不同对应规则能生成由不同言语单位体现的同一抽象节律模式。在实际诗行中，可以把 X 投射到主重读元音上，从而产生 XXXX 这样的抽象模式，也有诗行只有主重读元音投射到 X 上，因此，对应的节律模式一样。产生这种节律模式的对应规则与上文的不同，新规则如下：

c. 节律上的每一成分与承载主重音的元音对应；

或

d. 与同一句法成分中一个或两个承载主重音的元音对应，且无其他元音插入两者中间。

所以诗歌承载主重音的元音数不同，采用的对应规则不同，但最后产生的节律模式相同。这种对应关系说明了三点：（1）节律模式与言语实体是分离的；（2）节律复杂度是分等级的，可以用形式手段建构允许的偏差等级；（3）这类节律模式描写的是符合节律的要素，以及节律成分与言语单位的对应关系。但这种模式就到此止步了，没有说明各节律要素之间的关系如何，它们之间是如何结合从而构成诗行和诗篇的。此外，Halle 和 Keyser 的节律模式仍把重音当作偶分特征，而且重音最强原则（stress maximum principle）规定在同一句法成分内，出现在两个非重读音节之间的承载主重音的音节是最强重音，但是这一原则无法区分复合词和短语重音模式，而这两者在英语诗歌中不能同等处理。Halle 和 Keyser（1971）把语言单位和节律结构一一对应起来，但是对于各节律成分之间的关系如何，他们并没有阐明。

二、Kiparsky 诗律理论

Kiparsky（1975）认为无论是关于节律的传统方法还是 Halle-Keyser 的方法都基于一个假设，节律只是制约诗歌的音系形式，而实际上制约英语诗歌最重要的因素是诗歌的语法结构，尤其是构成诗歌的短语和词单元。Magnuson 和 Ryder（1970，1971）意识到词结构对节律起某些作用，他们区分了单音节词和多音节词，并正确提出不同处理的规则，但是他们的结论普适性不强，因此，他们的节律规则只能用于特例而无解释力。究其根本，是因为 Magnuson-Ryder 规则没有正确区分音系学与诗律学，以至于他们的规则包含大量重音规则。虽然他们的诗律规则仔细区分词汇和非词汇范畴，但是它们之间的节律差异只是简单地遵行英语语法给他们配置的重音，你即使不是诗人也知道是 boy 有重音而 the 无重音。这样的事实只能作为先决条件，不应成为英语诗律学理论。基于已经建立的诗律学形式方法，Kiparsky（1975）提出具有严格规则的词结构和短语结构，是构成英诗重音模式的基础，而传统或近期的诗律理论都没有解释这些规则。为探索这些规则，他首先假设 meter（诗律）是音乐节奏和语言学节奏形成的对应系统。然后区分了节律系统四要素，它们分别是基本模式库（an inventory of basic patterns）、节律规则（a set of metrical rules）、节律紧张指数（an index of metrical tension）及韵律规则（a set of prosodic rules）。节律规则的先决条件是对词和短语的精确定义，以形式手段划分词和短语的边界，虚词边界是 #，实词（包括复合词）边界是 ##，短语边界是 P[，其中 P

指代名词短语、动词短语、形容词短语或介词短语，这里所指的短语是音系短语（phonological phrase）。音系短语边界是停顿的可能位置，也是重音规则可运用的域。在 Kiparsky（1975）理论中，重音分为 4 个等级，1 为最高，4 为非重音，两条与重音有关的节律规则（metrical rule）如下：

metrical rule 1（MR1）：[1 stress] → [αstress]

metrical rule 2（MR2）：[4 stress] → [β stress] in env. $\begin{cases} \#\underline{\quad}\# & \text{(a)} \\ \#p[\# & \text{(b)} \end{cases}$

α 和 β 是变量，代表当前系统中 1—4 种重音。MR1 是说主重音可被其他 3 类重音自由替代，也就是说强位置（S）受节律紧张指数制约，但所受制约是相对的，不限于只受某类范畴制约。MR2 是说在两种条件下无重音位置可获得重音，一是（a）在单音节词位置，二是（b）在声调停顿之后。因此，弱位置（W）受制于两方面，一是从范围来说，受条件（a）和（b）制约，二是相对来说，受节律紧张指数制约。节律紧张是指底层和表层节律模式的差异度，节律紧张指数是一个相对概念，用于对比不同诗行或诗歌节律复杂度以及对比词或短语使用过程中反映的不同节律。韵律规则用于说明节律规则如何匹配派生模式与语言表征，但是 Kiparsky（1975）严格区分了诗歌节律结构和诵读方式，不过 Kiparsky 并不否认两者是相关的，而且认为诗歌诵读方式很可能与节律规则以及节律规则的应用相关。通过例证，Kiparsky 用他的节律理论区分了词和短语的节律紧张，具体包括双音节复合词和短语的对比，以及单音节起始的三音节复合词和短语的对比，发现在抑扬格诗歌中，双音节复合词出现在强—弱（偶—奇）位置的比例远高于弱—强（奇—偶）位置，三音节复合词和短语要求的内部结构是 1+2，出现在弱—强—弱（奇—偶—奇）位置。以三音节复合词为例，用节律紧张指数解

27

释如下：

4		1		4		1	TENSION
				1		3	
				[##mid#	#night##]		5
				1		3	
				[##mid#	#night##]		1

复合词处于强—弱（偶—奇）位置造成的节律紧张指数是 1，接近最小值；复合词处于弱—强（奇—偶）位置造成的节律紧张指数是5，接近最大值。因此，这两类位置都是系统可预测到的，而抑扬格诗歌中前者出现的频率远高于后者。这样理论分析既可以说明两种节律模式存在的原因，又可解释它们出现频率的差异。而 Halle-Keyser 理论提出的重音最强原则（stress maximum principle）却无法做到这一点。用实例说明如下：

As the death-bed whereon it must expire（莎士比亚十四行诗 73）

对于复合词 death-bed 本身而言，主重音位于第一个音节，而从节律位置来看，它位于弱—强（奇—偶）位置。也就是说，弱（W）的节律位置对应的音节是主重音，它两边的音节是非重读音节。根据重音最强原则，以上情况描述的是最强音节，应该出现在强（S）位置，而实际上它所在的位置是弱（W），所以它违背了重音最强原则，重音最强原则无法解释这类现象。出现这种困境的原因是 Halle - Keyser 理论的重音只是偶分特征，只能得出是或否的结论，无法解释出现频率的差异，而 Kiparsky 理论把重音分为 4度，用节律紧张度量化实际言语与节律模式的差异，从而较 Halle - Keyser 理论更有解释力。此外，Kiparsky 理论还可以用于判断是否合节律，例如：

4	1	4	1	TENSION
1	3	4		
[##house ## keep		ing##]N		5
	1	3	4	
	[##house ## keep		ing##]N	不合节律（unmetrical）

复合词 housekeeping 主重音落在 house 上，整个词如果出现在抑扬音步的弱－强－弱位置，则第一个音节是单音节词，节律规则 MR2a 允许它出现在弱（W）位置；节律规则 MR1 允许第二个音节出现在强（S）位置，第三个音节无重音，正好符合节律位置为弱（W）的要求。这种配置因此是合乎节律要求的，紧张度为 5。如果同一个词出现在抑扬音步的强－弱－强位置，第一个音节直接满足强（S）位置的要求，第三个音节遵循节律规则 MR1，可出现在强（S）位置，而第二个音节既不是单音节词也不是短语，不符合运用节律规则 MR2 的要求，因此，这个音节不能配置在这个节律位置，这个复合词的节律配置也是不合乎规则的。

如果用 Halle - Keyser 理论的重音最强原则解释的话，就会遇到两难境地。假设把节律重音配置给 keep，则可让这个复合词三个音节位于弱－强－弱（W-S-W）位置，而实际上，复合词重音落在 house 上，在 keep 之前，根据重音最强原则，keep 不具有最强重音，虽然它有可能出现在强（S）位置，但更大可能是出现在弱（W）位置，那么，相应的节律位置配置是强－弱－强（S-W-S），而这样的模式是不合乎节律要求的，如何避免呢？ Halle - Keyser 理论没有给出答案。另一种假设是节律重音没有配置给 keep，而是配置给 house，则只能出现强－弱－强（S-W-S）节律模式，而这种模式不合乎节律要求。因此，Halle - Keyser 理论适用于严格的基本节律模式，对于一些变体的解释力不如 Kiparsky 理论强。但是，Kiparsky（1975）理论无法解释具有相同语言重音的词和复合词，为什么节律模式不一样，如 tongue-tied 和 contact 都是第一个音节承载主重音，第二个音节是 3 度重音，但是只有前者才允许出现在 WS 位置。为此，Kiparsky 修订了他的理论。Kiparsky（1977）细分了两类重音，一类是语言重音，一类是诗歌节律重音，并且用树形图表示。在简单的诗歌里，这两类重音是重合的，而实际上，语言重音模式更复杂，所以有必要重新定义词汇重音，即在重音模式里 M N、M 和 N 如果没有被任何 # 分隔开，则两者都有词汇重音的。例如 the#dog 和 take#it 中的 dog 和 take 没有词汇重音，因为它们得到的重音（S）是相对于非重音（W）而言，而且两者之间被 # 分隔。而双音节词 rabbit 中的 rab 和 bit 这两音节没有被 # 隔开，重音落在第一个音节，是词汇重音。因此，节律属性条件暂定如下：

诗行 L 是合乎节律的，当且仅当诗行 L 重音模式与节律（a）末端节点一一对应；（b）S 为词汇重音，而没有这样的对应形式，S $\longleftrightarrow$ W。

相应的诗行复杂程度通过语言重音和节律重音的错配来计算，一个词中只有一个重音容易处理，如何有次重音，如何处理呢？因为韵律规则只作用于主要重音，Kiparsky（1975）的节律规则无法起作用。新的理论采用音节溶合的方法，把两个音节同时投射到同一个节律位置。

Kiparsky（1977）认为词汇与非词汇重音与结构标注有关，因而把层级结构运用到节律模式中，这种层级结构甚至可运用到词的内部，例如，抑抑扬格和扬扬抑格的三分音步也可用偶分树来表示节律音步，分别如下所示：

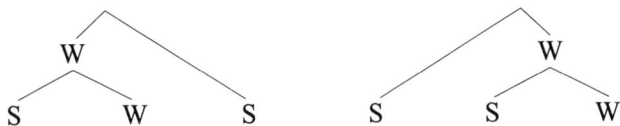

Hanson 和 Kiparsky（1996）在节律理论的基础上，进一步提出诗歌节律参数理论，以此定义一套形式上可能的节律原则，这一原则依据词汇音系结构，可为某一语言选择最佳节律。这一理论仍以重音为节律基础，详细分析了以音节重量为节律凸显参数的芬兰诗歌，发现某些节律模式类似英语。

由此可见，主要研究为重音的节律理论，最先关注的是重音配置、线性方向的重音冲突和重音与节律位置匹配；运用到诗律研究，诗人逐渐意识到音步的存在，进而用层级结构标注重音突显度。汉语诗律研究也延用了这种方法，我们将在下面的章节进行探讨。

第四节　节律音系学在汉语诗律中的运用

运用音系学方法研究律诗，前期是线性的方法，其中最有影响的是王力对近体诗平仄规律的总结。他归纳了五言和七言的平仄各有两种格式，假定五言律诗由两种四言平仄形式通过两条规则生成，这两种平仄形式是平平仄仄和仄仄平平，两条规则一是在四言中间插入一个音节，二是在末尾插入一个音节。七律的句子是五律句子的延长，在句首加两音节，声调的平仄和第一和第二音节相异，仄头加平头，平头加仄头。这是一种萌芽状态的生成方法，其底层形式是两对平仄相异的音节，转换规则是在固定位置增加异值声调，因此可推测有两个底层形式，但是诗的首行选择哪一个形式缺乏动因，更没有解释诗行间关系、其他诗行如何由首行转换生成。

对诗行平仄规律进行有效归纳的还有 Downer 和 Graham（1963），但是他们也是采用线性方法，把七言诗分为三个次系统，第二、第四、第六音节为第一次系统，第一、第三音节为第二次系统，第五、第七音节为第三次系统。第一次系统由偶数位置组成，交替类型受到严格限制；第二次系统由不受限制的奇数位置音节构成；第三次系统由受限奇数位置音节构成。Downer 和 Graham 无疑进一步揭示了一个基本规则，即一句之内周期性配置的声调都只是变体。他们的解决方案简单，只设定第一和第三次系统两个自变量，每一自变量允许两个且只有两个可能的声调交替类型，因此，每句只有四种可能的声调配置。然而，这一方案使第二次系统变得多余，只是附属于第一次系统，而且它没有解释为何第一、第三音节的声调借用它们后接音节的声调，而第五、第七音节却不借用。此外，第一和第三次系统包含的都是奇数音节，为何一个不受限一个受限？

最早用非线性的方法分析诗律的是 Jakobson（1970），他对行间关系进行了研究，采用的音系成分有节律音步。他同意 Downer-Graham 声调配置模式，同时进一步指出律诗底层形式可能与层级有关，因此，他把七言诗句分成 3 个节律音步，即 1 2/3 4/5 6 7，五言诗句分为 2 个节律音步，即 1 2/3 4 5。在节律音步层面，节律音系学的原则是相邻音节相同、相隔的音节不同，因此，在七言诗句中相邻音步的第一、第二音节和第三、第四音节声调相同。第五和第七音节平仄相对。诗行之间的关系有 4 种类型，分别是对衬、镜像、反对衬、反镜像，但是它们也导致生成违背平仄格式的诗行，例如七言仄起式的第三行是平平仄仄平平仄，镜像转换生成不合律格式仄平平仄仄平平。

　　为解决行间转换问题，T'sou 重新定义了 Jakobson 的对衬和反对衬关系，提出了倒置（inversion）和转换（conversion）。倒置是平仄间的变化，转换分两步：（a）分离出最后三音节，改变倒数第二音节的声调即第三音节，其他两音节，即第五、第七音节声调不变；（b）改变其他音节的声调，下图所示的转换是把第一行诗的声调转换为第三行诗的声调，其中 v 表示仄声，- 表示平声：

　　　　v v - - - v v　　Line 1
　　　　　　　- - v　　Conversion, step (a)
　　　　<u>- - v v　　　　　</u>Conversion, step (b)
　　　　- - v v - - v　　Line 3

　　以上仅是部分转换，尚未解释的是什么选出第五、第七音节位置来适配转换操作算子。此外，转换算子如果仅用于阻止第五、第七音节位置免于底层倒置，它的地位是什么？总之，Downer-Graham 的三分次系统中有一个是多余的，Jakobson 和 T'sou 的转换模式复杂，而得出的平仄形式有限。

　　在此基础上，Matthew Chen（1979）运用非线性方法，提出了层级和双分模式。具体操作是诗句分两半（hemistichs），前四个音节一半，后三个音节一半，再继续分为音步（feet）。

　　由于弱音步中的强拍强于强音步中弱拍，这种层级分析可解释左分枝和右分枝结构中的第五和第六音节位置受限差异。而且由于音步与句法结构的对应关系，切分是依据吟诵。而 Halle 和 Keyser（1971）认为半行切分与句法结构巧合不能作为特征来定义半行，诗行切分不是根据句法结构，而是要根据节律结构。此外，半行切分与吟诵的关系还需要寻找更多动因。而且 Chen（1979）采用的平仄节律树参考的是描写重音结构的节律树，这两者之间是否对等还需要更多证据支持。Yip（1980）认为节律结构不仅管辖声调模式和某些偏差，而且管辖吟诵节奏、句法结构以及罕见的中性调。Yip 通过区分中性调、独立调和组合调，对近体七言诗化分层级树，进一步论证了 Chen 的观点，但他们的模式都过度依赖相邻韵律成分和内部结构。

Prince（1983）和 Selkirk（1984）提出可用节律栅配置来定义相对突显，从而淘汰韵律层级成分。Ping Xue（1989）赋予半行诗和音步独立地位，以符合节律理论的普遍原则，并允许对汉语音系结构层级进行直接统一的解释。他的研究提供了新的证据支持韵律层级成分。Duanmu（2004）选用《唐诗三百首》共 1460 句诗行，对词重音和短语重音进行对比分析，最强重音必须出现在强（位置），如果出现偏差，通常人们认为的节律紧张与出现频率关系在近体诗中体现不明显，主要是因为某些非节律因素影响频率，而且各种变化模式并非是例外现象。他把英诗基本模式、空假设用于汉诗，加空节拍后，五言和七言都只包含双音步，五音节诗行有三个双音步（SW）（SW）（SØ），七音节诗行有四个（SW）（SW）（SW）（SØ），空节拍可用于解决三音节音步问题。这种以短语重音标识突显位置的方法，与汉语格律诗平仄有什么关系，尚没阐明清楚。而且他提出的以重音为参数的节律突显位置，与王力归纳的以声调为参数的节律突显位置刚好相反。

用节律栅分析汉语格律诗的有 Fabb 和 Halle（2008），他们以声调为参数分析五言诗和七言诗的理想节律模式和变体，但是他们标注的平仄有误，此外，他们用节律音系学的方法把第四音节位置投射到句子的中心位置，从而突显第四音节的位置，使之与第一、第二音节和第五、第六音节不同。但他的分析并没有把相异的第二、

第五音节区分开来，而是把声调配置分为理想声调配置和实际声调配置，但实际上律诗都必须满足理想声调配置的要求，否则就要拗救。而且，他们标注的理想调类模式也出现了三连平现象，同时这类模式把句末音节排除在节律分析之外。以上研究都是运用节律音系学理论以及音步的概念对汉语近体诗格律进行分析，对汉诗的分析存在偏差。张洪明（2014）用统计方法对汉语格律诗及其形成过程中出现的节律模式提出了新的看法。其一是诗律音步的定义。在不同的理论体系学科框架中，音步的性质和定义不同。音步在节律音系学中是构建节律栅的主要单位；由平仄音节交替构成的音步是汉语诗律学意义上的音步，但诗律学音步非语言学音步。两者的差异在于，语言学意义上具有节律凸显关系的音步一般涉及相关的两个音节，而汉语诗律中若要构成一个"平仄"对立的音步，则涉及四个音节。其二是是格律诗节律模式。张洪明对六朝时沈约的诗进行了穷尽性分析，得出了和前人不一样的结论：（1）沈约的诗歌创作与其理论主张高度一致；（2）六朝诗歌节律模式与唐诗不同；（3）六朝时沈约采用的声调模式是四声相异，而唐诗采用的是平仄相异；（4）从六朝到唐朝，汉语诗律在形成过程中经历了多种节律要素对比的尝试，包括采用哪种声调形成对比以及在哪两个位置形成对比。张洪明（2014）进而对六朝永明体代表人物沈约、王融和谢朓的诗歌进行了定量分析，重点关注他们诗歌节律模式中形成对比的声调和位置，研究发现他们的五言诗中第二、第五音节位置以及第五、第十音节位置形成严格的声调对比，这是一种规则而不是倾向。这项研究方法不同于传统经验之学，采用二项式检验（binomial test）、卡方（Chi-squared test）和贝叶斯估计（Bayesian estimation）用于声调数据的对比，得出的结论更客观而信度高。

　　传统诗律学研究多半以文献中的诗论以及诗人创作讨论汉语诗律的形成，运用现代语言学理论，以非线性理论对音段和超音段两方面考察诗句内节奏点所在，其底层制约规则是什么，以及如何用超音段成分在表层得到实现。但是，节律音系学理论是建立在重音基础之上的，汉语是否有重音，以及重音的节律模式，一直是学术界讨论的热点，而尚无一充分的解释。因此，采用统计学的方法、描写大量的案例、从而归纳出特点的方法是可取的。本研究拟采用统计和对比的方法，描写四言诗和五言诗的语言特点，进而提示出两者的差异。

第二章 四言的句法和词汇特征

本章的研究案例是四言的代表作《诗经》，主要介绍研究路径、数据采集和整理，进而具体描写《诗经》中《风》《雅》《颂》三个部分中四言诗的句法结构和词汇特征。

第一节 《诗经》简介

《诗经》是我国最早的一部诗歌总集，共305篇，包含周代前段五百多年间的诗歌选录，产生地域以黄河流域为中心，南到长江北岸，分布在今陕西、甘肃、山西、山东、河北、河南、安徽、湖北等地。《诗经》的作者佚名，绝大部分已经无法考证，传为尹吉甫采集、孔子编订。《诗经》在先秦时期称为《诗》，或取其整数称《诗三百》。西汉时被尊为儒家经典，始称《诗经》。《诗经》在内容上分为《风》《雅》《颂》三个部分。《风》共160篇，是周代各地的歌谣；《雅》有105篇（《小雅》中有6篇有目无诗，不计算在内），是周人的正声雅乐，又分《小雅》和《大雅》；《颂》有40篇，是周王庭和贵族宗庙祭祀的乐歌，又分为《周颂》《鲁颂》《商颂》。

　　《诗经》是以地域分编，用地域名称加标题的。《风》包括了15个地方的民歌，包括今陕西、山西、河南、河北、山东等地，大部分是黄河流域的民间乐歌。多半经过润色后的民间歌谣叫"十五国风"，是《诗经》中的核心内容。"风"的意思是土风、风谣。十五国风分别是：周南11篇、召南14篇、邶风19篇、鄘风10篇、卫风10篇、王风10篇、郑风21篇、齐风11篇、魏风7篇、唐风10篇、秦风10篇、陈风10篇、桧风4篇、曹风4篇、豳风7篇。

　　《雅》是西周王朝直接统治地域——"王畿"的诗歌，多数为朝廷官吏的作品。《颂》大体是西周和鲁国、宋国最高统治者用于祭祀或其他重大典礼的乐歌。颂就是歌颂、赞美。三颂的诗，其中心内容是赞美在位的周王、鲁侯、宋公或其祖先的功德，其专用范围限于周王、鲁侯、宋公举行祭祀或其他重大典礼。这是颂诗的两个基本条件，至于《风》《雅》中也有赞美王与公侯或其祖先的诗篇，适合前一条件，不适合后一条件，所以不列入颂诗。

　　总之，《风》《雅》《颂》的区别是，《风》一般是民间歌谣，但也有些例外；《雅》是朝廷官吏的作品，而《小雅》又有些民间歌谣；《颂》是王侯举行祭祀或其他重大典礼专用的乐歌。三者的界限并不严格。本书在对句法、词汇和节奏方面的分析时，特意区分这三类诗，以求找出在不同场合使用的诗歌有何异同。

第二节　数据标注统计介绍

　　《诗经》采用的文本来自王力的《诗经韵读》，释读以陈奂的

《诗毛氏传疏》和马瑞辰的《毛诗传笺通释》为主，辅以高亨的《〈诗经〉今注》和向熹的《诗经词典》。全部诗篇输入 Excel，注明出处，然后解析其结构和句法成分，采用的标注体例举例如下：

①修饰成分标为 M，定中结构标成 [MN]，如：绿衣和静女标成 [MN]，专有名词如北门、柏舟标成 [NN]，状谓结构标成 [MV]，如：

公侯好仇　　　　兔置 7-8　　　　国风·周南　　　[22]　　　[NN[M V]]

②否定式标成 B，包括"不"（维以不永怀）、"未"（未见君子）、"勿"（勿翦勿伐）、"莫"（莫敢或遑）、"无"（无感我帨兮）、"微"（微我无酒）、"匪"（我心匪鉴）、"弗"（瞻望弗及）、"莫"（莫往莫来）、"未"（迨冰未泮）、"毋"（毋逝我梁）、"靡"（靡所与同）。

③疑问词标成 W，"何"（云何吁矣）、"以"（于以采蘩）、"何以"（何以穿我墉）、"曷"（曷不肃雍）、"岂"（岂不夙夜）、"胡"（胡能有定）、"谁"（谁谓荼苦）。

④数词 + 名词标成 [NN]，如二子。

⑤连词是 C，如：

虽则如燬　　　　汝坟 10-11　　　国风·周南　　　[1 [1 2]]　　　[C[M[V N]]]

⑥代词标成 N，如：

薄污我私　　　　葛覃 2-16　　　　国风·周南　　　[13]　　　[M[V NN]]

⑦助词记作 X，如，

维以不永怀　　　卷耳 3-8　　　　国风·周南　　　[1[1[1 2]]]　　　[X[V[B[M V]]]

⑧"可"作动词，

则不可得　　何人斯 199-44 小雅·节南山之什 [1[12]]　　[C[B[V V]]]

　　此外，文中提到的双音词是指语音形式为两音节的词，两个音节结合紧密，不能拆开或随意扩展的。（程湘清，2008）

第三节 《诗经·风》四言诗句法和词汇特征

对《诗经·风》句法结构进行统计，得出的数据如下：

《诗经·风》共 2623 行诗，其中一言 11 行，二言 4 行，三言 126 行，四言 2234 行，五言 173 行，六言 53 行，七言 14 行，八言 3 行。因此，从数量来看，四言诗占 85%，也就是说《诗经·风》的主要言律形式是四言。细分各言的句法结构，统计结果如下：

三言句法结构为 [111] 的有 5 行，[21] 有 25 行，[12] 有 96 行，[12] 占比最大，约为 76%。因此，三言句法结构以 [12] 为主。

四言句法结构为 [[21]1] 的有 81 行，[1[111]] 有 3 行，[1[21]] 有 30 行，[1111] 有 4 行；[112] 有 3 行，[121] 有 5 行，[13] 有 3 行，[211] 有 4 行；为 [22] 的有 1064 行，占比最高，约为 47.5%；[1[12]] 有 794 行，占比次之，约为 35%。因此，四言句法结构以 [22] 为主。

五言诗中 [[[21]1]1]2 行，[[1[21]]1]7 行，[[12]2]3 行，[[21]2]11 行，[1[1[12]]]41 行，[1[22]]18 行，[14]1 行，[23]5 行，[32]8 行；[2[12]]30 行，占比最高，约为 17%；[[22]1]27 行，占比次之，约为 16%；[[1[12]]1]20 行，占比居第三，约为 12%，而且这 20 行诗中，最后一个字是助词"也"或"兮"，如不考虑这个助词，把它们当成四言诗，句法结构则为 [1[12]]。

六言诗中 [[[21]1]2]2 行，[[1[12]1]1]8 行，[[1[22]1]2 行，[1[[12]2]]1 行，[1[[21]2]1 行，[1[1[1[12]]]]4 行，[2[1[12]]]4 行，[2[1[21]]]2 行，[2[22]]4 行，[[22]2]6 行；[[2[12]]1]19 行，占比最大，约为 36%。这 19 行诗中，最后一个字是助词"哉""猗""矣""兮"中的某一个，如不考虑这个助词，它们就是五言诗，句法结构为 [2[12]]，这类结构在五言诗中所占比重最大。

七言诗中 [[[21][12]]1]6 行，所有诗行最后一个字是虚词 "矣" 或 "兮"，[[2[12]]2]3 行，[[32]2]1 行，[1[1[1[21]]]1]3 行，[3[1[12]]] 1 行。

八言诗中 [[1[1[2[12]]]]1]3 行。

综上所述，《诗经·风》四言诗占大多数，约为 85%，其中 [22] 结构是主要的句法形式。

《诗经·风》四言诗 2234 行，其中《周南》73 行、《召南》90 行、《邶风》189 行、《鄘风》48 行、《卫风》83 行、《王风》54 行、《郑风》155 行、《齐风》164 行、《魏风》126 行、《唐风》248 行、《秦风》252 行、《陈风》191 行、《桧风》61 行、《曹风》130 行、《豳风》370 行，各国风结构和数量如表 2.1 所示：

表 2.1　《诗经·风》中各国风诗的句法结构和数量

句法结构	周南	召南	邶风	鄘风	卫风	王风	郑风	齐风	魏风	唐风	秦风	陈风	桧风	曹风	豳风	合计/行
四言/行	73	90	189	48	83	54	155	164	126	248	252	191	61	130	370	2234
[22]	71	86	187	48	82	54	103	108	64	162	183	133	42	93	291	1707
[1[12]]	—	4	2	—	—	—	39	10	39	71	61	41	13	29	64	374
[[12]1]	2	—	—	—	1	—	9	33	17	7	—	6	—	5	6	86
[[21]1]	—	—	—	—	—	—	4	13	3	2	2	9	6	3	1	43
[1[21]]	—	—	—	—	—	—	—	—	2	3	—	—	—	6	—	11
[1111]	—	—	—	—	—	—	—	—	—	—	—	—	—	—	2	2
[13]	—	—	—	—	—	—	—	—	—	—	—	1	—	—	—	1

对本表数据分析可发现，《诗经·风》四言中 [22] 结构占比高达 76.4%。如果不采用 [22] 结构，最有可能采用的结构是 [1[12]]，其次是 [[12]1] 和 [[21]1]，较少采用的结构是 [1[21]] 和 [121]，最少采用的结构是 [1111] 和 [13]。也就是说，如果两种结构二选一的话，首选 [22]，其次是 [1[12]]，这两者共占据 93.1%，而其他 6 种结构占比很少，没有统计学意义。总之，从理论上来说，四言可

能的结构有 10 种，它们分别是 [1111]、[1[12]]、[[11]2]、[[12]1]、[1[21]]、[[21]1]、[2[11]]、[22]、[13] 和 [31]，也就是说每种结构可能出现的比例是 10%，从目前《诗经》的句法结构分析看，没有出现的是 [[11]2]、[2[11]] 和 [31]，为什么它们没有出现？可能是因为 [[11]2]、[2[11]] 和 [22] 结构很接近，也较易转为 [22] 结构，这还需要从 [22] 结构的具体成分来判断，下一节会详细分析。从所出现的结构来看，出现比例最高的是 [22]，其次是 [1[12]]，它们的具体句法成分，下面会详细分析。

　　如果再细化各国《风》的 [22] 结构就会发现《鄘风》和《王风》所有四言都是 [22] 结构，但是数量不多，分别是 48 行和 54 行，而其他大多数《风》的四言数量较多，多数超过 100 行。其余各《风》的各种句法结构等如表 2.2 所示：

表 2.2　《诗经·风》中《鄘风》和《王风》以外各国风诗的句法结构、数量和百分比

句法结构	卫风	邶风	周南	召南	豳风	秦风	曹风	陈风	桧风	齐风	郑风	唐风	魏风	合计/行
四言/行	83	189	73	90	370	252	130	191	61	164	155	248	126	2234
[22]	82	187	71	86	291	183	93	133	42	108	103	162	64	1065
百分比/%	98.8	98.9	97.3	95.6	78.6	72.2	71.5	69.6	68.9	65.9	66.5	65.3	50.8	76.4
[1[12]]	—	2	—	4	64	61	29	41	13	10	40	71	39	374
百分比/%	—	1.0	—	4.4	17.3	24.6	22.3	21.5	21.3	6.1	25.2	28.6	31.0	16.7
[[12]1]	2	—	2	—	6	—	5	6	—	33	9	7	17	87
百分比/%	1.2	—	2.7	—	1.6	—	3.8	3.1	—	2.0	5.8	2.8	13.5	3.8
[[21]1]	—	—	—	—	1	2	3	9	6	13	4	2	3	43
百分比/%	—	—	—	—	0.3	0.8	2.3	4.7	9.8	7.9	2.6	0.8	2.4	1.9
[1[21]]	—	—	—	—	6	3	—	—	—	—	—	2	—	11

句法结构	卫风	邶风	周南	召南	豳风	秦风	曹风	陈风	桧风	齐风	郑风	唐风	魏风	合计/行
百分比/%	—	—	—	—	1.6	1.2	—	—	—	—	—	0.8	—	0.5
[121]	—	—	—	—	—	3	—	1	—	—	—	4	3	11
百分比/%	—	—	—	—	—	1.2	—	0.5	—	—	—	1.6	2.4	0.5
[1111]	—	—	—	2	—	—	—	—	—	—	—	—	—	2
百分比/%	—	—	—	0.5	—	—	—	—	—	—	—	—	—	0.09
[13]	—	—	—	—	—	—	—	1	—	—	—	—	—	1
百分比/%	—	—	—	—	—	—	—	0.5	—	—	—	—	—	0.04

　　把这些诗的句法结构和诗作产生的地域联系起来看有如下发现：一是《鄘风》《卫风》《王风》《邶风》《周南》和《召南》的四言中[22]结构占比是100%—95.6%。其中《鄘风》《卫风》《邶风》在春秋时代已经混在一起，今本《诗经》，《邶》19篇，《鄘》10篇，《卫》10篇，是随意分的，春秋时人认为《邶》《鄘》《卫》都是卫国的诗。《邶》《鄘》《卫》多数是东周作品；《王风》诗10篇，东周王国境内的作品（高亨，2010：10）。二是其他地方的诗作中[22]结构突然降至50.8%—78.6%，最大值和最小值之间的最大降幅（《鄘风》《王风》《魏风》）高达49.2%，最小降幅（《召南》和《豳风》）起码也是17%。它们之间没有80%左右的数据作为过渡，也不是以均值76.4%为中心上下浮动，而是一种突变，似乎两者不同质。三是[22]结构高达76.4%，使用频率第二的结构是[1[12]]，占比是16.7%，两者相差59.7%，可以说[22]结构具有普遍性，与平均可能出现的10%相比，占绝对优势，有意为之的可能性较大。[1[12]]的比例只超出平均数6.7%，有意为之的可能性较小。而其他结构都没有超过平均数，很可能是因为语言本身的特征。

那么，同一体裁的作品结构差异为何这么大？目前来看仅仅是地域使然。现在归纳各国风的篇数、产生地域等如表 2.3 所示：

表 2.3　各国风诗篇数、产生地域和时代

名称	篇数 / 篇	地域	时代
鄘风	10	朝歌南	东周
卫风	10	今河北南部及河南北部，都朝歌	东周
王风	10	今河南北部	东周
邶风	19	朝歌北	东周
周南	11	东都洛邑（北到汝水，南到武汉地带）	东周、西周
召南	14	西都镐京（南到武汉以上长江流域）	东周、西周
豳风	7	今陕西枸邑县	西周
秦风	10	今陕西中部	东周
曹风	4	今山东西南	两篇东周，其余不详
陈风	10	今河南东南部及安徽北部	东周、西周
桧风	4	今河南中部	西周
齐风	11	今山东东北部和中部	四篇东周，其余不详
郑风	21	今河南中部	东周
唐风	12	今山西中部	东周
魏风	7	今山西芮城县东北	东周

（本表所用资料来自高亨（2010））

本表排列顺序是按照 [22] 结构占比由多到少的顺序，从上往下排列。此表所列地域，排列在前的作品来自河南北部以及朝歌附近，产生于东周。《诗经》从时间上来说，最早产生于西周初年，直至春秋末期。从地域来说，朝歌在西周之前的商代的都城，当时的经济文化中心，发展至东周，某一文体逐渐成熟完备，也是有可能的，因此，同一时期同一地域采用相同的结构是有可能的。

《诗经·风》四言诗中句法结构为 [22] 最多，占 76.4%，其次是 [1[12]]，占 16.7%，最后是 [[12]1]，占 3.8%。接下来主要分析这三种句法结构。

一、《诗经·风》[22] 结构四言诗句法和词汇特征

[22] 的句法结构有 212 种，具体如下（结构后的数字表示此结构的行数）：

主谓结构（958 行）（81 种结构）

S+V 结构（220 行）（39 种结构）[B N][B V]4 [[M N][B V]]1 [[M N][X V]]1 [[N N][B V]]3 [[N N][M V]] 1 [[N N][N V]]1 [[N N] VV]1 [[N V][B V]]3 [[N V][M V]]4 [[N V][N V]]4 [[N V][P N]]5 [[N V][P V]]6 [[N V][V X]]3 [[N V]OO]2 [[V N][B V]]18 [[V N][N V]]3 [AA[N V]]1 [MM[N V]]2 [MN[C V]]2 [MN[V A]]2 [N N[V V]]1 [N V[V X]]1 [NN MV]12 [NN VV]33 [NN[A V]]7 [NN[M V]]5 [NN[N V]]7 [NN[V A]]2 [NN[V V]]1 [NN[V V]]30 [NN[W V]]10 [NN[X V]]28 [V N[B V]]1 [V N[V V]]1 [V N][V V]2 [VV[B V]]3 [VV[N V]]1 [XX[N V]]2 [NN[C V]]6

S+N 结构（104 行）（5 种结构）（[NN[B N]]3 [NN[M N]]3 [NN[N N]]7 [NN[W N]]6 [NN[X N]]85

S+V+O 结构（321 行）（12 种结构）[[M A][V N]]1 [[M N][V N]]5 [[N N][V N]]1 [[N P][V N]]7 [[N V][V N]]10 [MN[V N]]22 [N N[V N]]3 [N V[V N]]3 [NN VN]6 [NN[V N]3 [NN[V N]]257 [V N[V N]]3

S+A 结构（313 行）（25 种结构）[[M N]AA]5 [[M V][X A]]2 [[N N][X A]]1 [[N N]AA]8 [N X][A X]]1 [[N X][B A]]4 [[N X]AA]8 [[V N][N A]]1 [[V N]AA]11 [[V N]MM]1 [AA[N A]]3 [MN AA]30（重叠形容词）[MN[A A]]2 [MN[X A]]13 [MV AA]4 [N X[B A]]2 [NN AA]106 [NN[A A]]25 [NN[B A]]17 [NN[B V]]19 [NN[C A]]8 [NN[M A]]5 [NN[X A]]31 [VV AA]5 [VV[B A]]1

名词结构（303 行）（41 种结构）

[[M N]OO]1 [[A N][A N]]2 [[A X][N X]]4 [[A X]NN] 1 [[B A][B

N]] 2 [[B N][B N]]1 [[B N][C N]]1 [[C N][C N]]2 [[M V]NN]2 [[N A][X N]]1 [[N N][N N]]1 [[N N]NN]2 [[N N][X N]]5 [[N N]OO]1 [NN OO]4 [[N N]XX]2 [[N V][X N]]2 [[N X][N X]]23 [[NN][NN]]1 [[X N][X N]]1 [AA MN]4 [AA NN]32 [AA[A N]]1 [AA[N N]]2 [AA[X N]]1 [MM MN]8 [MM NN]44 [MM[N N]]5 [MN MN]20 [MN NN]8 [MN[X N]]2 [N N[N N]]1 [N N[X N]]4 [N X][N X]2 [NN AN]1 [NN MN]7 [NN NN]78 [NN XX]2 [NN[P N]]4 [NN[P V]]3 [OO NN]15

动词结构（370 行）（72 种结构）

无宾语动词结构（134 行）（36 种结构）[[A V][A V]]1 [[B V][B V]]25 [[B V][W V]] 2 [[C V][C V]]3 [[M V][M V]]3 [[M V][V V]]3 [[P N][A V]]1 [[P N][M V]]1 [[P N][V V]]1 [[P N]MV]2 [[P N]VV]1 [[V A][V A]]1 [[V V][B V]]6 [[V V][P N]]2 [[V V][V N]]1 [[V V][V V]]5 [[V X][B V]]2 [[V X][C V]]2 [[V X][V V]]1 [[V X][V X]]8 [[W V][W V]]3 [[W X][M V]]1 [[WX][MV]]5 [[X V][X V]]8 [AA VV]2 [AA[B V]]13 [AA[M V]]4 [AA[V V]]1 [AA[X V]]3 [MM[X V]]6 [P N]MV]2 [V X][V X]2 [VV VV]7 [VV[C V]]1 [VV[P N]]4 [XX VV]1

有宾语动词结构（236 行）（36 种结构）[[P N][V N]]5 [[P V][V N]]1 [[V N][C V]]2 [[P W][V N]]9 [[V N][A A]]6 [[V N][A V]]3 [[V N][B A]]2 [[V N][P N]]7 [[V N][P V]]1 [[V N][V N]]1 [[V N][V N]]64 [[V N][V V]]1 [[V N][W V]]3 [[V N]NN]13 [[V N]OO]2 [[V N]WW]6 [[W A][V N]]1 [[W P][V N]]1 [[W V][V N]]3 [[V X][V N]]2 [[X V]NN]3 [AA[V N]]4 [CC[V N]]2 [MM[V N]]1 [MV[V N]]4 [N P[V N]]4 [P N[V N]]8 [V N[C V]]1 [V N[P V]]1 [V N][V N]2 [VN OO]1 [VV NN]33 [VV[V N]]33 [W P[V N]]2 [WW[V N]]2 [X X[V N]]2

形容词结构（67 行）（14 种结构）

[[A X][A X]]19 [[AA][AA]] 1 [[B A][C A]]2 [[B A][X A]]1 [[C A][C A]]1 [[C A]XX]3 [[P N][M A94]]4 [[W P][B A]]1 [[X A][X A]]8 [AA AA]3 [AA[C A]]8 [AA[X A]]2 [OO[A X]]8 [WW[B A]]6

其他（8 行）（3 种结构）

[[O X][O X]]1 [[P N][P N]]1 [WW WW]6

[22] 结构的诗行一共有 1707 行，从《风》的句法结构分析看，其中主谓结构 956 行，动词结构 370 行，名词结构 302 行，形容词结构 67 行。值得一提的是，从各类结构的占比来说，主谓结构占 56.1%，动词结构占 21.7%，名词结构占 17.7%，形容词结构 3.9%。动词结构内部细分为有宾语动词结构和无宾语动词结构，其中有宾语动词结构 270 行，所占比例是 15.8%，无宾语动词结构 134 行，所占比例是 7.9%。各类句法结构、数量等总结如表 2.4 所示：

表 2.4 《诗经·风》[22] 结构中句法结构、数量、百分比和种类

序号	结构		例句	行数 / 行	百分比 / %	结构种类 / 种
1	主谓结构	S+V+O	他人入室	321	18.8	12
		S+A	绿竹猗猗	312	18.3	25
		S+V	大夫跋涉	219	12.9	40
		S+N	副笄六珈	104	6.1	5
2	动词结构	有宾语动词结构	顾瞻周道	236	13.9	36
		无宾语动词结构	耿耿不寐	134	7.9	36
3	名词结构	—	窈窕淑女	303	17.7	41
4	形容词结构	—	婉兮娈兮	67	3.9	14
5	其他	—	如何如何	8	0.5	3

从以上表格的数据来看，[22] 结构中主谓结构最多，其中又以 S+V+O 和 S+A 最多，其次是 S+V，最少的是 S+N。动词结构占比是 21.8%，其中有宾语动词结构为 13.9%，远远多于不带宾语的动词结构，主谓结构中 S+V+O 数量最多，两者之间的情况一致。接下来是名词结构，占比是 17.7%，比动词结构低 4.1%，两者所占

比值较接近，但是它们都远远比不上主谓结构数量。形容词结构最少，只有 3.9%，与助词接合的情况较多。各结构按总数排序如表2.5 所示：

表 2.5　《诗经·风》[22] 结构的句法结构总数排序

序号	结构	例句	行数 / 行	百分比 / %	结构种类 / 种
1	S+V+O	他人入室	321	18.8	12
2	S+A	绿竹猗猗	312	18.3	25
3	名词结构	窈窕淑女	303	17.7	41
4	有宾语动词结构	顾瞻周道	236	13.9	36
5	S+V	大夫跋涉	219	12.9	40
6	无宾语动词结构	耿耿不寐	134	7.9	36
7	S+N	副笄六珈	104	6.1	5
8	形容词结构	婉兮娈兮	67	3.9	14
9	其他	如何如何	8	0.5	3

　　《风》四言诗共 2234 行，句法结构有 214 种，那么平均下来每种句法结构大约是 10 行，超出平均值的句法结构相对来说是突显项，不是随机出现的，很有可能是有意为之，因此把超过均值的句法结构的行数统计如下：

　　主谓结构 560 行

　　S+V +O 结构 [NN[V N]]257 [MN[V N]]22 [[N V][V N]]10

　　S+V 结构 [NN[B V]]19 [NN MV]12 [[V N][B V]]18 [NN VV]33 [NN[V V]]30 [NN[W V]]10 [NN[X V]]28

　　S+A 结 构 [NN AA]106 [[N N]AA]8 [NN[A A]]25 [MN AA]29 [NN[B A]]17 [NN[X A]]31 [[V N]AA]11 [MN[X A]]13

　　名词结构 302 行

　　[[N X][N X]]23 [AA NN]32 [MM NN]44 [MM[N N]]5 [MN MN]20 [NN NN]78 [NN[X N]]85 [OO NN]15

　　动词结构 181 行

[[B V][B V]]25　[[V N][V N]]64　[[V N]NN]13　[AA[B V]]13　[VV NN]33　[VV[V N]]33 行

形容词结构 19 行

[[A X][A X]]19

从以上超出均值的结构来看，数量最多的是 S+V+O 结构中的 [NN[V N]]，共 257 行，是 S+V+O 结构中的主要形式，这一结构的特点是主语是双音名词，谓语是单音动词，宾语是单音名词；其他两种 S+V+O 结构 [MN[V N]] 和 [[N V][V N]] 中动词仍是单音动词，主语也是单音名词。S+V 结构中，主语如果是名词，则都是双音名词，谓语由双音动词构成，或者由单音动词和一个功能词构成。S+A 结构中，大多数主语由双音名词构成，大多数谓语也是由双音形容词构成。名词结构中，双音名词居多，名词的修饰词多数也是双音词。动词结构中，动词大多是双音词，动词宾语大多是双音名词。

简化以上句法结构，归纳组合规律，用 J 和 K 表示不同词类，用这两个符号填充四个空位，可能出现的组合有 [JJKK]、[JJJJ]、[JKJK]、[KJKJ]、[KKJJ]、[KKKK]、[JKKJ]、[KJJK]、[JKKK]、[JJJK]、[JKJJ]、[KJKK]、[JJKJ]、[KKJK]。四个字的诗行，产生 [22] 结构的可能有两种，一种是句首两个字或句末两个字的词类相同，另一种是第三和第四字的结构是第一和第二两字结构的重复。排除中间两字词类相同的情况，因此，能够产生 [22] 结构的组合是 [JJ KK]、[JJ JJ]、[JK JK]、[KJ KJ]、[KK JJ]、[KK KK]、[JK KK]、[JJ JK]、[JK JJ]、[KJ KK]、[JJ KJ]、[KK JK]。具体到《风》，出现情况多的句法结构是 [JJ JJ]/[KK KK]、[JK JK]/[KJ KJ]、[KK JJ]/[JJ KK]。这三种结构可概括大多数情况，用具体的词类表示是 [NN VV]、[VV NN]、[AA NN]、[NN AA]、[OO NN]、[NN OO]、[NX NX]、[VX VX]、[AX AX]、[[B V][B V]]。这些结构占比归纳如下：

49

[JJ--]/[KK--]/[-- JJ]/[-- KK]805

双音名词 580 组

[[N N][B V]]3　[[N N][M V]] 1　[[N N][N V]]1　[NN MV]12　[NN[A V]]6　[NN[M V]]5　[NN[N V]]7　[NN[V A]]2　[NN[W V]]10　[NN[X V]]28　[NN[C V]]6　[NN[B N]]3　[NN[M N]]3（公侯好仇）[NN[W N]]6　[NN[X N]]85　[[N N][V N]]1　[N N][V N]]3　[NN VN]6　[NN[V N]]3　[NN[V N]]257　[[N N][X A]]1　[NN[B A]]17　[NN[B V]]19　[NN[C A]]8　[NN[M A]]5　[NN[X A]]31　[[A X]NN] 1　[[M V]NN]2　[[N N][X N]]5　[MN NN]8　[N N[X N]]4　[NN AN]1　[NN MN]7　[NN[P N]]4　[NN[P V]]3　[[V N]NN]13　[[X V]NN]3

双音动词 61 组

[V N][V V]2　[VV[B V]]3　[VV[N V]]1　[VV[B A]]1　[[M V][V V]]3　[[P N][V V]]1　[[P N]VV]1　[[V V][B V]]6　[[V V][P N]]2　[[V V][V N]]1　[[V X][V V]]1　[VV[C V]]1　[VV[P N]]4　[[V N][V V]]1　[VV[V N]]33

双音形容词 127 组

[AA[N V]]1　[MM[N V]]2　[[M N]AA]5　[[N X]AA]8　[[V N]AA]11　[[V N]MM]1　[AA[N A]]3　[MN AA]29（重叠形容词）[MN[A A]]2　[MV AA]4　[AA MN]4　[AA[A N]]1　[AA[X N]]1　[MM MN]8　[AA[B V]]13　[AA[M V]]4　[AA[X V]]3　[MM[X V]]6　[[V N][A A]]6　[AA[V N]]4　[MM[V N]]1　[AA[C A]]8　[AA[X A]]2

其他双音词 37 组

[[N V]OO]2　[[M N]OO]1　[[V N]OO]2　[XX[N V]]2　[[V N]WW]6　[CC[V N]]2　[VN OO]1　[WW[V N]]2　[X X[V N]]2　[[C A]XX]3　[OO[A X]]8　[WW[B A]]6

[JJ KK]/[KK JJ]354 组

[[N N]VV]1　[N N[V V]]1　[NN VV]33　[NN[V V]]1　[NN[V V]]30

[[N N]AA]8 [NN AA]106 [NN[A A]]25 [[N N]OO]1 [NN OO]4 [[N N]XX]2 [AA NN]32 [AA[N N]]2 [MM NN]44 [MM[N N]]5 [NN XX]2 [OO NN]15 [VV AA]5 [AA VV]2 [AA[V V]]1 [XX VV]1 [VV NN]33

[JK JK]/[KJ KJ] 213 组

[[N V][N V]]4 [[V N][N V]]3 [V N[V V]]1 [V N[V N]]3（执辔如组）[[A N][A N]]2 [[B N][B N]]1 [[C N][C N]]2 [[N X][N X]]23 [N X][N X]2 [[X N][X N]]1 [MN MN]20 [[O X][O X]]1 [[P N][P N]]1 [[A V][A V]]1 [[B V][B V]]25 [[C V][C V]]3 [[M V][M V]]3 [[V A][V A]]1 [[V X][V X]]8 [[W V][W V]]3 [[X V][X V]]8 [V X][V X]2 [[V N][V N]]1 [[V N][V N]]64 [V N][V N]2 [[A X][A X]]19 [[C A][C A]]1 [[X A][X A]]8

[JJJJ]/ [KKKK]112 组

[NN[N N]]7 [[N N][N N]]1 [[N N]NN]2 [[NN][NN]]1 [N N[N N]]1 [NN NN]78 [WW WW]6 [[V V][V V]]5 [VV VV]7 [[AA][AA]]1 [AA AA]3

以上 [22] 结构共 1484 行，与 [22] 结构的总数 1707 行相比，减少了 220 行，但是仍占到总数的 87.1%。也就是说双音词是构成 [22] 结构的主体，而且这个双音词位于首尾两端，而不是中间。不计 [JJ KK]/[KK JJ] 和 [JJJJ]/ [KKKK] 这几类结构，双音词位于第一、第二位置的有 688 行，位于第三、第四位置的有 117 行，也就是说，双音词更倾向于出现在第一、第二位置。

从三大类实词来看，双音名词最多，其次是双音形容词，再次是双音动词。由此可见，双音名词和形容词居多，而一个字的动词较多。因此，在此做一小结，且列出一个序列，即《风》共 2623 行，其中四言诗 2234 行，[22] 结构 1707 行，从句法结构来看主谓结构 956 行，居于首位。这一结构的构成方式有四类，一是 AABC

或 ABCC 式，二是 AABB 式，三是 AAAA 式，四是 ABAB 式（其中 AA、BB、CC 指双音词）。统计数据显示，AABC 和 ABCC 式共 805 行，其中名词最多，共 580 行，并且 AABC 式数量多于 ABCC 式。AABB 式共 354 行，AAAA 式共 112 行，ABAB 式共 213 行，这四类结构是 [22] 结构的 86%。因此，可以说四言的主要句法结构是 [22]，而 [22] 结构主要是由双音词构成。

二、《诗经·风》[1[12]] 结构四言诗句法和词汇特征

《诗经·风》四言诗 [1[12]] 共 374 行，其句法结构有 180 种，其具体的句法成分和数量总结如下（结构后的数字表示此结构的行数）：

主谓结构（130 行）（111 种结构）

S+V 结构（27 行）（15 种结构）

[B[N VV]]2　[B[N[V V]]]3　[B[N[X V]]]1　[C[N VV]]2　[C[N[B V]]]2　[N[A[A V]]]1　[N[N[B V]]]3　[N[N[V V]]]1　[N[V[C V]]]1 [N[V[P N]]]2　[N[W[B V]]]1　[W[B[N V]]]4　[W[M[N V]]]1　[W[X MV]]1　[W[X[V A]]]2

S+N 结构（2 行）（2 种结构）

[N[A[A N]]]1　[X[N MN]]1

S+V+O 结构（90 行）（17 种结构）

[A[N[V N]]]1　[A[W[V N]]]1　[N[B[N V]]]1　[N[M[V N]]]1 [N[N[V N]]]2　[N[V MN]]7　[N[V NN]]33　[N[V WW]]2　[N[V[V N]]]8 [N[X[V N]]]2　[O[N[V N]]]2　[W[N[V N]]]1　[W[V NN]]9　[W[V[V N]]]9　[W[X[V N]]]5　[X[N[V N]]]2　[X[W[V N]]]4

S+A 结构（11 行）（5 种结构）

[N[A[C A]]]3　[N[M[B A]]]1　[N[X AA]]4　[X[A[N A]]]1　[X[N AA]]2

名词结构（64 行）（18 种结构）

[A[N NN]]1 [A[N[C N]]]3 [M[M[B N]]]3 [M[N MN]]3 [M[N NN]]2 [M[N[X N]]]4 [N[M NN]]3 [N[N NN]]7 [N[N[X N]]]9 [N[P[V N]]]1 [N[X MN]]7 [N[X[X N]]]2 [W[N NN]]5 [X[A NN]]2 [X[A[X N]]]4 [X[N NN]]5 [X[N OO]]1 [X[N[X N]]]2

动词结构（169行）（45种结构）

无宾语动词结构（26行）（12种结构）[A[V[X V]]]1 [C[V AA]]1 [C[V MA]]1 [M[M[B V]]]3 [M[V[P N]]]2 [V[P MN]]3 [V[P NN]]6 [V[P VV]]3 [V[V[C V]]]2 [W[A[B V]]]2 [X[V OO]]1 [X[V[V V]]]1

有宾语动词结构（143行）（33种结构）[V[C[B V]]]1 [A[V NN]]6 [A[X[V N]]]2 [B[V MN]]2 [B[V NN]]18 [B[V[M N]]]2 [B[V[V N]]]1 [C[C[V N]]]2 [C[V NN]]11 [M[V NN]]13 [M[V[V N]]]1 [O[V[X N]]]2 [V[A[N V]]]2 [V[A[V N]]]3 [V[M NN]]3 [V[N MN]]6 [V[N NN]]36 [V[N VV]]1 [V[N[C N]]]1 [V[N[M V]]]1 [V[N[P N]]]2 [V[N[V N]]]3 [V[N[V V]]]3 [V[N[X N]]]2 [V[V MN]]1 [V[V NN]]5 [V[W NN]]1 [V[W[B A]]]1 [V[X MN]]1 [V[X NN]]1 [X[V MN]]1 [X[V NN]]6 [X[V[V N]]]2

形容词结构（9行）（4种结构）

[A[A[X A]]]3 [B[A[A A]]]3 [B[B AA]]1 [M[A[C A]]]2

介词结构（2行）（2种结构）

[P[N NN]]1 [P[N[B V]]]1

以上数据显示，[1[12]]结构一共374行，从其句法结构分析，其中主谓结构131行，动词结构168行，名词结构64行，形容词结构9行，介词结构2行。从各类结构的数量来说，动词结构占44.9%，主谓结构占35.0%，名词结构占17.1%，形容词结构占2.4%，介词结构占0.5%。动词结构内部细分为有宾语动词结构和无宾语动词结构，其中有宾语动词结构142行，所占比例是

38.0%，无宾语动词结构 26 行，所占比例是 7.0%。各类句法结构、数量等如表 2.6 所示：

表 2.6　《诗经·风》[1[12]] 结构的句法结构、数量、百分比和种类

排序	结构		例句	行数／行	百分比／%	结构种类／种
1	动词结构	有宾语动词结构	无食我麦	142	38.0	33
		无宾语动词结构	集于苞栩	26	7.0	12
2	主谓结构	S+V+O	我送舅氏	90	24.1	17
		S+V	纵我不往	28	7.5	16
		S+A	道阻且长	11	2.9	5
		S+N	维此针虎	2	0.5	2
3	名词结构	—	彼泽之陂	64	17.1	18
4	形容词结构	—	莫不静好	9	2.4	4
5	介词结构	—	于彼行潦	2	0.5	2

从以上表格的数据来看，[1[12]] 结构中数量最多的是动词结构，其次是主谓结构，再次是名词结构，形容词介词结构数量极少。动词结构约占总数的 44.9%，其中又以有宾语动词结构最多，占比高达 38.0%；其次是 S+V+O 结构，约占总数的 24.1%；再次是名词结构，约占总数的 17.1%。形容词和介词结构数量较少，约占总数的 3%。每一具体的句法结构总数排序如表 2.7 所示：

表 2.7　《诗经·风》[1[12]] 结构的句法结构总数排序

序号	结构	例句	行数／行	百分比／%	结构种类／种
1	有宾语动词结构	无食我麦	142	38.0	33
2	S+V+O	我送舅氏	90	24.1	18
3	名词结构	彼泽之陂	64	17.1	18
4	S+V	纵我不往	28	7.5	16
5	无宾语动词结构	集于苞栩	26	7.0	12
6	S+A	道阻且长	11	2.9	5
7	形容词结构	莫不静好	9	2.4	4
8	介词结构	于彼行潦	2	0.5	2
9	S+N	维此针虎	2	0.5	2

以上数据显示，数量较多的是动词结构中的有宾语动词结构、S+V+O 和名词结构，三者达到总数的 79.2%；其次是 S+V、无宾语动词结构和 S+A，这三者约占总数的 17.4%；剩下的形容词结构、介词结构和 S+N 结构，约占 3.4%。

进一步统计各句法成分的数量，不计行数只有 1 — 5 行的结构，行数在 6 行及以上的结构，其总数和占比如表 2.8 所示：

表 2.8 《诗经·风》[1[12]] 结构的词汇构成排序

序号	词汇构成	例句	数量 / 行	百分比 / %
1	[V[N NN]]	修我戈矛	36	9.6
2	[N[V NN]]	子有衣裳	33	8.8
3	[B[V NN]]	无食我黍	18	4.8
4	[C[V NN]]	又缺我銶	11	2.9
5	[M[V NN]]	既见君子	13	3.5
6	[N[N[X N]]]	彼其之子	9	2.4
7	[W[V NN]]	谁从穆公	9	2.4
8	[W[V[V N]]]	岂曰无衣	9	2.4
9	[N[V[V N]]]	我闻有命	8	2.1
10	[N[N NN]]	今女下民	7	1.9
11	[N[X MN]]	公之媚子	7	1.9
12	[V[N MN]]	适彼乐土	6	1.6
13	[V[P NN]]	游于北园	6	1.6
14	[X[V NN]]	载缵武功	6	1.6

[1[12]] 结构由四个字构成，后两字是一个整体。对其句法成分进行分析后发现，出现比例最高的是 [V[N NN]]，共 36 行，占 9.6%，其次是 [N[V NN]] 和 [B[V NN]]，这三种结构共占 23.2%，它们的共同点就是后两个字位置是由双音名词填充的。对所有 [1[12]] 结构进行统计，后两字位置由双音名词填充的共有 173 行，它 们 是 [A[N NN]]1 行、[A[V NN]]5 行、[B[V NN]]18 行、[C[V NN]]11行、[M[N NN]]2行、[M[V NN]]13行、[N[M NN]]3行、[N[N

NN]]7 行、[N[V NN]]33 行、[P[N NN]]1 行、[V[M NN]]3 行、[V[N
NN]]36 行、[V[P NN]]6 行、[V[V NN]]5 行、[V[W NN]]1 行、[V[X
NN]]1 行、[W[N NN]]5 行、[W[V NN]]9 行、[X[A NN]]2 行、[X[N
NN]]5 行、[X[V NN]]6 行。后两个字位置由双音动词来填充的诗
行共 8 行，它们是 [B[N VV]]2 行、[C[N VV]]2 行、[V[N VV]]1
行、[V[P VV]]3 行。后两个字位置由双音形容词来填充的诗行共 8
行，它们是 [C[V AA]]1 行、[N[X AA]]4 行、[X[N AA]]2 行、[B[B
AA]]1 行。那么 [1[12]] 结构中，双音实词的数量和比值如表 2.9
所示：

表 2.9　《诗经·风》[1[12]] 结构中双音实词数量和比值

词类	双音名词	双音动词	双音形容词
数量 / 行	173	8	8
比值	21.6	1	1

由此可见，在四字行的 [1[12]] 结构中，后两个字位置如果是
由双音词填充，双音名词出现的可能性大约是双字动词的 21 倍。

此外，四字行后三字位置由 [V NN] 填充的共有 100 行，结
构数共有 8 种。它们是 [A[V NN]]5 行、[B[V NN]]18 行、[C[V
NN]]11 行、[M[V NN]]13 行、[N[V NN]]33 行、[V[V NN]]5 行、
[W[V NN]]9 行、[X[V NN]]6 行。后两字位置由 [V N] 填充的共 51
行，结构数共有 18 种，它们分别是 [A[X[V N]] 2 行、[B[V N]]
1行、[C[C[V N]]]2行、[M[V[V N]]]1行、[N[M[V N]]]1行、[N[N[V
N]]]2 行、[N[P[V N]]]1 行、[N[V[V N]]]8 行、[N[X[V N]]]2 行、
[O[N[V N]]]2行、[V[A[V N]]]3行、[V[N[V N]]]3行、[W[N[V N]]]1
行、[W[V[V N]]]9 行、[W[X[V N]]]5 行、[X[N[V N]]]2 行、[X[V[V
N]]]2 行、[X[W[V N]]]4 行。

三、《诗经·风》[[12]1] 结构四言诗句法和词汇特征

对《诗经·风》四字行结构的句法成分进行分析可得，[[12]1] 共84行，其句法结构有30种，其具体的句法成分和数量总结如下（结构后的数字表示此结构的行数）：

主谓结构（19行）（8种结构）

S+V 结构（7行）（3种结构）

[[N[M V]]X]2 [[N[X V]]X]1 [[W[A V]]X]4

S+V+O 结构（2行）（1种结构）

[[N[V N]]X]2

S+A 结构（10行）（4种结构）

[[N AA]X]2 [[N[C A]]X]3 [[N[M A]]X]2 [[N[X A]]X]3

名词结构（19行）（5种结构）

[[M NN]X]1 [[N NN]X]6 [[N OO]X]1 [[N OO]X]2 [[N[X N]]X]9

动词结构（34行）（13种结构）

无宾语动词结构（8行）（5种结构）

[[B MV]X]3 [[B[V V]]X]1 [[M[V V]]X]2 [[V[C V]]X]1 [[V[V V]]X]1

有宾语动词结构（26行）（8种结构）

[[B[V N]]N]2 [[B[V N]]X]2 [[C[V N]]X]5 [[M[V N]]X]1 [[V NN]V]1 [[V NN]X]8 [[V[N N]]X]6 [[V[V N]]X]1

形容词结构（11行）（3种结构）

[[A[C A]]X]5 [[A[X A]]X]5 [[M AA]X]1

介词结构（1行）（1种结构）

[[P NN]X]1

以上数据显示，[[12]1] 结构一共84行，从其句法结构分析，其中动词结构34行，主谓结构19行，名词结构19行，形容词结构11行，介词结构1行。从各类结构的数量来说，动词结构最

多，达到 40.5%；主谓结构和名词结构次之，各占 22.6%；形容词
结构占 13.1%；介词结构占 1.2%。动词结构内部细分为有宾语动词
结构和无宾语动词结构，其中有宾语动词结构 26 行，所占比例是
31.0%，无宾语动词结构 8 行，所占比例是 9.5%。各类句法结构、
数量等如表 2.10 所示：

表 2.10　《诗经·风》[[12]1] 结构的句法结构数量、百分比和种类

排序	结构		例句	行数 / 行	百分比 / %	结构种类 / 种
1	动词结构	有宾语动词结构	适我愿兮	26	31.0	8
		无宾语动词结构	不素餐兮	8	9.5	5
2	名词结构	—	彼君子兮	19	22.6	5
3	主谓结构	S+V	鸡既鸣矣	7	8.3	3
		S+V+O	心如结兮	2	2.4	1
		S+A	射则臧兮	10	11.9	4
4	形容词结构	—	顾而长兮	11	13.1	3
5	介词结构	—	在城阙兮	1	1.2	1

从以上表格的数据来看，[[12]1] 结构中数量最多的是动词结
构，约占总数的 40.5%；其次是主谓结构和名词结构，各占 22.6%；
形容词和介词结构数量极少，分别是 13.1% 和 1.2%。每一具体的
句法结构总数排序如表 2.11 所示：

表 2.11　《诗经·风》[[12]1] 结构的句法结构总数排序

排序	结构	例句	行数 / 行	百分比 / %	结构种类 / 种
1	有宾语动词结构	适我愿兮	26	31.0	8
2	名词结构	彼君子兮	19	22.6	5
3	形容词结构	顾而长兮	11	13.1	3
4	S+A	射则臧兮	10	11.9	4
5	无宾语动词结构	不素餐兮	8	9.5	5
6	S+V	鸡既鸣矣	7	8.3	3
7	S+V+O	心如结兮	2	2.4	1
8	介词结构	在城阙兮	1	1.2	1

以上数据显示，动词结构接近半数，约占总数的 40.5%，其中又以有宾语动词结构最多，占比高达 31.0%；其次是名词结构，约占总数的 22.6%，接下来是形容词结构，约占 13.1%。主谓结构中的 S+A 占比 11.9%，无宾语动词结构占比 9.5%，S+V 结构占比 8.3%。其他结构数量较少，如主谓结构中的 S+V+O 和介词结构，占比分别是 2.4% 和 1.2%。

进一步统计各句法成分的数量，不计行数只有 1 — 5 行的结构，行数在 6 行及以上的结构，其总数和占比如表 2.12 所示：

表 2.12 《诗经·风》[[12]1] 结构中词汇构成排序

序号	词汇构成	例句	数量 / 行	百分比 / %
1	[[N[X N]]X]	葛之覃兮	9	10.5
2	[[V NN]X]	如三月兮	8	9.3
3	[[N NN]X]	彼候人兮	6	7.0
4	[[V[N N]]X]	履我发兮	6	7.0

[[12]1] 结构由 4 个字构成，第二和第三字位置是一个整体。对其句法成分进行分析后发现，出现比例最高的是 [[N[X N]]X]（共 9 行，占 10.5%），其次是 [[V NN]X]，再次是 [[N NN]X] 和 [[V[N N]]X]，这四种结构共占 33.8%。此外，第二和第三字位置由双音名词填充的共有 23 行，它们是 [[M NN]X]1、[[N NN]X]6、[[P NN]X]1、[[V NN]V]1、[[V NN]X]8、[[V[N N]]X]6。由双音动词填充的共有 4 行，它们是 [[B[V V]]X]1、[[M[V V]]X]2、[[V[V V]]X]1。由双音形容词填充的只有 3 行，即 [[M AA]X]1、[[N AA]X]2。那么 [[12]1] 结构中，双音实词出现的次数和比值如表 2.13 所示：

表 2.13 《诗经·风》[[12]1] 结构中双音实词出现次数和比值

词类	双音名词	双音动词	双音形容词
数量 / 行	23	4	3
比值	7.7	1.3	1

由此可见，在四字行的 [[12]1] 结构中，第二字和第三字两个位置，如果是由双字词填充，双音名词出现的可能性最大，大约是双音动词的 6 倍和双音形容词的 7 倍。

这一结构还有一特点，就是最后一个字位置是由助词填充的情况较多，高达 79 行，占比是 94.0%，共 27 种结构。如果不计最后一个助词，这就变成了一个 [12] 结构。

四、《诗经·风》[12] 和 [21] 结构的词汇构成

《诗经·风》四言诗共有诗行 2234 行，包括 [12] 结构的有 458 行，相关句法结构有 2 种，它们分别是 [1[12]] 和 [[12]1]。其中 [1[12]] 结构 374 行，[[12]1] 结构 84 行。[1[12]] 中 [12] 有 62 种句式，出现过 1 次的有 22 种，出现次数最多的是动宾式，其中动词是单音动词，宾语是双音名词；其次是名词结构，修饰语是单音名词，中心语是双音名词。含 2 例及以上的所有句式的句法成分和数量归纳如表 2.14 所示：

表 2.14 《诗经·风》[1[12]] 结构中 [12] 结构的词汇构成和数量

序号	词汇构成	数量 / 行
1	[V NN]	101
2	[N NN]	57
3	[V[V N]]	21
4	[N[X N]]	17
5	[N[V N]]	11
6	[V MN]	11
7	[N MN]	10
8	[X[V N]]	9
9	[X MN]	8
10	[N[V V]]	7
11	[M NN]	6
12	[N[B V]]	6

序号	词汇构成	数量 / 行
13	[P NN]	6
14	[A[C A]]	5
15	[B[N V]]	5
16	[N VV]	5
17	[W[V N]]	5
18	[A[X N]]	4
19	[N[C N]]	4
20	[V[P N]]	4
21	[X AA]	4
22	[A[A A]]	3
23	[A[V N]]	3
24	[A[X A]]	3
25	[M[B N]]	3
26	[M[B V]]	3
27	[P MN]	3
28	[P VV]	3
29	[V[C V]]	3
30	[A NN]	2
31	[A[B V]]	2
32	[A[N V]]	2
33	[C[V N]]	2
34	[N AA]	2
35	[N[P N]]	2
36	[V WW]	2
37	[V[M N]]	2
38	[V[X N]]	2
39	[X[V A]]	2
40	[X[X N]]	2

[[12]1] 中 [12] 结构共 28 种句式，只出现过 1 次的有 10 种，出现次数最多的是动宾结构和名词结构，其中动宾结构是单音动词和双音名词，名词结构是"之"字结构。含 2 例及以上的所有句式

的句法成分和数量归纳如表 2.15 所示：

表 2.15 《诗经·风》[[12]1] 结构中 [12] 结构的词汇构成和数量

序号	词汇构成	数量 / 行
1	[V NN]	9
2	[N[X N]]	9
3	[V[N N]]	6
4	[N NN]	6
5	[C[V N]]	5
6	[A[X A]]	5
7	[A[C A]]	5
8	[W[A V]]	4
9	[B[V N]]	4
10	[N[X A]]	3
11	[N[C A]]	3
12	[B M V]	3
13	[N[V N]]	2
14	[N[M V]]	2
15	[N[M A]]	2
16	[N[A X]]	2
17	[N AA]	2
18	[M[V V]]	2

《诗经·风》中所有 [12] 结构中，只有 1 例的结构共有 19 种，含 2 例及以上的结构详情如表 2.16 所示：

表 2.16 《诗经·风》[12] 结构的词汇构成和数量

序号	词汇构成	数量 / 行
1	[V NN]	110
2	[N NN]	63
3	[N[X N]]	26
4	[V[V N]]	22
5	[N[V N]]	13
6	[V MN]	11

序号	词汇构成	数量 / 行
7	[A[C A]]	10
8	[N MN]	10
9	[X[V N]]	9
10	[A[X A]]	8
11	[X MN]	8
12	[C[V N]]	7
13	[M NN]	7
14	[N[V V]]	7
15	[P NN]	7
16	[N[B V]]	6
17	[V[N N]]	6
18	[B[N V]]	5
19	[N VV]	5
20	[W[V N]]	5
21	[A[X N]]	4
22	[B[V N]]	4
23	[N AA]	4
24	[N[C N]]	4
25	[V[C V]]	4
26	[V[P N]]	4
27	[W[A V]]	4
28	[X AA]	4
29	[A[A A]]	3
30	[A[V N]]	3
31	[B MV]	3
32	[M[B N]]	3
33	[M[B V]]	3
34	[N[C A]]	3
35	[N[M V]]	3
36	[N[X A]]	3
37	[P MN]	3

续表

序号	词汇构成	数量 / 行
38	[P VV]	3
39	[A NN]	2
40	[A[B V]]	2
41	[A[N V]]	2
42	[M[V N]]	2
43	[M[V V]]	2
44	[N OO]	2
45	[N[A X]]	2
46	[N[M A]]	2
47	[N[P N]]	2
48	[N[X V]]	2
49	[V WW]	2
50	[V[M N]]	2
51	[V[V V]]	2
52	[V[X N]]	2
53	[X[V A]]	2
54	[X[X N]]	2

　　汇总数据呈现三大特点：（1）[12] 结构中的句法成分出现最多的是动宾结构 [V NN]，主要出现在行尾；其次是名词结构，它的数量约占动宾结构的一半。（2）这一结构中双音名词最多，共出现了 191 次；其次是双音形容词，共出现了 11 次；再次是双音动词，共出现了 8 次。（3）[12] 结构位于行尾的数量和句法种类远远大于行首。

　　接下来分析内包的 [21] 结构。《诗经·风》包括 [21] 结构的有 54 行，相关句法结构有 2 种，它们分别是 [1[21]] 和 [[21]1]。其中 [1[21]] 共 11 行，包含 [21] 结构的句式有 4 种，它们的数量分别是 [MN N]3 行、[VV N]6 行、[NN N]2 行。

　　[[21]1] 共 43 行，包含 [21] 结构的句式有 9 种，它们的结构成分和数量如表 2.17 所示：

64

表2.17 《诗经·风》[[21]1] 结构中 [21] 结构的成分和数量

序号	词汇构成	数量 / 行
1	[NN V]	10
2	[NN A]	8
3	[[V N]A]	6
4	[MN A]	6
5	[NN N]	5
6	[MN V]	3
7	[VV N]	3
8	[AA A]	1
9	[AA N]	1

汇总包含 [21] 结构的词汇构成和数量如表 2.18 所示：

表2.18 《诗经·风》中 [21] 结构的词汇构成和数量

序号	词汇构成	数量 / 行
1	[NN V]	10
2	[VV N]	9
3	[NN A]	8
4	[NN N]	7
5	[[V N]A]	6
6	[MN A]	6
7	[MN V]	3
8	[MN N]	3
9	[AA A]	1
10	[AA N]	1

以上汇总数据有两个特点：（1）[21] 结构中的句法成分出现最多的是主谓结构 [NN V]，而且主要是出现在行首；其次是 [VV N]，主要出现在行末。（2）这一结构中双音名词占大多数，共出现了25 次；其次是双音动词，共出现了 9 次；最后是双音形容词，共出现了 2 次。

对比包含 [12] 和 [21] 结构的数据发现，包含 [12] 结构的诗行共有 458 行，而包含 [21] 结构的只有 54 行，前者是后者的 8 倍，数量相差极大。两者句法结构上的差别是动宾结构的数量远远大于主谓结构。对其句法成分进行分析，两种结构的相同点是双音名词数量是最多的。

五、《诗经·风》四言诗的助词及其位置

《诗经·风》共有 2234 行四言诗，其中有 540 行包含助词，含助词的诗行占 24.2%。其中第一字是助词的有 64 句，第二字是助词的有 138 句，第三字是助词的有 244 句，第四字是助词的有 212 句。其中第一、第二字同为助词的有 5 句（皆为 [22] 结构），第一、第三字同为助词的有 23 句，第一、第四字同为助词的有 4 句，第二、第三字同为助词的有 2 句，第二、第四字同为助词的有 78 句，第三、第四字同为助词的有 7 句。具体到各结构，助词出现的位置及数量如下。

[22] 结构共 1706 行，其中 323 行包含助词，占 18.9%，第一字是助词的有 25 句，第二字是助的有 93 句，第三字是助词的有 212 句，第四字是助词的有 81 句。其中第一、第二字同为助词的有 5 句，第一、第三字同为助词的有 17 句，第二、第四字同为助词的有 60 句，第三、第四字同为助词的有 7 句。

[1[12]] 结构共 374 行，其中 84 行含助词，占 22.5%。如果一行中只有一个助词，所出现的位置是，第一字为助词的有 29 行，第二字是助词的有 25 行，第三字是助词的有 22 行。一行中有两个助词的情况是，第一和第三字同为助词的有 6 行，第二和第三字同为助词的有 2 行。不存在的情况是第四字位置出现助词，以及第一和第二字同为助词。

[[12]1] 结构共 84 行，其中 81 行含助词，占 96.4%。如果一行中助词出现 1 次，所出现的位置是，第三字是助词的有 2 行，第四字是助词的有 62 行。如果一行中助词出现 2 次，所出现的位置是，

第二和第四字同为助词的有 18 行，而且第二字没有单独出现助词，都是和第四字的助词同现。第三和第四字同为助词的有 7 行。不存在的情况是第一字位置出现助词，第二和第三字同为助词以及一行中助词出现 3 次。

各类结构总行数及包含助词和行数对比如表 2.19 所示：

表 2.19　《诗经·风》各结构所含助词数量

结构	总行数 / 行	含助词行数 / 行	百分比 / %
四言	2234	540	24.2
[22]	1706	323	19.0
[1[12]]	374	84	22.5
[[12]1]	84	81	96.4
[[21]1]	43	42	97.7
[1[21]]	11	0	0
[121]	11	11	100
[1111]	2	0	0
[13]	1	0	0

[22]、[1[12]] 和 [[12]1] 三类结构含助词数量的百分比由多到少的序列是 [[12]1] > [1[12]] > [22]，按与二二节奏相似度排序是 [22] > [1[12]] > [[12]1]。也就是说，句法结构越趋近于 /22/ 节奏，助词出现的频率越低。而要形成 /22/ 节奏，节奏点是第一和第三字，或者第二和第四字，助词可能同现的位置是第二、第四字或者第一、第三字。如果句法结构与二二节奏不匹配，那么助词可能出现在第二字的位置，从而可能形成语义上的停顿。从 [[12]1] 结构的助词实际出现的位置（见表 2.20）看，可以证实这一假设。

表 2.20　《诗经·风》中一行一助词的位置

助词位置	第一字	第二字	第三字	第四字	总数 / 行
四言	64	138	244	212	540
百分比 / %	11.9	25.6	45.2	39.3	—
[22]	25	93	213	80	323

续表

助词位置	第一字	第二字	第三字	第四字	总数 / 行
百分比 / %	7.7	28.8	65.6	25.1	—
[1[12]]	35	27	30	*	84
百分比 / %	41.7	32.1	35.7	*	—
[[12]1]	*	18	2	79	81
百分比 / %	*	22.2	2.5	97.5	—
[[21]1]	*	*	*	42	42
百分比 / %	—	—	—	100	—
[121]	4	*	*	11	15
百分比 / %	26.7	—	—	73.3	—

一行中两个助词同现的情况如表 2.21 所示：

表 2.21 《诗经·风》各结构中一行中两助词同现的位置

助词位置	第一、第二字	第一、第三字	第一、第四字	第二、第三字	第二、第四字	第三、第四字	总数 / 行
四字句	5	23	4	2	78	7	119
百分比 / %	4.2	19.3	3.4	1.7	65.5	5.9	—
[22] 结构	5	17	*	*	60	7	89
百分比 / %	5.6	19.1	—	—	67.4	7.9	—
[1[12]]	*	6	*	2	*	*	8
百分比 / %	—	75%	—	25%	—	—	—
[[12]1]	*	*	*	*	18	7	25
百分比 / %	—	—	—	—	72	28	—
[121]	*	*	4	*	*	*	4
百分比 / %	—	—	100	—	—	—	—

以上统计数据可从两方面进行分析，一方面是 [22] 和 [1[12]] 结构，另一方面是 [[12]1] 结构。[22] 和 [1[12]] 结构更接近 /22/ 节奏，那么助词出现在第三字位置较多，尤其是 [22] 结构，约 65.6% 的助词出现在第三字位置。而 [[12]1] 结构中第二和第三字在句法上是一个整体，和 /22/ 节奏相去甚远，要在第二字后形成停顿，则第二字应为助词。从具体例子来看，[[12]1] 结构中第二字位置由助

词填充的情况相对较多。

从整体来看，四字句中第三字出现助词的可能性最大，第一字出现助词的可能性最小，但是并不是没有。虽然第三字位置出现助词的情况最多，但是第一、第三字，第二、第三字和第三、第四字位置同时出现助词的比例并不高。由此可见，包含助词的 [22] 结构，助词最可能出现的位置是第三字。具体的情况是，[JJ/KK XJ/K] 这类结构中，第一、第二位置是两字的词填充的共 167 行，而 [J/K X][J/K X] 后两字重复前两字结构的共 17 行。如果一个四字句中出现两个助词，则在第一、第三字和第二、第四字出现的可能性较大，尤其是第二、第四字位置出现助词的概率最大。结合两张表格分析，无论是四言整体还是具体到 [22] 结构，第三字位置出现助词的情况最高。其他位置就开始有差异，四言中第四字位置出现助词的情况高于第二字位置，而 [22] 结构中助词出现在第二和第四字位置的情况较接近（28.8% 和 25.1%）。那么进一步看下一张表，无论是四言还是具体到 [22] 结构，第二和第四位置同时出现助词的可能性最大，通常这样就形成了 [[J/K X] [J/K X]] 结构。四言中非 [22] 结构，而助词出现在第二、第四字位置的结构是 [[12]1]，共 18 行。四言中非 [22] 结构，而助词出现在第一、第三字位置的结构是 [1[12]]，共 6 行。也就是说，助词倾向于与其后面的实词组合在一起。《诗经》中还有一类词也值得研究，那就是拟声词，本研究中用 O 标注，风诗中包含重叠拟声词的共 43 行，其中 [22] 结构 36 行，包含重叠拟声词的诗行是 34 行，[[O X][O X]] 结构 1 行。两个重叠拟声词位于第一和第二字位置的 23 行，位于第三和第四位置的 11 行。[[12]1] 结构 1 行，[1[12]] 结构 6 行。Fabb 和 Halle（2008）的诗歌节律理论认为，节律的本质是二元对立，语言本身的性质决定语言形成二元对立的手段不一样，这些手段包括音段的轻重对比、长短对比。也可运用超音段形成对比，如重读与不重读，声调的平仄。它们位于哪几个位置才能产生强烈的对比效果？诵诗或吟诗是线性序列按时间顺序依次出现各个音节，[112]、[121]、[211]、[13]、[31] 这种不对称的分组，显示不出整齐和匀称的等音层，从而不能在等时间隔出现突显单位。[1111] 的节奏较快，只有 [22] 符合要求。

六、小结

本节对《诗经·风》四言诗的词汇句法结构以及助词的数量和位置进行了统计和描写。《诗经·风》从整体结构来看，[22] 结构所占比例最高，其中有两国的《风》诗全部是 [22] 结构。诗行数量最多的是主谓结构，具体是主谓宾结构，其中主语是双音名词，谓语是单音动词，宾语是单音名语。三大类实词出现的次数是，双音名词出现了 1193 次，双音形容词 342 次，双音动词 143 次。约 76.4% 的诗行的句法结构与二二节奏吻合，其他句法结构在节奏点位置放置助词的数量并不多，即使有助词也不足以证明这样做是为了形成二二节奏。诗行中还有一个值得注意的现象是 [12] 结构和 [21] 结构数量悬殊，[12] 结构远远多于 [21] 结构，从构成成分来看，[12] 结构出现次数最多的形式是动宾式，以单音动词和双音名词的组合最多，数量占绝对优势，且出现在行末的情况居多。[21] 结构各种句法形式中没有哪种出现次数特别多，较多的形式主要是主谓式，如动词谓语句和形容词谓语句，以及动宾结构和名词结构。

第四节 《诗经·小雅》四言诗句法和词汇特征

　　本节主要对《诗经·小雅》四言诗的句法结构和词汇进行描写。《诗经·小雅》四言诗共 74 篇，2209 行。其中《鹿鸣之什》10篇，共 300 行；《南有嘉鱼之什》10 篇，共 267 行；《鸿雁之什》10篇，共 716 行；《节南山之什》10篇，共 517 行；《谷风之什》10篇，共 339 行；《甫田之什》10篇，共 278 行；《鱼藻之什》14 篇，共294 行。它们的结构和数量如表 2.22 所示：

表 2.22 《诗经·小雅》四言诗句法结构和数量

句法结构	鹿鸣之什	南有嘉鱼之什	鸿雁之什	节南山之什	谷风之什	甫田之什	鱼藻之什	合计/行
四言	300	267	214	517	339	278	294	2209
[22]	157(52.3%)	170(63.7%)	107(50%)	220(42.6%)	180(53.1%)	148(53.2%)	174(59.2%)	1156(52.3%)
[1[12]]	93(31%)	67(25.1%)	85(39.7%)	258(50.0%)	134(39.5%)	98(35.6%)	79(26.9%)	813(36.9%)
[[12]1]	29(9.7%)	4(1.5%)	12(4.5%)	27(5.2%)	14(4.1%)	10(3.6%)	27(9.2%)	123(5.6%)
[[21]1]	13(4.3%)	20(7.5%)	10(3.7%)	1(0.2%)	4(1.2%)	15(5.4%)	3(1.0%)	66(3.0%)
[1[21]]	2(0.7%)	2(0.7%)	—	8(1.5%)	3(0.9%)	4(1.1%)	6(2.0%)	25(1.1%)
[121]	4(1.3%)	1(0.4%)	1(0.4%)	1(0.2%)	1(0.3%)	—	5(1.7%)	13(0.5%)
[4]	1(0.3%)	2(0.7%)	—	1(0.2%)	3(0.9%)	1(0.4%)	—	8(0.4%)
[1111]	1(0.3%)	—	—	—	—	2(0.7%)	—	3(0.1%)
[13]	—	—	—	1(0.2%)	—	—	—	1(0.05%)
[31]	—	1(0.4%)	—	—	—	—	—	1(0.05%)

　　对本表数据分析可发现两大特点，其一，《诗经·小雅》四言中整个 [22] 结构占比最高，为 52.3%，尤其是《南有嘉鱼之什》之中的 [22] 结构占比达到 63.7%。数量居第二位的结构是 [1[12]]，《节南山之什》中这一结构的数量高于 [22] 结构，超过半数。其他结构如 [[12]1]、[[21]1]、[1[21]]、[121]、[4]、[1111]、[31] 和 [13] 数量较少，约占 11%。总之，从理论上来说，四言可能的结构有 10 种，它 们 分 别 是 [1111]、[1[12]]、[[11]2]、[[12]1]、[1[21]]、[[21]1]、

[2[11]]、[22]、[13] 和 [31]，也就是说每种结构可能出现的是比例 10%，从目前《诗经·小雅》的句法结构分析看，没有出现的是 [[11]2]] 和 [2[11]]。《小雅》中出现了"万寿无疆""万寿无期""惴惴小心"和"寿考万年"四字词语，本研究把它视为一个词，其结构用 [4] 表示。

其二，包含 [12] 和 [21] 这样的内部结构的诗行数量差别很大，例如，相似的两组结构 [1[12]] 和 [1[21]] 以及 [[12]1] 和 [[21]1]，内部结构 [12] 和 [21] 的不同，导致前一组相差 35.8%，后一组相差 2.6%。这说明了两点：一是 [12] 结构较之 [21] 结构，出现的频率更高；二是从位置来看，[12] 出现在行尾的频率更高，而 [21] 出现在行首的频率更高。

鉴于以上发现，本章对《诗经·小雅》四言诗中句法结构为 [22]、[1[12]]、[[12]1] 以及内部结构为 [12] 和 [21] 的结构进行句法成分分析。

一、《诗经·小雅》[22] 结构四言诗句法和词汇特征

[22] 结构的诗行共有 1156 行，句法结构有 206 种，具体如下（结构后的数字表示此结构的行数）：

主谓结构（557 行）（99 种结构）

S+V 结构（188 行）（43 种结构）[[B N][B V]]1 [[M N][B V]]3 [[M N][C V]]5 [[M N][M V]]1 [[M N][V V]]2 [[M N][X V]]4 [[N A][B V]]1 [[N A][N V]]1 [[N N][B V]]17 [[N N][C V]]7 [[N N][M V]]10 [[N N][N V]]2 [[N N][V V]]4 [[N N]VV]5 [[N V][B V]]3 [[N V][N V]]2 [[N V][P N]]6 [[N V]VV]2 [[N V]WW]1 [[N X][B V]]2 [[N X][V V]]1 [[N X][V X]]1 [[P N][N V]]1 [[V N][B V]]5 [[V N][M V]]2 [[V N][N V]]1 [[V N][V V]]4 [[V N][V X]]2 [[V N][X V]]4 [[W N][B V]]3 [[W N][X V]]1 [[W X][V X]]1 [[W X]VV]1 [MM[N V]]1 [NN

VV]5 [NN[B V]]7 [NN[C V]]15 [NN[M V]]28 [NN[N V]]7 [NN[V A]]1 [NN[V V]]12 [NN[X V]]3 [OO[N V]]3

S+N 结构（32 行）（13 种结构）[[M N][M N]]3 [[M N][N N]]1 [[M N][N W]]1 [[M N][N X]]1 [[M N][X N]]2 [[M N]NN]1 [[N N][M N]]3 [[N N][N X]]1 [[N X][A X]]1 [[V N][M N]]2 [[W N][B N]]2 [NN[B N]]2 [NN[N N]]12

S+V+O 结构（162 行）（14 种结构）[[B N][V N]]2 [[M N][V N]]15 [[N A][V N]]1 [[N N][V N]]10 [[N N][V W]]3 [[N N][W V]]1 [[N V][M V]]3 [[N V][V N]]10 [[N X][V N]]3 [[V V][W V]]2 [[V V][V N]]1 [[V X][V N]]5 [[W N][V N]]1 [NN[V N]]105

S+A 结构（175 行）（29 种结构）[[M N][M A]]3 [[M N][N A]]1 [[M N][X A]]1 [[M N]AA]15 [[N A][N A]]1 [[N A][X A]]1 [[N A][X W]]1 [[N N][A A]]2 [[N N][B A]]4 [[N N][C A]]5 [[N N][M A]]23 [[N N][X A]]7 [[N V][B A]]1 [[V N][A A]]2 [[V N][A X]]1 [[V N][B A]]3 [[V N][C A]]3 [[V N][M A]]5 [[V N]AA]17 [[V V]AA]2 [[W N][B A]]1 [[X A][X A]]2 [MM[N A]]1 [NN AA]34 [NN[B A]]9 [NN[C A]]1 [NN[M A]]22 [NN[N A]]4 [NN[X A]]3

名词结构（266 行）（39 种结构）

[[A A]NN]2 [[A X]NN]3 [[B A][N N]]1 [[B M]NN]2 [[B N][B N]]2 [[C N][C N]]3 [[M M][N N]]1 [[M M]NN]1 [[M N][P N]]2 [[M N]OO]1 [[N A][A N]]1 [[N N][N N]]15 [[N N][X N]]16 [[N N][X V]]4 [[N N][X W]]1 [[N N]NN]7 [[N N]OO]3 [[N N]WW]1 [[N X][N X]]2 [[N X]NN]2 [[V N][N N]]8 [[V N][X N]]1 [[V N]NN]7 [[V X]NN]10 [[W N][W N]]1 [[X N][N N]]1 [[X N][X N]]8 [MM NN]32 [MM[M N]]13 [MM[N N]]19 [MM[X N]]4 [NN NN]45 [NN OO]3 [NN[C N]]1 [NN[M N]]3 [NN[P N]]2 [NN[X N]]30 [OO NN]7 [WW NN]1

动词结构（261 行）（57 种结构）

无宾语动词结构（57行）（23 种结构）[[B V][B V]]9 [[B V][M A]]1 [[B V][P N]]5 [[M V][B V]]2 [[M V][M V]]8 [[M V][P N]]1 [[M V][X V]]1 [[M V]AA]4 [[M X][V V]]2 [[V N]VV]6 [[V V][C V]]1 [[V V][P N]]2 [[V V][V V]]4 [[V X][M V]]1 [[X V][C V]]1 [[X W][X V]]1 [AA[C V]]1 [CC[B V]]1 [MM VV]1 [MM[V V]]1 [VV[B A]]1 [VV[P N]]2 [WW[B V]]1

有宾语动词结构（157行）（28 种结构）[[A A][V N]]1 [[A X][V N]]2 [[B A][V W]]1 [[B V][B N]]2 [[B V][M N]]1 [[B V][N N]]6 [[C V][V N]]1 [[M V][B N]]1 [[M V][N A]]1 [[M V][N N]]7 [[M V]NN]4 [[M X][V N]]1 [[N P][V N]]1 [[P N][V N]]3 [[P N][W V]]1 [[P W][V N]]1 [[V N][C V]]7 [[V N][P N]]7 [[V N][V N]]77 [[V N]OO]7 [[V V][N N]]2 [[V V]NN]7 [MM[V N]]4 [OO[V N]]1 [VV NN]3 [VV[N N]]1 [VV[V N]]6 [WW[V N]]1

连动结构（47行）（6 种结构）

[[B V][V N]]2 [[B V][V V]]2 [[C V][C V]]37 [[C V][M V]]1 [[M V][C V]]2 [[M V][V N]]3

形容词结构（72 行）（11 种结构）

[[A X][A X]]2 [[A X]AA]2 [[B A][B A]]5 [[C A][C A]]1 [[M A][C A]]3 [[M A][M A]]10 [[M A]AA]1 [[N N]AA]36 [AA AA]10 [MM[A A]]1 [MM[X A]]1

对《诗经·小雅》的句法结构分析后发现，[22] 结构共 1156 行，其中主谓结构 557 行，动词结构 261 行，名词结构 266 行，形容词结构 72 行。从各类结构的占比来说，主谓结构占 48.2%，动词结构占 22.6%，名词结构占 23.0%，形容词结构占 6.2%。动词结构内部细分为有宾语动词结构和无宾语动词结构，其中有宾语动词结构 157 行，所占比例是 13.6%，无宾语动词结构 57 行，所占比例是 4.9%。各类句法结构、数量等如表 2.23 所示：

表 2.23 《诗经·小雅》[22] 结构中句法结构、数量、百分比和种类

序号	句法结构	结构说明	例句	行数／行	百分比／%	结构种类／种
1	主谓结构	S+V+O	甘瓠累之	162	14.0	14
		S+A	四牡孔阜	175	15.1	29
		S+V	武人东征	188	16.3	43
		S+N	四牡项领	32	2.8	13
2	名词结构	—	它山之石	266	23.0	39
3	动词结构	有宾语动词结构	经营四方	157	13.6	28
		无宾语动词结构	来归自镐	57	4.9	23
		连动结构	载飞载止	47	4.1	6
4	形容词结构	—	矜矜兢兢	72	6.2	11

从统计数据来看，[22] 结构中各句法结构的数量对比如下：主谓结构最多，其中又以 S+V 和 S+A 最多，其次是 S+V+O，最少的是 S+N；接下来是名词结构，占 23.0%，动词结构占 22.6%，其中有宾语动词结构占 13.6%，远远多于不带宾语的动词结构，名词结构和动词结构所占比值较接近，但是数量都远远低于主谓结构，形容词结构最少只有 6.2%。各结构按总数排序如表 2.24 所示：

表 2.24 《诗经·小雅》[22] 结构的句法结构总数排序

序号	句法结构	例句	行数／行	百分比／%	结构种类／种
1	名词结构	它山之石	266	23.0	39
2	S+V	武人东征	188	16.3	43
3	S+A	四牡孔阜	175	15.1	29
4	S+V+O	甘瓠累之	162	14.0	14
5	有宾语动词结构	经营四方	157	13.6	28
6	形容词结构	矜矜兢兢	72	6.2	11
7	无宾语动词结构	来归自镐	57	4.9	23
8	连动结构	载飞载止	47	4.1	6
9	S+N	四牡项领	32	2.8	13

《诗经·小雅》四言诗共 2209 行，[22] 结构共 1156 行，句法结构共有 206 种。细分其句法成分，双音词是构成 [22] 结构的主

体，而且位于首尾两端的情况较多，较少位于诗行中间。双音词位
于第一、第二字位置的有 457 行，位于第三、第四字位置的有 275
行，两相对比，双音词更倾向于出现在第一、第二字位置。具体来
看双音词的词类，行首出现了双音名词的诗行共 354 行，双音动词
共 13 行，双音形容词和副词共 89 行，双音连词 1 行，双音拟声词
11 行，双音疑问词 3 行。行尾出现了双音名词共 134 行，双音动
词共 20 行，双音形容词共 121 行，双音拟声词 14 行，双音疑问词
2 行。因此，三大类实词和双音名词出现频率最高，其次是形容词，
最后是动词。双音名词倾向于出现在行首，双音形容词倾向于出现
在行尾。双音动词在行首或行尾出现的频率相当，在本章中出现在
行尾的频率稍高。

由此可见，双音名词和形容词居多，而一个字的动词较多。因
此，在此做一小结，且列出一个序列，即《诗经·小雅》共 2325
行，其中四言诗 2209 行，[22] 结构 1156 行，从句法结构来看主谓
结构 557 行，居于首位。[22] 结构的构成方式有四类，一是 AABC
或 ABCC 式，二是 AABB 式，三是 AAAA 式，四是 ABAB 式（其
中 AA、BB、CC 指双音词）。统计数据显示，AABC 和 ABCC 式
共 681 行，其中包含双音名词的诗行最多，共 443 行，并且 AABC
式数量多于 ABCC 式。此外，包含 AABB 式的诗行共 85 行，
AAAA 式共 61 行，ABAB 式共 155 行。除 ABAB 式以外，其他三
类结构占 [22] 结构的 71.5%。因此，可以说四言的主要句法结构是
[22]，而 [22] 结构主是由双音词构成。

进一步统计各句法成分的数量，不计行数只有 1 — 2 行的结构，
行数在 3 行及以上的结构，其总数和占比如表 2.25 所示：

表 2.25 《诗经·小雅》[22] 结构的词汇构成排序

序号	词汇构成	例句	数量 / 行	百分比 / %
1	[NN[V N]]	天子命我	105	9.1
2	[[V N][V N]]	鼓瑟吹笙	77	6.7
3	[NN NN]	邦人诸友	45	3.9
4	[[C V][C V]]	乃寝乃兴	37	3.2
5	[[N N]AA]	四牡奕奕	36	3.1
6	[NN AA]	杨柳依依	34	2.9
7	[MM NN]	赫赫南仲	32	2.8
8	[NN[X N]]	常棣之华	30	2.6
9	[NN[M V]]	戎车既驾	28	2.4
10	[[N N][M A]]	盗言孔甘	23	2.0
11	[NN[M A]]	德音孔昭	22	1.9
12	[MM[N N]]	泛泛杨舟	19	1.6
13	[[N N][B V]]	王事靡盬	17	1.5
14	[[V N]AA]	饮酒温克	17	1.5
15	[[N N][X N]]	我马维驹	16	1.4
16	[[M N][V N]]	高岸为谷	15	1.3
17	[[M N]AA]	忧心烈烈	15	1.3
18	[[N N][N N]]	一月三捷	15	1.3
19	[NN[C V]]	我心则降	15	1.3
20	[MM[M N]]	皎皎白驹	13	1.1
21	[NN[N N]]	君子万年	12	1.0
22	[NN[V V]]	鸿雁于飞	12	1.0
23	[[M A][M A]]	将安将乐	10	0.9
24	[[N N][M V]]	我服既成	10	0.9
25	[[N N][V N]]	其人如玉	10	0.9
26	[[N V][V N]]	涕零如雨	10	0.9
27	[[V X]NN]	乐只君子	10	0.9
28	[AA AA]	啴啴焞焞	10	0.9
29	[[B V][B V]]	不骞不崩	9	0.8
30	[NN[B A]]	昊天不惠	9	0.8
31	[[M V][M V]]	既醉既饱	8	0.7

序号	词汇构成	例句	数量／行	百分比／%
32	[[V N][N N]]	陈馈八簋	8	0.7
33	[[X N][X N]]	维熊维罴	8	0.7
34	[[M V][N N]]	既成我服	7	0.6
35	[[N N][C V]]	我心则降	7	0.6
36	[[N N][X A]]	其叶有难	7	0.6
37	[[N N]NN]	彼都人士	7	0.6
38	[[V N][C V]]	承筐是将	7	0.6
39	[[V N][P N]]	伐木于阪	7	0.6
40	[[V N]NN]	献之皇祖	7	0.6
41	[[V N]OO]	伐木丁丁	7	0.6
42	[[V V]NN]	斩伐四国	7	0.6
43	[NN[B V]]	寿考不忘	7	0.6
44	[NN[N V]]	逸言其兴	7	0.6
45	[OO NN]	喓喓草虫	7	0.6
46	[[B V][N N]]	不惩其心	6	0.5
47	[[N V][P N]]	鱼丽于罶	6	0.5
48	[[V N]VV]	靡所止居	6	0.5
49	[VV[V N]]	逸豫无期	6	0.5
50	[[B A][B A]]	不宁不令	5	0.4
51	[[B V][P N]]	不畏于天	5	0.4
52	[[M N][C V]]	听言则答	5	0.4
53	[[N N][C A]]	我心则喜	5	0.4
54	[[N N]VV]	百川沸腾	5	0.4
55	[[V N][B V]]	无草不死	5	0.4
56	[[V N][M A]]	为豆孔庶	5	0.4
57	[[V X][V N]]	酌言酬之	5	0.4
58	[NN VV]	吉甫燕喜	5	0.4
59	[[M N][X V]]	师干之试	4	0.3
60	[[M V]AA]	屡舞仙仙	4	0.3
61	[[M V]NN]	悉率左右	4	0.3
62	[[N N][B A]]	其德不爽	4	0.3

序号	词汇构成	例句	数量 / 行	百分比 / %
63	[[N N][V V]]	二人从行	4	0.3
64	[[N N][X V]]	壹者之来	4	0.3
65	[[V N][V V]]	靡使归聘	4	0.3
66	[[V N][X V]]	靡所止戾	4	0.3
67	[[V V][V V]]	曰归曰归	4	0.3
68	[MM[V N]]	蹲蹲舞我	4	0.3
69	[MM[X N]]	秩秩斯干	4	0.3
70	[NN[N A]]	德音是茂	4	0.3
71	[[A X]NN]	允矣君子	3	0.3
72	[[C N][C N]]	或群或友	3	0.3
73	[[M A][C A]]	既佶且闲	3	0.3
74	[[M N][B V]]	匪由勿语	3	0.3
75	[[M N][M A]]	忧心孔疚	3	0.3
76	[[M N][M N]]	大田多稼	3	0.3
77	[[M V][V N]]	翰飞戾天	3	0.3
78	[[N N][M N]]	四牡项领	3	0.3
79	[[N N][V W]]	彼路斯何	3	0.3
80	[[N N]OO]	鸾声将将	3	0.3
81	[[N V][B V]]	我戍未定	3	0.3
82	[[N V][M V]]	是曰既醉	3	0.3
83	[[N X][V N]]	父兮生我	3	0.3
84	[[P N][V N]]	自古有年	3	0.3
85	[[V N][B A]]	视民不恌	3	0.3
86	[[V N][C A]]	和乐且湛	3	0.3
87	[[W N][B V]]	何日不行	3	0.3
88	[NN OO]	仓庚喈喈	3	0.3
89	[NN[M N]]	正月繁霜	3	0.3
90	[NN[X A]]	旨酒思柔	3	0.3
91	[NN[X V]]	弓矢斯张	3	0.3
92	[OO[N V]]	呦呦鹿鸣	3	0.3
93	[VV NN]	经营四方	3	0.3

[22] 结构由四个字构成，诗行首尾两字是一个整体。对其句法成分进行分析，出现比例最高的是 [NN[V N]]，共 105 行，占比 9.1%；其次是 [[V N][V N]]，共 77 行，占比是 6.7%；再次是 [NN NN]，共 45 行，占比是 3.9%；接下来的几种结构数量相当，[[C V][C V]] 共 37 行，占比是 3.2%；[[N N]AA] 共 36 行，占比是 3.1%；[NN AA] 共 34 行，占比是 2.9%；[MM NN] 共 32 行，占比是 2.8%。由此可见，[22] 结构主要形式是 [AABB]、[AABC] 和 [ABAB]，这三种形式与《诗经·小雅》中数量居前三位的句法结构相匹配，且以 [AABC] 式数量最多，它对某一事件进行描述。从全部数据来看，双音词是构成 [22] 结构的主要成分，三大实词出现频率统计如表 2.26 所示：

表 2.26 《诗经·小雅》[22] 结构中双音实词数量和比值

词类	双音名词	双音动词	双音形容词
数量	443	33	200
比值	13.4	1	6.1

《诗经·小雅》中双音名词出现频率最高，其次是双音形容词，再次是双音动词。而且双音名词倾向于出现在第一和第二字位置，双音形容词倾向于出现在第三和第四字位置。

二、《诗经·小雅》[1[12]] 结构四言诗句法和词汇特征

《诗经·小雅》四言诗 [1[12]] 共 813 行，句法结构有 207 种，其具体的句法成分和数量总结如下（结构后的数字表示此结构的行数）：

主谓结构（160 行）（50 种结构）

S+V 结构（45 行）（28 种结构）[B[N[V V]]]1 [C[B[N V]]]1 [C[N[B V]]]1 [C[N[M V]]]1 [M[B[N V]]]1 [M[N[N V]]]1 [M[N[V V]]]1 [N[B[N V]]]3 [N[C[C V]]]3 [N[M[B V]]]1 [N[M[M V]]]4

[N[M[N V]]]1 [N[M[V V]]]1 [N[M[W V]]]1 [N[N VV]]1 [N[N[B V]]]1 [N[N[C V]]]2 [N[V[C V]]]1 [N[V[M V]]]1 [N[V[P N]]]4 [N[X[B V]]]1 [V[N[B V]]]3 [W[B[N V]]]2 [W[N[V V]]]1 [W[X[N V]]]2 [X[N[B V]]]2 [X[N[C V]]]2 [X[N[M V]]]1

S+N 结构（1 行）（1 种结构）[N[M[N N]]]1

S+V+O 结构（102 行）（15 种结构）[B[N[V N]]]4 [M[N[V N]]]1 [N[B[V N]]]1 [N[C[V N]]]6 [N[M[V N]]]6 [N[N[V N]]]3 [N[V NN]]31 [N[V[B A]]]5 [N[V[M A]]]1 [N[V[M N]]]4 [N[V[N N]]]17 [N[V[N V]]]1 [N[V[V N]]]11 [W[N[V N]]]1 [X[N[V N]]]10

S+A 结构（12 行）（6 种结构）[B[N[N A]]]1 [C[B[N A]]]1 [M[N[W A]]]1 [N[M[A A]]]1 [N[N[M A]]]1 [X[N AA]]7

名词结构（110 行）（35 种结构）

[B[A[N N]]]2 [B[M NN]]1 [C[B[N N]]]1 [C[M[X N]]]1 [C[N NN]]1 [C[X[N N]]]1 [M[C[N N]]]1 [M[M[X N]]]4 [M[N NN]]11 [M[N[M N]]]7 [M[N[X N]]]3 [M[V[X N]]]1 [M[X NN]]6 [N[C NN]]2 [N[C[X N]]]2 [N[M NN]]1 [N[M[P N]]]1 [N[N NN]]3 [N[N[X N]]]1 [N[X AA]]1 [N[X NN]]5 [N[X[M A]]]1 [N[X[M N]]]2 [N[X[M V]]]4 [N[X[N N]]]2 [N[X[V N]]]10 [N[X[X A]]]1 [X[M NN]]3 [X[M[N N]]]8 [X[M[X N]]]2 [X[N NN]]4 [X[N[C N]]]6 [X[N[P N]]]2 [X[N[X N]]]8 [X[W[N N]]]1

动词结构（517 行）（111 种结构）

无宾语动词结构（89 行）（38 种结构）[A[P[V V]]]4 [A[V[B A]]]1 [B[M VV]]1 [B[V[B V]]]1 [B[V[M V]]]2 [B[V[P N]]]5 [B[V[P V]]]2 [B[V[V V]]]2 [C[B[V V]]]3 [C[C VV]]1 [C[M[C V]]]2 [C[V[B A]]]3 [C[V[C V]]]1 [C[V[M V]]]1 [M[B[V V]]]1 [M[V[B V]]]1 [M[V[P N]]]5 [M[V[V V]]]1 [V[B[V V]]]3 [V[C[B V]]]1 [V[P NN]]12 [V[P[M N]]]9 [V[P[N N]]]5 [V[P[W N]]]1 [V[V[B A]]]1

[V[V[P N]]]2 [W[B[M V]]]1 [W[B[V V]]]4 [W[C[B V]]]1 [W[V VV]]]1 [W[V[B A]]]1 [W[V[P N]]]1 [W[V[P V]]]2 [W[V[V A]]]1 [X[B[V V]]]1 [X[M VV]]1 [X[V AA]]1 [X[V[C V]]]3

有宾语动词结构（408行）（67种结构）[A[C[V N]]]1 [B[M[V N]]]1 [B[V NN]]14 [B[V[M N]]]1 [B[V[N A]]]1 [B[V[N N]]]21 [B[V[N V]]]1 [B[V[V N]]]7 [C[[V N]N]]1 [C[C[V N]]]2 [C[M[V N]]]2 [C[V NN]]21 [C[V[C N]]]1 [C[V[M N]]]10 [C[V[N N]]]28 [C[V[N V]]]2 [C[V[V N]]]3 [C[V[X N]]]1 [M[M[V N]]]4 [M[V NN]]16 [M[V[M N]]]4 [M[V[N N]]]12 [M[V[V N]]]2 [M[W[V N]]]1 [M[X[V N]]]3 [M[X[V W]]]1 [M[X[W V]]]1 [V[B[M N]]]2 [V[B[N N]]]2 [V[B[N V]]]2 [V[C[N N]]]1 [V[C[V N]]]2 [V[M[V N]]]4 [V[N AA]]3 [V[N MN]]2 [V[N NN]]76 [V[N VV]]3 [V[N[A A]]]2 [V[N[A B]]]1 [V[N[B A]]]2 [V[N[C N]]]1 [V[N[M A]]]1 [V[N[M N]]]24 [V[N[N A]]]1 [V[N[N N]]]32 [V[N[W A]]]2 [V[N[X A]]]2 [V[N[X N]]]17 [V[N[X V]]]2 [V[V NN]]9 [V[V[M N]]]4 [V[V[N A]]]1 [V[V[N N]]]8 [V[V[V N]]]2 [V[V[X N]]]2 [V[W[B A]]]1 [V[W[X N]]]1 [W[B[V N]]]5 [W[C[V N]]]1 [W[V NN]]5 [W[V[N N]]]7 [W[V[V N]]]3 [X[C[V N]]]1 [X[V NN]]6 [X[V[N N]]]4 [X[V[V N]]]2 [X[V[X N]]]1

连动结构（6行）（2种结构）[V[X[V N]]]5 [V[X[V V]]]1

兼语结构（14行）（4种结构）

[V[N[M V]]]1 [V[N[N V]]]1 [V[N[V N]]]10 [W[V[N V]]]2

形容词结构（15行）（7种结构）

[C[M[A A]]]1 [M[A[C A]]]4 [M[M[X A]]]4 [W[B AA]]3 [X[A[M A]]]1 [X[A[P N]]]1 [X[W[B A]]]1

介词结构（11行）（5种结构）

[B[P[N N]]]4 [C[P NN]]1 [P[N NN]]4 [P[N[M N]]]1 [P[N[N

N]]]1

以上数据显示，[1[12]] 结构一共 813 行，对其句法结构分析后发现，其中主谓结构 160 行，动词结构 517 行，名词结构 110 行，形容词结构 15 行，介词结构 11 行。从各类结构的占比来说，动词结构占 63.6%，主谓结构占 19.7%，名词结构占 13.5%，形容词结构占 1.8%，介词结构占 1.4%。动词结构内部细分为有宾语动词结构和无宾语动词结构，其中有宾语动词结构 408 行，所占比例是 50.2%，无宾语动词结构 89 行，所占比例是 10.9%。各类句法结构、数量等如表 2.27 所示：

表 2.27　《诗经·小雅》[1[12]] 结构的句法结构、数量、百分比和种类

排序	句法结构		例句	行数 / 行	百分比 / %	结构种类 / 种
1	动词结构	有宾语动词结构	莫如兄弟	408	50.2	67
		无宾语动词结构	无集于谷	89	10.9	38
		兼语结构	俾予靖之	14	1.7	4
		连动结构	受言藏之	6	0.7	2
2	主谓结构	S+V+O	我有嘉宾	102	12.5	15
		S+V	乐既和奏	45	5.5	28
		S+A	维石岩岩	12	1.5	6
		S+N	此令兄弟	1	0.1	1
3	名词结构	—	凡百君子	110	13.5	35
4	形容词结构	—	亦已大甚	15	1.8	7
5	介词结构	—	于彼原隰	11	1.4	5

从以上表格的数据来看，[1[12]] 结构中数量最多的是动词结构，其次是主谓结构，再次是名词结构，介词结构和形容词结构数量极少。动词结构约占总数的 63.6%，其中又以有宾语动词结构超过半数，占比高达 50.2%，几乎是无宾语动词结构的 5 倍。其次是名词结构，约占总数的 13.5%；再次是 S+V+O 结构，约占总数的 12.5%。形容词和介词结构数量较少，两者所占比例约为 3%。每一具体的句法结构总数排序如表 2.28 所示：

表 2.28 《诗经·小雅》[1[12]] 结构的句法结构总数排序

序号	句法结构	例句	行数 / 行	百分比 / %	结构种类 / 种
1	有宾语动词结构	莫如兄弟	408	50.2	67
2	名词结构	凡百君子	110	13.5	35
3	S+V+O	我有嘉宾	102	12.5	15
4	无宾语动词结构	无集于谷	89	10.9	38
5	S+V	乐既和奏	45	5.5	28
6	形容词结构	亦已大甚	15	1.8	7
7	兼语结构	俾予靖之	14	1.7	4
8	S+A	维石岩岩	12	1.5	6
9	介词结构	于彼原隰	11	1.4	5
10	连动结构	受言藏之	6	0.7	2
11	S+N	此令兄弟	1	0.1	1

　　以上数据显示，数量较多的是动词结构中的有宾语动词结构、名词结构、S+V+O 结构和无宾语动词结构，四类结构数量达到总数的 87.1%；其次是 S+V 结构、形容词结构、兼语结构、S+A 结构和介词结构，这四类结构约占总数的 10.5%；最后是连动结构和 S+N 结构，两者约占 1%。

　　进一步统计各句法成分的数量，不计行数只有 1—2 行的结构，行数在 3 行及以上的结构，其总数和占比如表 2.29 所示：

表 2.29 《诗经·小雅》[1[12]] 结构的词汇构成排序

序号	句法成分	例句	数量 / 行	百分比 / %
1	[V[N NN]]	宜尔室家	76	9.3
2	[V[N[N N]]]	受天百禄	32	3.9
3	[N[V NN]]	我有旨酒	31	3.8
4	[C[V[N N]]]	言就尔居	28	3.4
5	[B[V[N N]]]	无啄我粟	21	2.6
6	[C[V NN]]	虽有兄弟	21	2.6
7	[V[N[M N]]]	降尔遐福	20	2.5
8	[N[V[N N]]]	驾彼四骆	17	2.1

续表

序号	句法成分	例句	数量 / 行	百分比 / %
9	[V[N[X N]]]	食野之苹	17	2.1
10	[M[V NN]]	既见君子	16	2
11	[B[V NN]]	勿罔君子	14	1.7
12	[M[V[N N]]]	屡顾尔仆	12	1.5
13	[V[P NN]]	至于泾阳	12	1.5
14	[M[N NN]]	沔彼流水	11	1.3
15	[N[V[V N]]]	天保定尔	11	1.3
16	[C[V[M N]]]	以速诸父	10	1.2
17	[N[X[V N]]]	民之失德	10	1.2
18	[V[N[V N]]]	念我无禄	10	1.2
19	[X[N[V N]]]	维天有汉	10	1.2
20	[V[P[M N]]]	集于苞栩	9	1.1
21	[V[V NN]]	照临下土	9	1.1
22	[V[V[N N]]]	欲报之德	8	1.0
23	[X[M N N]]	有冽氿泉	8	1.0
24	[X[N[X N]]]	维常之华	8	1.0
25	[B[V[V N]]]	莫肯念乱	7	0.9
26	[M[N[M N]]]	倬彼甫田	7	0.9
27	[W[V[N N]]]	谁为此祸	7	0.9
28	[X[N AA]]	维石岩岩	7	0.9
29	[M[X NN]]	乐只君子	6	0.7
30	[N[C[V N]]]	国虽靡止	6	0.7
31	[N[M[V N]]]	予慎无罪	6	0.7
32	[X[N[C N]]]	维桑与梓	6	0.7
33	[X[V NN]]	爰有树檀	6	0.7
34	[B[V[P N]]]	无集于谷	5	0.6
35	[M[V[P N]]]	或潜在渊	5	0.6
36	[N[V[B A]]]	民莫不逸	5	0.6
37	[N[X NN]]	民之父母	5	0.6
38	[V[P[N N]]]	施于松上	5	0.6
39	[V[X[V N]]]	受言藏之	5	0.6

序号	句法成分	例句	数量/行	百分比/%
40	[W[B[V N]]]	岂不怀归	5	0.6
41	[W[V NN]]	谁无父母	5	0.6
42	[A[P[V V]]]	周爰咨谋	4	0.5
43	[B[N[V N]]]	不自为政	4	0.5
44	[B[P[N N]]]	不以其浆	4	0.5
45	[M[A[C A]]]	既安且宁	4	0.5
46	[M[M[V N]]]	既多受祉	4	0.5
47	[M[M[X A]]]	亦孔之炤	4	0.5
48	[M[M[X N]]]	亦孔之固	4	0.5
49	[M[V[M N]]]	既有肥牡	4	0.5
50	[N[M[M V]]]	国既卒斩	4	0.5
51	[N[N[M N]]]	念昔先人	4	0.5
52	[N[V[M N]]]	南有嘉鱼	4	0.5
53	[N[V[P N]]]	声闻于外	4	0.5
54	[N[X[M V]]]	宾之初筵	4	0.5
55	[P[N NN]]	于此中乡	4	0.5
56	[V[M[V N]]]	监亦有光	4	0.5
57	[V[V[M N]]]	如临深渊	4	0.5
58	[W[B[V V]]]	岂不怀归	4	0.5
59	[X[N NN]]	维此六月	4	0.5
60	[X[V[N N]]]	言采其杞	4	0.5
61	[C[B[V V]]]	则不可得	3	0.4
62	[C[V[B A]]]	以莫不兴	3	0.4
63	[C[V[V N]]]	虽无予之	3	0.4
64	[M[N[X N]]]	凡今之人	3	0.4
65	[M[X[V N]]]	实维在首	3	0.4
66	[N[B[N V]]]	尔不我畜	3	0.4
67	[N[C[C V]]]	乱是用长	3	0.4
68	[N[N NN]]	今此下民	3	0.4
69	[N[N[V N]]]	相彼投兔	3	0.4
70	[V[B[V V]]]	畏不能趋	3	0.4

序号	句法成分	例句	数量/行	百分比/%
71	[V[N AA]]	视天梦梦	3	0.4
72	[V[N VV]]	如彼行迈	3	0.4
73	[V[N[B V]]]	俾民不迷	3	0.4
74	[W[B AA]]	胡不旆旆	3	0.4
75	[W[V[V N]]]	何锡予之	3	0.4
76	[X[M NN]]	有觋面目	3	0.4
77	[X[V[C V]]]	式歌且舞	3	0.4

[1[12]] 结构由四个字构成，后两字是一个整体。对其句法成分进行分析后发现，出现比例最高的是 [V[N NN]]，共 76 行，占 9.3%，其次是 [V[N[N N]]]，这两者都是带宾语的动词结构，因此，无论是总数还是具体某类的数量，带宾语的动词结构数量最多。对所有 [1[12]] 结构进行统计，后两字位置由双音名词填充的共有 232 行，后两个字位置由双音动词来填充的诗行共 8 行，后两个字位置由双音形容词来填充的诗行共 15 行。那么 [1[12]] 结构中，双音实词的数量和比值如表 2.30 所示：

表 2.30 《诗经·小雅》[1[12]] 结构中双音实词数量和比值

词类	双音名词	双音动词	双音形容词
数量/行	232	8	15
比值	29	1	1.9

由此可见，在四字行的 [1[12]] 结构中，后两个字位置如果是由双音词填充，双音名词出现的可能性大约是双音动词的 29 倍。

此外，四字行后三字位置由 [V NN] 填充的共有 102 行，由 [N VV] 填充的共 4 行，这也反映了动词是单音词较多而名词是双音词较多的现象。

三、《诗经·小雅》[[12]1] 结构四言诗句法和词汇特征

对《诗经·小雅》四字行结构的句法成分进行分析，[[12]1] 共123 行，其句法结构有 41 种，其具体的句法成分和数量总结如下（结构后的数字表示此结构的行数）：

主谓结构（45 行）（13 种结构）

S+V 结 构（28 行）（6 种 结 构）[[B[N V]]X]2　[[M[N V]]X]3 [[N[B V]]X]6　[[N[M V]]X]8　[[N[N V]]X]8　[[W[N V]]X]1

S+V+O 结构（1 行）（1 种结构）[[N[V N]]X]1

S+A 结 构（11 行）（4 种 结 构）[[N[M A]]X]2　[[N[N A]]X]6 [[N[X A]]X]2　[[W[N A]]X]1

S+N 结构（5 行）（2 种结构）[[N[M N]]X]1　[[N[W N]]X]4

名词结构（36 行）（8 种结构）

[[A[N N]]X]1　[[M[N N]]X]6　[[N NN]N]1　[[N NN]X]1　[[N WW] X]3　[[N[C N]]X]6　[[N[N N]]X]3　[[N[X N]]X]15

动词结构（40 行）（19 种结构）

无宾语动词结构（12 行）（10 种结构）[[B[M V]]X]1　[[B[V V]] X]2　[[C[M V]]X]1　[[M VV]X]1　[[M[V A]]X]1　[[M[V V]]X]2　[[V[C V]]X]1　[[V[M A]]X]1　[[V[P N]]X]1　[[W[B V]]X]1

有宾语动词结构（19 行）（6 种结构）[[B[V N]]X]1　[[M[V N]] X]1　[[V NN]X]2　[[V[M V]]X]3　[[V[N N]]N]1　[[V[N N]]X]11

兼语结构（8 行）（2 种结构）[[V[N A]]X]3　[[V[N V]]X]5

连动结构（1 行）（1 种结构）[[V[N N]]V]1

介词结构（2 行）（1 种结构）

[[P[N N]]X]2

以上数据显示，[[12]1] 结构一共 123 行。对其句法结构分析后发现，主谓结构 45 行，动词结构 40 行，名词结构 36 行，介词结构 2 行，无形容词结构。从各类结构的数量来说，主谓结构约占

36.6%，动词结构约占 32.5%，名词结构约占 29.3%，介词结构约占 1.6%。动词结构内部细分为有宾语动词结构和无宾语动词结构，其中有宾语动词结构 19 行，所占比例是 15.4%，无宾语动词结构 12 行，所占比例是 9.8%。各类句法结构、数量等如表 2.31 所示：

表 2.31 《诗经·小雅》[[12]1] 结构的句法结构、数量、百分比和种类

排序	结构		例句	行数 / 行	百分比 / %	结构种类 / 种
1	主谓结构	S+A	物其多矣	11	8.9	4
		S+V	昔我往矣	28	22.8	6
		S+V+O	彼求我则	1	0.8	1
		S+N	民胥然矣	5	4.1	2
2	动词结构	有宾语动词结构	俾滂沱矣	19	15.4	6
		无宾语动词结构	不尚息焉	12	9.8	10
		兼语结构	俾我祇也	8	6.5	2
		连动结构	舍其坐迁	1	0.8	1
3	名词结构	—	蓼彼萧斯	36	29.3	8
4	介词结构	—	于彼牧矣	2	1.6	1

从以上表格的数据来看，[[12]1] 结构中数量最多的是主谓结构，约占总数的 36.6%；其次是动词结构，占 32.5%，其中有宾语动词结构数量多于无宾语动词结构，数量相差约 5%；再次是名词结构，约占 29.3%；最后是介词结构数量极少，约占 1.6%；而形容词没有以 [[12]1] 或者 [12] 结构形式出现。每一具体的句法结构总数排序如表 2.32 所示：

表 2.32 《诗经·小雅》[[12]1] 结构的句法结构总数排序

排序	句法结构	例句	行数 / 行	百分比 / %	结构种类 / 种
1	名词结构	物其多矣	36	29.3	8
2	S+V	昔我往矣	28	22.8	6
3	有宾语动词结构	彼求我则	19	15.4	6
4	无宾语动词结构	民胥然矣	12	9.8	10
5	S+A	俾滂沱矣	11	8.9	4

续表

排序	句法结构	例句	行数 / 行	百分比 / %	结构种类 / 种
6	兼语结构	不尚息焉	8	6.5	2
7	S+N	俾我祇也	5	4.1	2
8	介词结构	舍其坐迁	2	1.6	1
9	S+V+O	蓼彼萧斯	1	0.8	1
10	连动结构	于彼牧矣	1	0.8	1

以上数据显示：名词结构的数量最多，约占总数的 29.3%；其次是 S+V 结构，约占总数的 22.8%；再次是有宾语动词结构，约占 15.4%；其他结构。进一步统计各句法成分的数量，含 3 例及以上的结构详情如表 2.33 所示：

表 2.33　《诗经·小雅》[[12]1] 结构中词汇构成排序

序号	词汇构成	例句	数量 / 行	百分比 / %
1	[[N[X N]]X]	民之质矣	15	12.2
2	[[V[N N]]X]	饮此湑矣	11	8.9
3	[[N[M V]]X]	薇亦作止	8	6.5
4	[[N[N V]]X]	昔我往矣	8	6.5
5	[M[N N]]X]	矧伊人矣	6	4.9
6	[[N[B V]]X]	其未醉止	6	4.9
7	[[N[C N]]X]	兄及弟矣	6	4.9
8	[[N[N A]]X]	物其旨矣	6	4.9
9	[[V[N V]]X]	迨我暇矣	5	4.1
10	[[N[W N]]X]	彼何人斯	4	3.3
11	[[M[N V]]X]	祇自重兮	3	2.4
12	[[N WW]X]	夜如何其	3	2.4
13	[[N[N N]]X]	彼旟旐斯	3	2.4
14	[[V[M V]]X]	曰既醉止	3	2.4
15	[[V[N A]]X]	念我独兮	3	2.4

这一结构中出现比例最高的是 [[N[X N]]X] 结构，共 15 行，占比是 12.2%，然后是 [[V[N N]]X] 结构，共 11 行，占比是 8.9%。此外，[[12]1] 结构由四个字构成，第二和第三字位置是一个整体，

对其句法成分进行分析，第二和第三字位置由双音名词填充的有 2 行，由双音动词填充的有 1 行，由双音疑问词填充的有 3 行，双音词在这一结构中出现的数量较少。这一结构还有一特点是最后一个字位置只有三行由实词填充，其他都是由助词填充，如果不计最后一个助词，这就变成了一个 [12] 结构。

四、[12] 和 [21] 结构的词汇构成

《诗经·小雅》四言诗共有诗行 1485 行，包括 [12] 结构的有 937 行，相关句法结构有 2 种，它们分别是 [1[12]] 和 [[12]1]。其中 [1[12]] 结构 813 行，[[12]1] 结构 123 行。[1[12]] 结构中 [12] 结构共 98 种句式，其中有 27 种只出现过 1 次，所有句式的词汇构成和数量归纳如下（结构后的数字表示此结构的行数）：

[V NN]102 [N NN]99 [V[N N]]97 [N[N N]]33 [N[M N]]32 [V[V N]]30 [N[V N]]29 [N[X N]]29 [V[M N]]23 [X[V N]]18 [M[V N]]17 [V[P N]]17 [C[V N]]13 [P NN]13 [B[V V]]12 [V[B A]]11 [N AA]10 [B[N V]]9 [M[N N]]9 [P[M N]]9 [P[N N]]9 [M[X N]]7 [N[B V]]7 [N[C N]]7 [B[V N]]6 [M[X NN]]6 [V[N V]]6 [M NN]5 [V[C V]]5 [V[X N]]5 [X NN] 5 [A[C A]]4 [M[M V]]4 [M[X A]]4 [N VV]4 [N[C V]]4 [P[V V]]4 [V[M V]]4 [V[P V]]4 [X[M V]]4 [B AA] 3 [B[N N]]3 [C[C V]]3 [N[M V]]3 [N[V V]]3 [N[W A]]3 [V[V V]]3 [X[N N]]3 [A[N N]]2 [B[M N]]2 [C NN]2 [C[B V]]2 [C[N N]]2 [C[X N]]2 [M VV]2 [M[A A]]2 [M[C V]]2 [N MN]2 [N[A A]]2 [N[B A]]2 [N[M A]]2 [N[N A]]2 [N[N V]]2 [N[P N]]2 [N[X A]]2 [N[X V]]2 [V[B V]]2 [V[N A]]2 [W[B A]]2 [X[M N]]2 [X[N V]]2 [A[M A]]1 [A[P N]]1 [B[M V]]1 [B[N A]]1 [C VV]1 [M[B V]]1 [M[N V]]1 [M[P N]]1 [M[V V]]1 [M[W V]]1 [N[A B]]1 [P[W N]]1 [V AA]1 [V VV]1 [V[C N]]1 [V[M A]]1 [V[V A]]1 [W[N N]]1 [W[V N]]1 [W[X

N]]1　[X AA]1　[X[B V]]1　[X[M A]]1　[X[V V]]1　[X[V W]]1　[X[W
V]]1　[X[X A]]1

[[12]1] 中 [12] 结构共 39 种句式，其中 17 种只出现过 1 次，所有句式的词汇构成和数量归纳如下：

[N[X N]]15　[V[N N]]11　[N[M V]]8　[N[N V]]8　[M[N N]]6　[N[B
V]]6　[N[C N]]6　[N[N A]]6　[V[N V]]5　[N[W N]]4　[M[N V]]3　[N
WW]3　[N[N N]]3　[V[M V]]3　[V[N A]]3　[B[N V]]2　[B[V V]]2　[M[V
V]]2　[N[M A]]2　[N[X A]]2　[P[N N]]2　[V NN]2　[A[N N]]1　[B[M V]]1
[B[V N]]1　[C[M V]]1　[M VV]1　[M[V A]]1　[M[V N]]1　[N NN]2
[N[M N]]1　[N[V N]]1　[V[C V]]1　[V[M A]]1　[V[N N]]2　[V[P N]]1
[W[B V]]1　[W[N A]]1　[W[N V]]1

[1[12]] 结构和 [[12]1] 结构中，只出现了 1 例的结构共有 30 种，出现了 2 例的结构共有 18 种，含 3 例及以上的 [12] 结构详情如表 2.34 所示：

表 2.34　《诗经·小雅》[12] 结构的词汇构成和数量

序号	词汇构成	数量 / 行	百分比 / %
1	[V[N N]]	110	11.8
2	[V NN]	104	11.1
3	[N NN]	101	10.7
4	[N[X N]]	44	4.7
5	[N[N N]]	36	3.8
6	[N[M N]]	33	3.5
7	[N[V N]]	30	3.2
8	[V[V N]]	30	3.2
9	[V[M N]]	23	2.5
10	[M[V N]]	18	1.9
11	[V[P N]]	18	1.9
12	[X[V N]]	18	1.9
13	[M[N N]]	15	1.6

序号	词汇构成	数量 / 行	百分比 / %
14	[B[V V]]	14	1.5
15	[C[V N]]	13	1.4
16	[N[B V]]	13	1.4
17	[N[C N]]	13	1.4
18	[P NN]	12	1.3
19	[B[N V]]	11	1.2
20	[N[M V]]	11	1.2
21	[P[N N]]	11	1.2
22	[V[B A]]	11	1.2
23	[V[N V]]	11	1.2
24	[N AA]	10	1.1
25	[N[N V]]	10	1.1
26	[P[M N]]	9	1.0
27	[N[N A]]	8	0.9
28	[B[V N]]	7	0.7
29	[M[X N]]	7	0.7
30	[V[M V]]	7	0.7
31	[M[X NN]	6	0.6
32	[V[C V]]	6	0.6
33	[V[N A]]	5	0.5
34	[V[X N]]	5	0.5
35	[X NN]	5	0.5
36	[A[C A]]	4	0.4
37	[M NN]	4	0.4
38	[M[M V]]	4	0.4
39	[M[N V]]	4	0.4
40	[M[X A]]	4	0.4
41	[N VV]	4	0.4
42	[N[C V]]	4	0.4
43	[N[M A]]	4	0.4
44	[N[W N]]	4	0.4

续表

序号	词汇构成	数量 / 行	百分比 / %
45	[N[X A]]	4	0.4
46	[P[V V]]	4	0.4
47	[V[P V]]	4	0.4
48	[X[M V]]	4	0.4
49	[A[N N]]	3	0.3
50	[B AA]	3	0.3
51	[B[N N]]	3	0.3
52	[C[C V]]	3	0.3
53	[M VV]	3	0.3
54	[M[V V]]	3	0.3
55	[N WW]	3	0.3
56	[N[V V]]	3	0.3
57	[N[W A]]	3	0.3
58	[V[V V]]	3	0.3
59	[X[N N]]	3	0.3

　　汇总数据呈现三大特点：一是 [12] 结构中的句法成分出现最多的是动宾结构，动词是单音动词，名词是双音名词或双音名词词组，大多数出现在行尾，少数几个出现在行首；[N NN] 和 [N[N N]]，它们大多数也是出现在行尾，少数几个出现在行首。二是这一结构中双音名词最多，共出现了 236 次；其次是双音动词，共出现了 9 次；最后是双音形容词，共出现了 15 次，三大类实词出现频率相差很大。三是 [12] 结构位于行尾的数量和句法种类远远大于行首。

　　接下来分析 [21] 结构。《诗经·小雅》包括 [21] 结构的有 91 行，相关句法结构有 2 种，它们分别是 [1[21]] 和 [[21]1]。其中 [1[21]] 共 25 行，包含 [21] 结构的句式有 16 种，只有 1 例的结构共有 12 种，含 2 例及以上的结构详情如表 2.35：

表 2.35　《诗经·小雅》[1[21]] 结构中 [21] 结构词汇构成和数量

序号	词汇构成	数量／行
1	[[M N]N]	6
2	[NN N]	3
3	[CC A]	2
4	[[N N]N]	2

　　[[21]1] 共 66 行，包含 [21] 结构的句式有 13 种，只有 1 例的结构共 5 种，只有 2 例的结构共 1 种，包含 3 例及以上的结构详情如表 2.36 所示：

表 2.36　《诗经·小雅》[[21]1] 结构中 [21] 结构词汇构成和数量

序号	词汇构成	数量／行
1	[NN V]	17
2	[MM N]	13
3	[[N N]A]	10
4	[NN A]	7
5	[[N N]V]	6
6	[[M N]A]	3
7	[[MM N]	3

　　汇总包含 [21] 结构的句法成分及数量，有两点发现：一是 [21] 结构中的句法成分出现最多的是主谓结构，主语为双音名词，谓语为单音动词，而且主要是出现在行首；然后是包含双音形容词作修饰语的名词结构，主要也是出现在行首。二是这一结构中双音名词占大多数，共出现了 31 次；然后是双音形容词，共出现了 17 次；最后是双音动词，共出现了 17 次。只出现了 1 例的结构共有 7 种，只出现了 2 例的结构共有 3 种，包含有 3 例以上的结构的详情如表 2.37 所示：

表 2.37　《诗经·小雅》中 [21] 结构的词汇构成和数量

序号	词汇构成	数量／行
1	[NN V]	18
2	[MM N]	13

序号	词汇构成	数量 / 行
3	[[N N]A]	10
4	[NN A]	7
5	[[M N]N]	6
6	[[N N]V]	6
7	[NN N]	6
8	[[B V]V]	3
9	[[M N]A]	3
10	[[MM N]	3
11	[[V N]N]	3

对比 [12] 结构和 [21] 结构的数量和句法成分，包含 [12] 结构的诗行共有 937 行，而包含 [21] 结构的只有 91 行，前者是后者的 10 倍，数量相差极大。两者句法结构上的差别是动宾结构的数量远远大于主谓结构。对其句法成分进行分析后发现，两种结构的相同点是双音名词数量最多，其次是双音形容词，最后是双音动词。

五、《诗经·小雅》四言诗的助词及其位置

《诗经·小雅》共有 2209 行四言诗，其中 508 行包含助词，含助词的诗行占 23.0%。诗行当中，第一字位置由助词填充的有 115 行，第二字是助词的有 107 行，第三字是助词的有 149 行，第四字是助词的有 198 行，其中第一、第三字同为助词的有 22 行，第一、第四字同为助词的有 13 行，第二、第三字同为助词的有 1 行，第二、第四字同为助词的有 25 行。具体到各结构，助词出现的位置及数量如下。

[22] 结构共 1156 行，其中 145 行包含助词，占比为 12.5%，第一字是助词的有 13 行，第二字是助词的有 42 行，第三字是助词的有 96 行，第四字是助词的有 12 行。其中第一、第三字同为助词的有 11 行，第二、第四字同为助词的有 7 行。

　　[1[12]] 结构共 814 行，其中 167 行含助词，占比为 20.5%。助词出现的位置是，第一字为助词的有 79 行，第二字是助词的有 47 行，第三字是助词的有 53 行，助词没有出现在第四字位置。这类结构中有双助词出现在同一行的现象，其中第一、第三字同为助词的有 11 行，第二、第三字同为助词的有 1 行。

　　[[12]1] 结构共 123 行，120 行都包含助词，占比为 97.6%。第一、第三字位置没有出现助词，第二字是助词的有 17 行，第四字是助词的有 120 行。这类结构中有双助词出现在同一行的现象，第二、第四字同为助词的有 17 行。

　　[[21]1] 结构共 66 行，52 行包含助词，占比为 78.8%。第一、第三字位置没有出现助词，第二字位置只有 1 行包含助词，第四字是助词的有 52 行，第二字和第四字位置同为助词的有 1 行。

　　[1[21]] 结构共 24 行，有 9 行包含助词，占比为 37.5%，所有助词都出现在第一字位置。

　　[121] 结构共 13 行，每行都包含助词，而且是第一和第四字位置同时出现助词。

　　[13] 结构共 1 行，且第一字位置由助词填充。

　　[31] 结构共 1 行，且第四字位置由助词填充。

　　各类结构总行数及包含助词和行数对比如表 2.38 所示：

表 2.38　《诗经·小雅》各结构所含助词数量

结构	总行数 / 行	含助词行数 / 行	百分比 / %
四言	2209	508	23.0
[22]	1156	145	12.5
[1[12]]	814	167	20.5
[[12]1]	123	120	97.6
[[21]1]	66	53	80.3
[1[21]]	24	9	37.5
[121]	13	13	100

续表

结构	总行数 / 行	含助词行数 / 行	百分比 / %
[4]	8	0	0
[1111]	3	0	0
[13]	1	1	100
[31]	1	1	100

　　这一表格揭示两大关联，一是节奏与句法结构的关联，二是助词出现的位置与句结构的关联。与二二节奏相似度排序是 [1111] > [22] > [1[12]]/[[21]1] > [[12]1]/[1[21]] > [13]/[31] > [4]。[1111] 结构中每一个字都是独立的句法成分，两两相邻单位可相互组合，组合成二二节奏完全可行。[22] 句法结构与二二节奏是完全相匹配的，三者相比，它包含的助词最少。[1[12]] 中前两字分属不同的句法成分，后两字作为一个整体属于同一句法成分，如果在第二字之后停顿，语义上不会产生误解，因此这一结构与二二节奏接近。而 [[12]1] 结构中，第二和第三字是作为一个整体同属一个句法成分，如果在第二字后面停顿，就破坏了它的整体性，语义上容易产生误解，因此不适合在第二字后停顿，这样也导致这一结构与二二节奏相去甚远。因此，含助词数量的百分比由多到少的序列是 [13]/[31] > [[12]1]/[[21]1] > [1[12]]/[[21]1] > [22]，句法结构越趋近于二二节奏，助词出现的频率越低，否则反之。理论上来说，与二二节奏不匹配的句法结构只能采用词汇手段来与之匹配。如果要使结构接近二二节奏，需要在第一和第三字或者第二和第四字位置设置节奏点，这也就是助词可能同现的位置。那么句法结构与二二节奏不匹配的 [1[12]] 和 [[12]1] 结构，可采用助词来调整节奏，但助词也不是任意出现的，它所出现的位置必须有利于形成语义上的停顿，从而使节奏趋近于二二节奏。从统计的数据来看，第一和第三字位置以及第二和第四字位置同时出现助词的情况也有，但是数量并不多。考察助词出现最多的位置，发现助词更倾向于出现在 [12] 或

98

者 [21] 结构前或后。以 [[12]1] 结构为例，包含助词的诗行共 123 行，第二字和第四字同时出现助词的诗行有 17 行，占比是 14.1%，而 [12] 结构之后的第四字位置由助词填充的诗行有 120 行，占比是 97.6%。表 2.39 列出了各句法结构中的助词位置及数量，有助于找出它们之间的关联。

表 2.39 《诗经·小雅》中一行一助词的位置

助词位置	第一字	第二字	第三字	第四字	总数 / 行
四言	115	107	149	198	508
百分比 / %	22.6	21.1	29.3	39.0	—
[22]	13	42	96	12	145
百分比 / %	9.0	29.0	66.2	8.3	—
[1[12]]	79	47	53	*	167
百分比 / %	47.3	28.1	31.7	*	—
[[12]1]	*	17	*	120	120
百分比 / %	*	14.2	*	100	—
[[21]1]	*	2	*	52	52
百分比 / %	*	3.8	*	100	—
[1[21]]	9	*	*	*	9
百分比 / %	100	*	*	*	—
[121]	13	*	*	13	13
百分比 / %	100	*	*	100	—
[13]	1	*	*	*	1
百分比 / %	100	*	*	*	—
[31]	*	*	*	1	1
百分比 / %	*	*	*	100	—
[4]	*	*	*	*	0
百分比 / %	*	*	*	*	—
[1111]	*	*	*	*	0
百分比 / %	*	*	*	*	—

理论上说，四个字如要形成二二节奏，则第一和第三字或者第二和第四字作为节奏点，句法上与二二节奏不相匹配的结构可在

这些位置放置助词，而在实际的诗歌创作中，情况并非完全如此。[1[12]]、[[12]1]、[[21]1]、[121] 和 [211] 结构中可在第二字位置放置助词，从而使第一和第二字以及第三和第四字形成较完整的语义单位，以便于其节奏趋近二二，实际情况是以上结构出现助词最多的位置分别是第一字、第四字、第四字、第一字和第四字。这些位置的共同特点是位于行首或行尾，而不是中间，如不计这些助词，则余下的是完整的 [12] 或 [21] 结构。从目前情况来看，与二二节奏不相匹配的结构，采用助词较多，目的是形成二二节奏的可能性并不大。在行首或行尾放置助词，是确保完整的句法结构 [12] 或 [21] 不被破坏。虽然句法结构与节奏不相匹配，但是并没有采取词汇手段来促成它们，而是维护句法结构的完整性。再进一步考察一下，同一诗行出现两个助词的数量及位置（如表 2.40 所示），是否有助于形成二二节奏。

表 2.40　《诗经·小雅》各结构一行中两助词同现的位置

助词位置	第一、第二字	第一、第三字	第一、第四字	第二、第三字	第二、第四字	第三、第四字	总数／行
四言	*	22	13	1	25	*	508
[22]	*	11	*	*	7	*	145
[1[12]]	*	11	*	1	*	*	167
[[12]1]	*	*	*	*	17	*	120
[[21]1]	*	*	*	*	1	*	52
[1[21]]	*	*	*	*	*	*	9
[121]	*	*	*	*	*	*	13
[13]	*	*	*	*	*	*	1
[31]	*	*	*	*	*	*	1
[4]	*	*	*	*	*	*	0
[1111]	*	*	*	*	*	*	0

　　四字诗行，如要形成二二节奏，则第一、第三字或第二、第四字两个位置是节奏点，如同时放置助词，有助于形成这一节奏。从

以上统计数据来看，[22] 结构符合这一规律，它是在第一和第三字位置同时放置助词，[121]结构是在第一和第四字位置同时放置助词，虽然没有形成二二节奏，但是完整的句法结构保留下来，没被破坏。

六、小结

本节对《诗经·小雅》四言诗的词汇句法结构以及助词的数量和位置进行了统计和描写。《诗经·小雅》各诗行的句法结构中，从整体上看，数量最多的是动词结构，然后是主谓结构，两类结构的数量接近。考察具体的结构，主谓宾结构数量最多，其中主语是双音名词，谓语是单音动词，宾语是单音名语。三大类实词出现的次数是，双音名词 711 次，双音形容词 240 次，双音动词 45 次。约一半的诗行的句法结构与二二节奏吻合，其他句法结构在节奏点位置放置助词的数量并不多，即使有助词，也多是位于诗行首尾，这样，助词与另外三个字构成一句完整的四言诗。而另外三个字往往是 [12] 结构或者 [21] 结构，其中 [12] 结构远远多于 [21] 结构。从构成成分来看，[12] 结构出现次数最多的形式是动宾式，以单音动词和双音名词的组合最多，出现在行末的情况居多。[21] 结构最主要的形式主要是主谓式，由双音名词和单音动词构成。

第五节　《诗经·大雅》四言诗句法和词汇特征

本章主要对《诗经·大雅》四言诗的句法结构和词汇进行描写。《诗经·大雅》四言诗 1485 行，其中《文王之什》10 篇，共

380 行,《生民之什》10 篇，共 389 行,《荡之什》11 篇，共 716 行，它们的结构和数量如表 2.41 所示：

表 2.41　《诗经·大雅》的句法结构和数量

句法结构	文王之什	生民之什	荡之什	合计 / 行
四言	380	389	716	1485
[22]	209（55%）	230（59.1%）	362（50.7%）	801（54.0%）
[1[12]]	153（40.3%）	139（35.7%）	328（45.7%）	620（41.7%）
[[12]1]	2（0.5%）	10（2.6%）	13（1.8%）	25（1.7%）
[[21]1]	13（3.4%）	3（0.8%）	2（0.3%）	18（1.2%）
[1[21]]	1（0.3%）	6（1.5%）	6（0.8%）	13（0.9%）
[121]	1（0.3%）	—	3（0.4%）	4（0.3%）
[211]	—	—	1（0.1%）	1（0.1%）
[31]	—	1（0.3%）	—	1（0.1%）
[4]	1（0.3%）	—	1（0.1%）	2（0.1%）

　　对本表数据分析可发现两大特点。一是《诗经·大雅》四言中 [22] 结构占比高达 54.0%,《生民之什》中的 [22] 结构占比更高一点，达到 59.1%；其次是 [1[12]]；再次是 [[12]1] 和 [[21]1]；较少采用的结构是 [1[21]] 和 [121]；最少采用的结构是 [211]、[31] 和 [4]。也就是说，如果 [22] 和 [1[12]] 这两者共占据 95.7%，而其他 7 种结构占比很少，没有统计学意义。总之，理论上来说，四言可能的结构有 10 种，它们分别是 [1111]、[1[12]]、[[11]2]、[[12]1]、[1[21]]、[[21]1]、[2[11]]、[22]、[13] 和 [31]，也就是说每种结构可能出现的比例是 10%，从目前《诗经·大雅》的句法结构分析，没有出现的是 [[11]2]、[2[11]] 和 [13]。《诗经·大雅》中出现了"小心翼翼" 2 次，本研究把它视为一个词，其结构用 [4] 表示。

　　二是内部结构 [12] 和 [21] 导致数量差别很大，例如，相似的两组结构 [1[12]] 和 [1[21]] 以及 [[12]1] 和 [[21]1]，内部结构 [12] 和 [21] 的不同，导致前一组数量相差 28.7%，后一组数量相差 0.5%。

这说明了两点：一是 [12] 结构较之 [21] 结构，数量更多；二是诗行首尾相比，[12] 出现在诗行首的频率更高。

鉴于以上发现，本章对《诗经·大雅》四言诗中句法结构为 [22]、[1[12]]、[[12]1] 以及内部结构为 [12] 和 [21] 的结构进行句法成分分析。

一、《诗经·大雅》[22] 结构四言诗句法和词汇特征

[22] 的句法结构有 158 种，具体如下（结构后的数字表示此结构的行数）：

主谓结构（343 行）（57 种结构）

S+V 结 构（129 行）（25 种 结 构）[NN[X V]]22 [NN[V V]]7 [NN[V A]]1 [NN[N V]]1 [NN[M V]]19 [NN[C V]]14 [NN[B V]]10 [NN VV]20 [NN MV]1 [[V N]VV]4 [[V N][B V]]5 [[N V]OO]1 [[N V][P N]]3 [[N V][N V]]3 [[N V][B V]]1 [[N N][V V]]5 [[N N][M V]]1 [[N N][B V]]1 [[N A]VV]1 [[N A][V V]]1 [[M N][X V]]1 [[M N][V V]]1 [[M N][C V]]1 [[M N][B V]]4 [[B N][B V]]1

S+N 结构（10 行）（6 种结构）[NN[M N]]1 [NN[B N]]1 [[N V][N N]]1 [[N N][B N]]1 [[M N]NN]5 [[M N][X N]]1

S+V+O 结构（72 行）（5 种结构）[NN[V N]]58 [[N V][V N]]3 [[N N][V N]]5 [[M N][V N]]3 [[N A][V N]]3

S+A 结 构（132 行）（21 种 结 构）[NN[X A]]10 [NN[N A]]3 [NN[M A]]10 [NN[B A]]5 [NN[A A]]1 [NN AA]51 [MN AA]1 [[V N]AA]12 [[V N][X A]]3 [[V N][M A]]1 [[V N][B A]]5 [[N V][B A]]1 [[N N][M A]]10 [[N N][C A]]2 [[N N][B A]]6 [[N N][A A]]1 [[N A][N A]]3 [[M N][X A]]2 [[M N][M A]]1 [[M N][B A]]1 [[B N]AA]3

名词结构（189 行）（36 种结构）

[OO[X N]]1 [OO[N N]]2 [OO NN]2 [NN[X N]]35 [NN[P N]]3

[NN[N N]]4　[NN[C N]]4　[NN WW]1　[NN OO]1　[NN NN]44　[MN[X N]]1　[MN NN]2　[MM[N N]]5　[MM[M N]]4　[MM NN]24　[AA NN]1　[[X N][X N]]2　[[X A][X N]]1　[[X A][M N]]1　[[V N]NN]10　[[V N][X N]]3　[[V N][B N]]1　[[P N][N N]]1　[[N N][X W]]7　[[N N][X N]]2　[[N N][X A]]1　[[N N][N N]]11　[[N N][C N]]1　[[N A][X N]]1　[[M N][N N]]1　[[M N][M N]]4　[[M A]NN]1　[[C N]NN]1　[[C N][C N]]1　[[B N][B N]]1　[[A X]NN]4

动词结构（223 行）（50 种结构）

无宾语动词结构（77 行）（20 种结构）[VV[P N]]2　[VV[B A]]3　[VV VV]2　[MV[P N]]1　[[X V][X V]]13　[[V V][V V]]8　[[V V][P N]]1　[[V V][B A]]1　[[M V]AA]1　[[M V][P N]]2　[[M V][M V]]2　[[M V][M A]]1　[[M A][C V]]1　[[C V][C V]]21　[[B V][P N]]1　[[B V][M V]]2　[[B V][C V]]1　[[B V][B V]]12　[[A X][V V]]1　[[M A][C V]]1

有宾语动词结构（136 行）（24 种结构）[VV[X N]]1　[VV[V N]]5　[VV[N N]]2　[VV[M N]]2　[VV[B V]]2　[VV NN]17　[VV MN]2　[MM[V N]]6　[[W P][V N]]1　[[V V][V N]]1　[[V V][N V]]1　[[V N]OO]5　[[V N][V N]]60　[[V N][P N]]12　[[V N][M N]]4　[[P N][V N]]4　[[M V]NN]1　[M V][N N]]2　[[C V][M N]]1　[[B W][V N]]1　[[B V]NN]1　[[B V][N N]]2　[[B A][V N]]2　[[A X][V N]]1

连动结构（8行）（5种结构）[VV[N V]]1　[VV[C V]]1　[[V N][V V]]1　[[V N][C V]]4　[[M V][C V]]1

兼语结构（2行）（1种结构）[[V N][M V]]2

形容词结构（42 行）（14 种结构）

[AA[X A]]1　[AA[C A]]2　[AA AA]11　[[X A][X A]]1　[[P N]AA]4　[[N N]AA]9　[[M A][P N]]3　[[M A][M A]]3　[[M A][C A]]1　[[C A][C A]]1　[[B A][P N]]1　[[B A][M A]]1　[[B A][B A]]3　[[A A][P N]]1

介词结构（5行）（1种结构）[[P N][P N]]5

对《诗经·大雅》的句法结构分析后发现，[22] 结构中主谓结构 343 行，动词结构 223 行，名词结构 189 行，形容词结构 42 行，介词结构 5 行。值得一提的是，从各类结构的占比来说，主谓结构占 42.8%，动词结构占 27.8%，名词结构占 23.6%，形容词结构占 5.2%。动词结构内部细分为有宾语动词结构和无宾语动词结构，其中有宾动词结构 136 行，所占比例是 17.0%，无宾语动词结构 77 行，所占比例是 9.6%。各类句法结构、数量等总结如表 2.42 所示：

表 2.42 《诗经·大雅》[22] 结构中句法结构、数量、百分比和种类

序号	句法结构		例句	行数 / 行	百分比 / %	结构种类 / 种
1	主谓结构	S+V+O	文王在上	72	7.0	5
		S+A	其命维新	132	16.5	21
		S+V	文王陟降	129	16.1	25
		S+N	清酒百壶	10	1.2	6
2	动词结构	有宾语动词结构	监观四方	136	17.0	24
		无宾语动词结构	来游来歌	77	9.6	20
		连动结构	缩版以载	8	2.6	5
		兼语结构	俾民卒狂	2	0.2	1
3	名词结构	—	江汉之浒	189	23.6	36
4	形容词结构	—	穆穆皇皇	42	5.2	14
5	介词结构	—	自西徂东	5	0.6	1

从统计数据来看，[22] 结构中各句法结构的数量对比如下：主谓结构最多，其中又以 S+A 和 S+V 最多，其次是 S+V+O，最少的是 S+N；动词结构占 29.4%，其中有宾语动词结构占 17.0%，远远多于不带宾语的动词结构；接下来是名词结构，占 23.6%，比动词结构低 5.8%，两者所占比值较接近，但是它们都远远比不上主谓结构数量；形容词结构最少，只有 5.2%，与虚词接合的情况较多。各结构按总数排序如表 2.43 所示：

表 2.43 《诗经·大雅》[22] 结构的句法结构总数排序

序号	句法结构	例句	行数 / 行	百分比 / %	结构种类 / 种
1	名词结构	江汉之浒	189	23.6	36
2	有宾语动词结构	监观四方	136	17.0	24
3	S+A	其命维新	132	16.5	21
4	S+V	文王陟降	129	16.1	25
5	无宾语动词结构	来游来歌	77	9.6	20
6	S+V+O	文王在上	72	7.0	5
7	形容词结构	穆穆皇皇	42	5.2	14
8	S+N	清酒百壶	10	1.2	6
9	连动结构	缩版以载	8	2.6	5
10	介词结构	自西徂东	5	0.6	1
11	兼语结构	俾民卒狂	2	0.2	1

　　《诗经·大雅》四言诗共 1485 行，[22] 结构共 801 行，句法结构共有 158 种。细分其句法成分，双音词是构成 [22] 结构的主体，而且位于首尾两端的情况较多，较少位于诗行中间。双音词的词类位于第一、第二字位置的有 421 行，位于第三、第四字位置的有 232 行，两相对比，双音词更倾向于出现在第一、第二字位置。具体来看双音词的词类，行首出现了双音名词的诗行共 327 行，双音动词共 40 行，双音形容词共 54 行。行尾出现了双音名词共 113 行，双音动词共 27 行，双音形容词共 92 行。因此，三大类实词出现的频率中，双音名词出现频率最高，其次是双音形容词，最后是双音动词。双音动词和双音名词倾向于出现在行首，双音形容词倾向于出现在行尾。

　　由此可见，双音名词和形容词居多，而一个字的动词较多。因此，在此做一小结，且列出一个序列，即《诗经·大雅》共 1611 行，其中四言诗 1485 行，[22] 结构 801 行。从句法结构来看主谓结构 343 行，居于首位。这一结构的构成方式有四类，一是 AABC 或 ABCC 式，二是 AABB 式，三是 AAAA 式，四是 ABAB 式（其

中 AA、BB、CC 指双音词）。统计数据显示，AABC 和 ABCC
式共 303 行，其中名词最多，共 209 行，并且 AABC 式数量多
于 ABCC 式。除此之外，AABB 式共 117 行，AAAA 式共 13 行，
ABAB 式共 132 行。以上四类结构占 [22] 结构的 70% 以上。因
此，可以说四言的主要句法结构是 [22]，而 [22] 结构主要由双音词
构成。

进一步统计各句法成分的数量，不计行数只有 1—2 行的结构，
行数在 3 行及以上的结构，其总数和占比如表 2.44 所示：

表 2.44 《诗经·大雅》[22] 结构的词汇构成排序

序号	词汇构成	例句	数量 / 行	百分比 / %
1	[[V N][V N]]	无声无臭	60	7.5
2	[NN[V N]]	上帝临女	58	7.2
3	[NN AA]	牧野洋洋	51	6.4
4	[NN NN]	文王孙子	44	5.5
5	[NN[X N]]	上天之载	35	4.4
6	[MM NN]	亹亹文王	24	3.0
7	[NN[X V]]	长子维行	22	2.7
8	[[C V][C V]]	乃慰乃止	21	2.6
9	[NN VV]	公尸燕饮	20	2.5
10	[NN[M V]]	上帝既命	19	2.4
11	[VV NN]	洒扫庭内	17	2.1
12	[NN[C V]]	福禄攸降	14	1.7
13	[[X V][X V]]	爰始爰谋	13	1.6
14	[AA AA]	跄跄济济	11	1.4
15	[NN[B V]]	后稷不克	10	1.2
16	[NN[X A]]	寿考维祺	10	1.2
17	[NN[M A]]	四方攸同	10	1.2
18	[[N N]AA]	我心惨惨	9	1.1
19	[[V V][V V]]	克明克类	8	1.0
20	[NN[V V]]	万邦作孚	7	0.9
21	[[N N][X W]]	其告维何	7	0.9

续表

序号	词汇构成	例句	数量 / 行	百分比 / %
22	[MM[V N]]	明明在下	6	0.7
23	[[N N][B A]]	尔德不明	6	0.7
24	[VV[V N]]	保右命尔	5	0.6
25	[NN[B A]]	天命靡常	5	0.6
26	[MM[N N]]	勉勉我王	5	0.6
27	[[V N]OO]	度之薨薨	5	0.6
28	[[V N][B V]]	无德不报	5	0.6
29	[[V N][B A]]	靡人不周	5	0.6
30	[[P N][P N]]	于豆于登	5	0.6
31	[[N N][V V]]	其香始升	5	0.6
32	[[N N][V N]]	其会如林	5	0.6
33	[[M N]NN]	嘉肴脾臄	5	0.6
34	[NN[N N]]	金玉其相	4	0.5
35	[NN[C N]]	善人载尸	4	0.5
36	[MM[M N]]	济济多士	4	0.5
37	[[V N]VV]	靡所止疑	4	0.5
38	[[V N][M N]]	介尔景福	4	0.5
39	[[V N][C V]]	听言则对	4	0.5
40	[[P N]AA]	于时处处	4	0.5
41	[[P N][V N]]	于周受命	4	0.5
42	[[M N][M N]]	令闻令望	4	0.5
43	[[M N][B V]]	令闻不已	4	0.5
44	[[A X]NN]	假哉天命	4	0.5
45	[VV[B A]]	经始勿亟	3	0.4
46	[NN[P N]]	先祖于摧	3	0.4
47	[NN[N A]]	旻天疾威	3	0.4
48	[[V N][X N]]	顺帝之则	3	0.4
49	[[V N][X A]]	临下有赫	3	0.4
50	[[N V][V N]]	鸢飞戾天	3	0.4
51	[[N V][P N]]	鱼跃于渊	3	0.4
52	[[N V][N V]]	是获是亩	3	0.4

续表

序号	词汇构成	例句	数量/行	百分比/%
53	[[N A][V N]]	天笃降丧	3	0.4
54	[[N A][N A]]	实方实苞	3	0.4
55	[[M N][V N]]	诸娣从之	3	0.4
56	[[M A][P N]]	既醉以酒	3	0.4
57	[[M A][M A]]	实覃实訏	3	0.4
58	[[B N]AA]	无然宪宪	3	0.4
59	[[B A][B A]]	不吊不祥	3	0.4

[22] 结构由四个字构成，诗行首尾两字是一个整体。对其句法成分进行分析后发现，出现比例最高的是 [[V N][V N]]，共 60 行，占比 7.5%；然后是 [NN[V N]]，共 58 行，占比是 7.2%；接下来是 [NN AA]，共 51 行，占比是 6.4%。[22] 结构主要形式是 [AABB]、[AABC] 和 [ABAB]，这三种形式与《诗经·大雅》中数量居前三位的句法结构相匹配，且以 [ABAB] 式数量最多。它对同一事件进行重复描述，与 [AABC] 式相匹配的 [NN[V N]] 相比，句法成分不完备，但具有突出强调作用，而且节奏比 [AABB] 式更快。从全部数据来看，双音词是构成 [22] 结构的主要成分，三大实词出现的频率统计如表 2.45 所示：

表 2.45　《诗经·大雅》[22] 结构中双音实词数量和比值

词类	双音名词	双音动词	双音形容词
数量/行	396	65	96
比值	49.4	8.1	12.0

《诗经·大雅》中双音名词出现的频率最高，其次是双音形容词，最后是双音动词。且双音名词和动词倾向于出现在第一和第二字位置，双音形容词倾向于出现在第三和第四字位置。

二、《诗经·大雅》[1[12]] 四言诗句法和词汇特征

《诗经·大雅》四言诗 [1[12]] 共 620 行，句法结构有 159 种，

其具体的句法成分和数量总结如下（结构后的数字表示此结构的行数）：

主谓结构（146行）（46种结构）

S+V结构（25行）（14种结构）[W[N[B V]]]1 [W[B[M V]]]2 [O[M[N V]]]1 [N[X[X V]]]3 [N[V VV]]3 [N[M[C V]]]1 [N[M VV]]1 [N[C VV]]1 [N[B[V V]]]1 [M[N[V V]]]1 [M[N[M V]]]2 [C[B[N V]]]6 [B[N[X V]]]1 [B[M[N V]]]1

S+N结构（4行）（3种结构）[N[M NN]]1 [N[B NN]]2 [C[N[N N]]]1

S+V+O结构（102行）（21种结构）[X[W[V N]]]1 [X[N[V N]]]4 [W[V[V N]]]2 [W[V[N N]]]1 [W[V NN]]1 [W[N[V N]]]1 [W[B[V N]]]2 [N[W[V N]]]1 [N[V[X N]]]2 [N[V[V N]]]1 [N[V[N N]]]13 [N[V[N A]]]1 [N[V[M N]]]6 [N[V NN]]40 [N[M[V N]]]10 [N[C[V N]]]9 [N[B[V N]]]3 [N[B[N V]]]1 [M[N[V N]]]1 [C[N[V N]]]1 [B[N[V N]]]1

S+A结构（15行）（8种结构）[X[N[M A]]]2 [X[N[B A]]]2 [X[N AA]]1 [N[M[A A]]]6 [N[B[A A]]]1 [N[A[C A]]]1 [M[N[N A]]]1 [C[N AA]]1

名词结构（101行）（27种结构）

[X[N[X N]]]13 [X[N[P N]]]2 [X[N[C N]]]2 [X[N NN]]19 [X[M[N N]]]4 [X[M[M N]]]1 [X[M NN]]3 [O[N[X N]]]2 [N[X[V N]]]5 [N[X[N N]]]1 [N[X[M N]]]1 [N[X[M A]]]2 [N[X[C N]]]1 [N[X[B A]]]4 [N[X NN]]17 [N[N[N N]]]1 [N[N NN]]4 [N[C NN]]2 [N[C MN]]1 [M[N[X N]]]2 [M[N[M N]]]1 [M[N NN]]7 [M[M NN]]2 [C[M[N N]]]1 [C[B[N N]]]1 [B[W[X N]]]1 [[M[M N N]]]1

动词结构（358行）（76种结构）

无宾语动词结构（55行）（24种结构）

[X[V VV]]5 [X[M VV]]1 [X[C[C V]]]1 [V[X[B V]]]1 [V[V[V V]]]1 [V[V[P N]]]3 [V[V[B V]]]1 [V[P[N N]]]1 [V[P NN]]18 [V[C[P N]]]1 [V[B[V V]]]1 [M[V[P N]]]1 [M[V[M V]]]5 [C[V[P N]]]3 [C[V[M V]]]1 [C[V[M A]]]1 [C[V[C V]]]1 [C[M[V V]]]1 [C[M VV]]1 [C[B[V V]]]2 [C[A[C V]]]1 [B[V[P N]]]1 [B[V[B V]]]1 [B[V VV]]2

有宾语动词结构（295 行）（48 种结构）

[X[V[X N]]] 2 [X[V[V N]]]1 [X[V[N N]]]9 [X[V[M N]]]2 [X[V NN]]3 [X[M[V N]]]1 [W[V[B A]]]1 [W[C[V N]]]1 [V[X[N V]]]2 [V[X NN]]7 [V[V[X N]]]1 [V[V[V N]]]2 [V[V[N N]]]4 [V[V[M N]]]1 [V[V NN]]15 [V[N[X N]]]15 [V[N[V N]]]5 [V[N[N N]]]1 [V[N[M N]]]3 [V[N[M A]]]1 [V[N[C N]]]1 [V[N[B A]]]1 [V[N NN]]74 [V[M[N N]]]1 [V[M[M N]]]1 [V[B[V N]]]1 [V[B NN]]2 [O[V NN]]4 [N[V[P N]]]4 [M[X[V N]]]6 [M[V[V N]]]1 [M[V[N V]]]1 [M[V[N N]]]8 [M[V[N A]]]1 [M[V[M N]]]1 [M[V NN]]13 [M[B[V N]]]1 [C[V[V N]]]5 [C[V[N N]]]18 [C[V[M N]]]1 [C[V NN]]31 [C[M[V N]]]2 [B[V[X N]]]3 [B[V[V N]]]4 [B[V[N V]]]3 [B[V[N N]]]8 [B[V[N A]]]1 [B[V NN]]21

连动结构（3 行）（3 种结构）

[X[V[X V]]]1 [X[V[W V]]]1 [C[V[N V]]]1

兼语结构（5 行）（1 种结构）

[V[N VV]]5

形容词结构（4 行）（4 种结构）

[M[M[B A]]]1 [M[M AA]]1 [C[M[X A]]]1 [C[A[C A]]]1

介词结构（11 行）（6 种结构）

[P[N[X N]]]1 [P[N NN]]5 [M[P NN]]1 [M[M[P N]]]1 [B[X[P N]]]2 [B[A[P N]]]1

以上数据显示，[1[12]] 结构一共 620 行。对其句法结构分析后发现，主谓结构 146 行，动词结构 358 行，名词结构 101 行，形容词结构 4 行，介词结构 11 行。从各类结构的占比来说，动词结构占 57.7%，主谓结构占 23.5 %，名词结构占 16.3%，形容词结构占 0.6%，介词结构占 1.8%。动词结构内部细分为有宾语动词结构和无宾语动词结构，其中有宾动词结构 295 行，所占比例是 47.6%，无宾语动词结构 55 行，所占比例是 8.9%。各类句法结构、数量等如表 2.46 所示：

表 2.46 《诗经·大雅》[1[12]] 结构的句法结构、数量、百分比和种类

排序	结构		例句	行数/行	百分比/%	结构种类/种
1	动词结构	有宾语动词结构	居岐之阳	295	47.6	48
		无宾语动词结构	酌以大斗	55	8.9	24
		兼语结构	告尔忧恤	5	0.8	1
		连动结构	遹追来孝	3	0.5	3
2	主谓结构	S+V+O	王亲命之	102	16.5	21
		S+V	覆背善詈	25	4.0	14
		S+A	旱既大甚	15	2.4	8
		S+N	厥初生民	4	0.6	3
3	名词结构	—	有商孙子	101	16.3	27
4	形容词结构	—	多将熇熇	4	0.6	4
5	介词结构	—	自彼殷商	11	1.8	6

从以上表格的数据来看，[1[12]] 结构中数量最多的是动词结构，其次是主谓结构，再次是名词结构，最后是形容词和介词结构。动词结构约占总数的 57.7%，其中又以有宾语动词结构最多，占比高达 47.6%；S+V+O 结构约占总数的 16.5%；名词结构约占总数的 16.3%；形容词和介词结构数量最少，二者所占比例约为 3%。每一具体的句法结构总数排序如表 2.47：

表 2.47 《诗经·大雅》[1[12]] 结构的句法结构总数排序

序号	结构	例句	行数 / 行	百分比 / %	结构种类 / 种
1	有宾语动词结构	居岐之阳	295	47.6	48
2	S+V+O	王亲命之	102	16.5	21
3	名词结构	有商孙子	101	16.3	27
4	无宾语动词结构	酌以大斗	55	8.9	24
5	S+V	覆背善詈	25	4.0	14
6	S+A	旱既大甚	15	2.4	8
7	介词结构	自彼殷商	11	1.8	6
8	兼语结构	告尔忧恤	5	0.8	1
9	S+N	厥初生民	4	0.6	3
10	形容词结构	多将熇熇	4	0.6	4
11	连动结构	遹追来孝	3	0.5	3

以上数据显示，数量较多的是动词结构中的有宾语动词结构、S+V+O 和名词结构，三者达到总数的 80.4%；其次是无宾语动词结构、S+V 和 S+A，三者约占总数的 15.3%；最后是形容词结构、介词结构和 S+N 结构，三者约占总数的 4.3%。

进一步统计各句法成分的数量，不计行数只有 1 — 2 行的结构，行数在 3 行及以上的结构总数和占比如表 2.48 所示：

表 2.48 《诗经·大雅》[1[12]] 结构的词汇构成排序

序号	词汇构成	例句	数量 / 行	百分比 / %
1	[V[N NN]]	在帝左右	74	11.9
2	[N[V NN]]	帝谓文王	40	6.5
3	[C[V NN]]	乃及王季	31	5
4	[B[V NN]]	无念尔祖	21	3.4
5	[X[N NN]]	维此文王	19	3.1
6	[V[P NN]]	施于条枚	18	2.9
7	[C[V[N N]]]	则友其兄	18	2.9
8	[N[X NN]]	商之孙子	17	2.7
9	[V[V NN]]	俾立室家	15	2.4
10	[V[N[X N]]]	在洽之阳	15	2.4

续表

序号	词汇构成	例句	数量 / 行	百分比 / %
11	[X[N[X N]]]	维周之桢	13	2.1
12	[N[V[N N]]]	帝省其山	13	2.1
13	[M[V NN]]	昭事上帝	13	2.1
14	[N[M[V N]]]	民各有心	10	1.6
15	[N[C[V N]]]	人亦有言	9	1.5
16	[M[V[N N]]]	聿修厥德	8	1.3
17	[B[V[N N]]]	匪棘其欲	8	1.3
18	[X[V[N N]]]	或肆之筵	7	1.1
19	[V[X NN]]	媚于天子	7	1.1
20	[M[N NN]]	倬彼云汉	7	1.1
21	[N[V[M N]]]	自求多福	6	1.0
22	[N[M[A A]]	旱既大甚	6	1.0
23	[M[X[V N]]	永言配命	6	1.0
24	[C[B[N V]]	则不我遗	6	1.0
25	[X[V VV]]	式遏寇虐	5	0.8
26	[V[N[V N]]]	俾昼作夜	5	0.8
27	[V[N VV]]	及尔游衍	5	0.8
28	[P[N NN]]	自彼殷商	5	0.8
29	[N[X[V N]]]	天之降罔	5	0.8
30	[M[V[M V]]]	汔可小休	5	0.8
31	[C[V[V N]]]	虽曰匪予	5	0.8
32	[X[N[V N]]]	云我无所	4	0.6
33	[X[M[N N]]]	有倬其道	4	0.6
34	[V[V[N N]]]	听用我谋	4	0.6
35	[O[V NN]]	于论鼓钟	4	0.6
36	[N[X[B A]]]	命之不易	4	0.6
37	[N[V[P N]]]	亲迎于渭	4	0.6
38	[N[N NN]]	瑟彼玉瓒	4	0.6
39	[B[V[N N]]]	无俾作慝	4	0.6
40	[X[V NN]]	式辟四方	3	0.5
41	[X[M NN]]	思媚周姜	3	0.5

序号	词汇构成	例句	数量／行	百分比／%
42	[V[V[P N]]]	入觐于王	3	0.5
43	[V[N[M N]]]	如彼飞虫	3	0.5
44	[N[X[X V]]]	人之云亡	3	0.5
45	[N[V VV]]	王曰还归	3	0.5
46	[N[B[V N]]]	殷不用旧	3	0.5
47	[C[V[P N]]]	乃觐于京	3	0.5
48	[B[V[X N]]]	不解于位	3	0.5
49	[B[V[N V]]]	无俾民忧	3	0.5

[1[12]] 结构由四个字构成，后两字是一个整体。对其句法成分进行分析后发现，出现比例最高的是 [V[N NN]]，共 74 行，占 11.9%，然后是 [N[V NN]] 和 [C[V NN]]，这三种结构共占 23.4%，它们的共同点就是后两个字位置是由双音名词填充。对所有 [1[12]] 结构进行统计，后两字位置由双音名词填充的共有 293 行，后两个字位置由双音动词来填充的诗行共 19 行，后两个字位置由双音形容词来填充的诗行共 3 行。那么 [1[12]] 结构中，双音实词详情如表 2.49 所示．

表 2.49 《诗经·大雅》[1[12]] 结构中双音实词数量和比值

词类	双音名词	双音动词	双音形容词
数量／行	293	19	3
比值	47.3	3.1	0.5

由此可见，在四字行的 [1[12]] 结构中，后两个字位置如果是由双音词填充，双音名词出现的可能性大约是双音动词的 12 倍。

此外，四字行后三字位置由 [V NN] 填充的共有 128 行，后两字位置由 [V N] 填充的共 72 行，这也反映了动词是单音词较多，而名词是双音词较多的现象。

三、《诗经·大雅》[[12]1] 结构四言诗句法和词汇特征

对《诗经·大雅》四字行结构的句法成分进行分析后发现，[[12]1] 共 25 行，其句法结构有 12 种，其具体的句法成分和数量总结如下（结构后的数字表示此结构的行数）：

主谓结构（11 行）(3 种结构)

S+V 结构（1 行）(1 种结构)

[[N[C V]]X]1

S+A 结构（10 行）（2 种结构）

[[N[M A]]X]5　[[N[X A]]X]5

名词结构（8 行）（4 种结构）

[[M[N N]]X]1　[[N NN]X]2　[[N[X N]]X]4　[[N[X V]]X]1

动词结构（5 行）（4 种结构）

无宾语动词结构（4 行）（3 种结构）

[[B[V V]]X]2　[[C[V V]]X]1　[[M[V V]]X]1

有宾语动词结构（1 行）（1 种结构）

[[B[V N]]X]1

介词结构（1 行）（1 种结构）

[[W[P N]]X]1

以上数据显示，[[12]1] 结构一共 25 行，从其句法结构分析，动词结构 5 行，主谓结构 11 行，名词结构 8 行，介词结构 1 行，无形容词结构。从各类结构的占比来说，主谓结构约占 44%，名词结构约占 32%，动词结构约占 20%，介词结构占 0.4%。动词结构内部细分为有宾语动词结构和无宾语动词结构，其中有宾语动词结构 1 行，所占比例是 4%。无宾语动词结构 4 行，所占比例是 12%。各类句法结构、数量等如表 2.50 所示：

表 2.50 《诗经·大雅》[[12]1] 结构的句法结构、数量、百分比和种类

排序	结构		例句	行数 / 行	百分比 / %	结构种类 / 种
1	主谓结构	S+A	民亦劳止	10	40	2
		S+V	鸟乃去矣	1	4	1
2	名词结构	—	民之莫矣	8	32	4
3	动词结构	有宾语动词结构	无曰苟矣	1	4	1
		无宾语动词结构	不可为也	4	16	3
4	介词结构	—	宁自今矣	1	4	1

从以上表格的数据来看：[[12]1] 结构中数量最多的是主谓结构，约占总数的 44%；其次是名词结构，占 32%；再次是动词结构约占 20%；最后是介词结构，约占 4%。每一具体的句法结构总数排序如表 2.51 所示：

表 2.51 《诗经·大雅》[[12]1] 结构的句法结构总数排序

排序	结构	例句	行数 / 行	百分比 / %	结构种类 / 种
1	S+A	民亦劳止	10	40	2
2	名词结构	民之莫矣	8	32	4
3	无宾语动词结构	不可为也	4	16	3
4	有宾语动词结构	无曰苟矣	1	4	1
5	S+V	鸟乃去矣	1	4	1
6	介词结构	宁自今矣	1	4	1

以上数据显示：形容词谓语句数量较多，约占总数的 40%；其次是名词结构，约占总数的 32%；再次是无宾语动词结构，约占 16%；最后是其他结构。进一步统计各句法成分的数量，其数量和占比如表 2.52 所示：

表 2.52 《诗经·大雅》[[12]1] 结构中词汇构成排序

序号	词汇构成	例句	数量 / 行	百分比 / %
1	[[N[M A]]X]	民亦劳止	5	20
2	[[N[X A]]X]	辞之辑矣	5	20
3	[[N[X N]]X]	民之莫矣	4	16

序号	词汇构成	例句	数量／行	百分比／%
4	[[B[V V]]X]	不可度思	2	8
5	[[N N N]X]	神所劳矣	2	8
6	[[B[V N]]X]	无曰苟矣	1	4
7	[[C[V V]]X]	矧可射思	1	4
8	[[M[N N]]X]	溥斯害矣	1	4
9	[[M[V V]]X]	尚可磨也	1	4
10	[[N[C V]]X]	鸟乃去矣	1	4
11	[[N[X V]]X]	神之格思	1	4
12	[[W[P N]]X]	宁自今矣	1	4

[[12]1] 结构由四个字构成，第二和第三字位置是一个整体。对其句法成分进行分析后发现：出现比例最高的是 [[N[M A]]X] 和 [[N[X A]]X]，各有 5 行，这两种结构各占 20%；然后是 [[N[X N]]X]，共 4 行，约占 16%；最后是 [[B[V V]]X] 和 [[N N N]X]，这两种结构各占 8%。此外，第二和第三字位置由双音名词填充的共有仅有 2 行，它们是 [[N N N]X]，它们对应的原文是"民所燎矣"（《文王之什·旱麓》）和"神所劳矣（《文王之什·旱麓》)，这是由所字构成的名词结构，并非两个字的名词构成的双音名词，全文没有出现双音动词或者双音形容词。这一结构还有一特点是最后一个字位置全部都是由助词填充，如果不计最后一个助词，这就变成了一个 [12] 结构。

四、《诗经·大雅》[12] 和 [21] 结构的句法和词汇特征

《诗经·大雅》四言诗共有诗行 1485 行，包括 [12] 结构的有 645 行，相关句法结构有 2 种，它们分别是 [1[12]] 和 [[12]1]。其中 [1[12]] 结构 620 行，[[12]1] 结构 25 行。[1[12]] 中 [12] 结构共 78 种句式，其中有 30 种只出现过 1 次，13 种只出现过 2 次，含 3 例及以上的所有句式详情如表 2.53 所示：

表 2.53 《诗经·大雅》[1[12]] 结构中 [12] 结构的词汇构成和数量

序号	词汇构成	数量 / 行
1	[V NN]	128
2	[N NN]	109
3	[V[N N]]	59
4	[N[X N]]	33
5	[X NN]	24
6	[P NN]	19
7	[V[V N]]	16
8	[N[V N]]	13
9	[M[V N]]	13
10	[V[P N]]	12
11	[X[V N]]	11
12	[V[M N]]	11
13	.[V VV]	10
14	[C[V N]]	10
15	[V[X N]]	8
16	[M[N N]]	7
17	[B[V N]]	7
18	[B[N V]]	7
19	[V[M V]]	6
20	[M[A A]]	6
21	[M NN]	6
22	[V[N V]]	5
23	[N VV]	5
24	[X[B A]]	4
25	[N[M N]]	4
26	[B[V V]]	4
27	[B NN]	4
28	[X[X V]]	3
29	[V[N A]]	3
30	[N[N N]]	3
31	[N[M V]]	3

序号	词汇构成	数量／行
32	[N[M A]]	3
33	[N[C N]]	3
34	[N[B A]]	3
35	[M VV]	3

[[12]1] 中 [12] 结构共 12 种句式，其中 7 种只出现过 1 次，所有句式的句法成分和数量归纳如下：

[N[X A]]5 行，[N[M A]]5 行，[N[X N]]4 行，[N NN]2 行，[B[V V]]2 行，[W[P N]]1 行，[N[X V]]1 行，[N[C V]]1 行，[M[V V]]1 行，[M[N N]]1 行，[C[V V]]1 行，[B[V N]]1 行。

那么 [12] 结构中，只出现过 1 例的共有 37 种，只出现过 2 例的共有 15 种，包含 3 例及以上的结构详情如表 2.54 所示：

表 2.54　《诗经·大雅》[12] 结构的的词汇构成和数量

序号	词汇构成	数量／行
1	[V NN]	128
2	[N NN]	109
3	[V[N N]]	59
4	[N[X N]]	33
5	[X NN]	24
6	[P NN]	19
7	[V[V N]]	16
8	[N[V N]]	13
9	[M[V N]]	13
10	[V[P N]]	12
11	[X[V N]]	11
12	[V[M N]]	11
13	[V VV]	10
14	[C[V N]]	10
15	[V[X N]]	8
16	[M[N N]]	7

续表

序号	词汇构成	数量 / 行
17	[B[V N]]	7
18	[B[N V]]	7
19	[V[M V]]	6
20	[M[A A]]	6
21	[M NN]	6
22	[V[N V]]	5
23	[N VV]	5
24	[N[M A]]	5
25	[N[X A]]	5
26	[X[B A]]	4
27	[N[M N]]	4
28	[B[V V]]	4
29	[B NN]	4
30	[N[X N]]	4
31	[X[X V]]	3
32	[V[N A]]	3
33	[N[N N]]	3
34	[N[M V]]	3
35	[N[M A]]	3
36	[N[C N]]	3
37	[N[B A]]	3
38	[M VV]	3

　　汇总数据呈现三大特点：一是 [12] 结构中的词汇构成出现最多的是 [V NN]，只出现在行尾，行首未出现。二是这一结构中双音名词最多，共出现了 294 次；其次是双音动词，共出现了 19 次；最后是双音形容词，共出现了 3 次。这三大类实词出现的频率相差很大。三是 [12] 结构位于行尾的数量和句法种类远远大于行首。

　　接下来分析 [21] 结构。《诗经·大雅》包括 [21] 结构的有 31 行，相关句法结构有 2 种，它们分别是 [1[21]] 和 [[21]1]。其中 [1[21]]

共 13 行，包含 [21] 结构的句式有 9 种，它们的数量分别是 [WW V]1 行、[WW N]1 行、[VV N]3 行、[NN V]3 行、[NN N]1 行、[[V X]N]1 行、[[N N]A]1 行、[[M N]A]1 行、[[B M]N]1 行。

[[21]1] 共 18 行，包含 [21] 结构的句式有 5 种，它们的数量分别是 [NN A]9 行、[NN V]6 行、[[V N]X]1 行、[MM A]1 行、[NN O]1 行。

汇总包含 [21] 结构的句法成分及数量，有两点发现：一是 [21] 结构中的句法成分出现最多的是 [NN A]，而且主要是出现在行首，然后是 [NN V]，也是主要出现在行首；二是这一结构中双音名词占大多数，共出现了 20 次，然后是双音动词，共出现了 3 次，没有出现双音形容词。共有 13 种结构只出现过 1 例，包含 2 例及以上的结构详情如表 2.55 所示：

表 2.55 《诗经·大雅》中 [21] 结构的词汇构成和数量

序号	词汇构成	数量 / 行	百分比 / %
1	[NN A]	10	32.3
2	[NN V]	9	29.0
3	[VV N]	3	9.7

对比表 2.54 和表 2.55 发现，包含 [12] 结构的诗行共有 645 行，而包含 [21] 结构的只有 31 行，前者是后者的 20 倍，数量相差极大。两者句法结构上的差别是动宾结构的数量远远大于主谓结构。对其句法成分进行分析后发现，两种结构的相同点是双音名词数量是最多的，然后是双音动词，双音形容词的数量最少。从整体上看，三类实词的数量从多到少也是名词 > 动词 > 形容词。

五、《诗经·大雅》四言诗的助词及其位置

《诗经·大雅》共有 1485 行四言诗，其中 331 行包含助词，含助词的诗行占 22.3%。诗行当中，第一字是助词的有 107 行，第二

字是助词的有 58 行，第三字是助词的有 140 行，第四字是助词的
有 43 行，其中第一、第三字同为助词的有 17 行（皆为 [22] 结构）。
具体到各结构，助词出现的位置及数量如下。

[22] 结构共 801 行，其中 116 行包含助词，占 14.5%。第一
字是助词的有 18 行，第二字是助词的有 6 行，第三字是助词的有
109 句，助词没有出现在第四字位置，其中第一、第三字同为助词
的有 17 句。

[1[12]] 结构共 620 行，其中 162 行含助词，占 26.1%。如果一
行中助词只出现一次，所出现的位置则是：第一字是助词的有 81
行，第二字是助词的有 52 行，第三字是助词的有 29 行，助词没有
出现在第四字位置。一行中没有出现两个助词的情况。

[[12]1] 结构共 25 行，每行都有助词，助词只出现在第四字
位置。

[[21]1] 结构共 18 行，每行都包含助词，助词只出现在第三字
位置的有 1 行，出现在第四字位置的有 17 行。

[1[21]] 结构共 13 行，有 5 行包含助词，其中有 1 行的第三字
位置由助词填充，其余 4 行的第一字位置由助词填充。

[121] 结构共 4 行，每行都包含助词，并且是第一和第四位置
同时出现助词。

[211] 结构共 1 行，此行包含助词，位于第四字位置。

各类结构总行数及包含助词和行数对比如表 2.56 所示：

表 2.56 《诗经·大雅》各结构所含助词数量

结构	总行数 / 行	含助词行数 / 行	百分比 / %
四言	1485	331	22.3
[22]	801	116	14.5
[1[12]]	620	162	26.1
[[12]1]	25	25	100

续表

结构	总行数 / 行	含助词行数 / 行	百分比 / %
[[21]1]	18	18	100
[1[21]]	13	5	38.5
[121]	4	4	100
[211]	1	1	100
[31]	1	0	0
[4]	2	0	0

　　与二二节奏相似度排序是 [22] > [1[12]] > [[12]1]，[22] 句法结构与二二节奏是完全相匹配的，而其他结构只能采用词汇手段来与之匹配。如果要使结构接近二二节奏，需要在第一和第三字或者第二和第四字位置设置节奏点，这也就是助词可能同现的位置。那么句法结构与二二节奏不匹配的 [1[12]] 和 [[12]1] 结构，可采用助词来调整节奏，因此，三类结构含助词数量的百分比由高到低的序列是 [[12]1] > [1[12]] > [22]，句法结构越趋近于二二节奏，助词出现的频率越低，否则反之。但是助词也不是任意出现的，它所出现的位置可形成语义上的停顿，从而使节奏趋近于二二节奏，接下来列出各句法结构中的助词位置及数量（如表 2.57 所示），有助于找出它们之间的相关性。

表 2.57　《诗经·大雅》中一行一助词的位置

助词位置	第一字	第二字	第三字	第四字	总数
四言	107	58	140	43	331
百分比 / %	32.3	17.5	42.3	13.0	—
[22]	18	6	109	*	116
百分比 / %	15.5	5.2	94.0	0	—
[1[12]]	81	52	29	*	162
百分比 / %	50	32.1	18.0	0	—
[[12]1]	*	*	*	25	25
百分比 / %	0	0	0	100	—
[[21]1]	*	*	1	17	18

续表

助词位置	第一字	第二字	第三字	第四字	总数
百分比 / %	0	0	5.6	94.4	—
[1[21]]	4	*	1	*	5
百分比 / %	80	0	20	0	—
[121]	4	*	*	4	4
百分比 / %	100	0	0	0	—
[211]	*	*	*	1	1
百分比 / %	0	0	0	100	—

理论上说，四个字如要形成二二节奏，则第一和第三字或者第二和第四字作为节奏点，句法上与二二节奏不相匹配的结构可在这些位置放置助词，而在实际的诗歌创作中，情况并非完全如此。[1[12]]、[[12]1]、[[21]1]、[121] 和 [211] 结构中可在第二字位置放置助词，从而使第一和第二字以及第三和第四字形成较完整的语义单位，以便于其节奏趋近二二，实际情况是以上结构出现助词最多的位置分别是第一字、第四字、第四字、第一字和第四字。这些位置的共同特点是位于行首或行尾，而不是中间。如不计这些助词，则余下的是完整的 [12] 或 [21] 结构。从目前情况来看，与二二节奏不相匹配的结构，采用助词较多，目的是形成二二节奏的可能性并不大。在行首或行尾放置助词，是确保完整的句法结构 [12] 或 [21] 不被破坏。虽然句法结构与节奏不相匹配，但是并没有采取词汇手段来促成它们，而是维护句法结构的完整性。进一步再考察一下，同一诗行出现两个助词的数量及位置（如表 2.58 所示），是否有助于形成二二节奏。

表 2.58 《诗经·大雅》各结构一行中两助词同现的位置

助词位置	第一、第二字	第一、第三字	第一、第四字	第二、第三字	第二、第四字	第三、第四字	总数 / 行
四言	*	17	*	*	*	*	331
[22]	*	17	*	*	*	*	116

续表

助词位置	第一、第二字	第一、第三字	第一、第四字	第二、第三字	第二、第四字	第三、第四字	总数/行
[1[12]]	*	*	*	*	*	*	162
[[12]1]	*	*	*	*	*	*	25
[[21]1]	*	*	*	*	*	*	18
[1[21]]	*	*	*	*	*	*	5
[121]	*	*	4	*	*	*	4
[211]	*	*	*	*	*	*	1

　　四字诗行，如要形成二二节奏，则第一、第三字或第二、第四字两个位置是节奏点，如同时放置助词，有助于形成这一节奏。从以上统计数据来看：[22] 结构符合这一规律，它是在第一和第三字位置同时放置助词；[121] 结构是在第一和第四字位置同时放置助词，虽然没有形成二二节奏，但是完整的句法结构被保留下来，没被破坏。

六、小结

　　本节对《诗经·大雅》四言诗的词汇句法结构以及助词的数量和位置进行了统计和描写。《诗经·大雅》诗行数量最多的是动词结构，具体是动宾结构、单音动词和单音名词的组合，如无声无臭《大雅·文王之什》，紧随其后的是主谓宾结构，其中主语是双音名词，谓语是单音动词，宾语是单音名语。三大类实词出现的次数是：双音名词 709 次，双音形容词 141 次，双音动词 87 次。约一半以上的诗行的句法结构与二二节奏吻合，与二二节奏不吻合的句法结构并不在节奏点位置放置助词，因此，不能说助词促成了二二节奏的形成。助词倾向于出现在诗行首末，而且行末助词数量占大多数，与其余 3 字形成四字诗行。其余 3 字所形成的 [12] 结构和 [21] 结构数量悬殊，[12] 结构远远多于 [21] 结构。从构成成分来看，[12] 结构出现次数最多的形式是动宾式，以单音动词和双音名词的组合最多，出现在行末的情况居多。此外，[12] 结构中名词结构也较多，大多出现在行末。[21] 结构各种句法形式中最多的形式有主谓式，如动词谓语句和形容词谓语句。

第六节　《诗经·周颂》四言诗句法和词汇特征

本章主要对《诗经·周颂》四言诗的句法结构和词汇进行描写。《诗经·周颂》四言诗 31 篇、共 90 行，6 种结构类型，其中《清庙之什》10 篇、共 17 行，《臣工之什》10 篇、共 29 行，《闵予小子之什》11 篇、共 44 行，它们的结构和数量如表 2.59 所示：

表 2.59　《诗经·周颂》句法结构和数量

句法结构	清庙之什	臣工之什	闵予小子之什	合计／行
四言	69	105	117	291
[22]	37(53.6%)	59(56.2%)	59(50.4%)	155(53.3%)
[1[12]]	31(44.9%)	41(39.0%)	43(36.8%)	115(39.5%)
[[21]1]	1(1.4%)	2(1.9%)	7(6.0%)	10(3.4%)
[[12]1]	—	—	5(4.3%)	5(1.7%)
[1[21]]	—	1(1.0%)	2(1.7%)	3(1.0%)
[211]	—	—	1(0.9%)	1(0.3%)
[1111]	—	2(1.9%)	—	2(0.7%)

对本表数据分析可发现两大特点：一是《诗经·周颂》四言中整个 [22] 结构占比高达 53.3%，尤其是《臣工之什》中的 [22] 结构占比大约达到 56.2%；数量居第二位的结构是 [1[12]]；而其他结构如 [[12]1]、[[21]1]、[1[21]]、[211] 和 [1111] 数量较少，约占

7%。总之，从理论上来说，四言可能的结构有 10 种，它们分别是
[1111]、[1[12]]、[[11]2]、[[12]1]、[1[21]]、[[21]1]、[2[11]]、[22]、
[13] 和 [31]，也就是说每种结构可能出现的比例是 10%，从目前
《诗经·周颂》的句法结构分析，没有出现的是 [31] 和 [13]]。

　　二是包含 [12] 和 [21] 这样的内部结构的诗行数量差别很大，
例如，相似的两组结构 [1[12]] 和 [1[21]] 数量相差 38.5%，[[12]1]
和 [[21]1] 数量相差 1.7%。这说明了两点：（1）从数量来看，[12]
结构较之 [21] 结构，出现的频率更高；（2）从位置来看，[12] 出现
在行尾的频率更高，而 [21] 出现在行首的频率更高。

　　鉴于以上发现，本章对《诗经·周颂》四言诗中句法结构为
[22]、[1[12]]、[[12]1] 以及内部结构为 [12] 和 [21] 的结构进行句法
成分分析。

一、《诗经·周颂》[22] 结构四言诗句法和词汇特征

　　[22] 结构的诗行共有 155 行，句法结构有 74 种，具体如下（结
构后的数字表示此结构的行数）：

　　主谓结构（41 行）（18 种结构）

　　S+V 结构（10 行）（7 种结构）[[N N][M V]]1 [[N N][N V]]1 [[N
N][V V]]2 [[N V][N V]]2 [NN[B V]]2 [NN[N V]]1 [NN[V V]]1

　　S+N 结构（1 行）（1 种结构）[[B N][N N]]1

　　S+V+O 结构（18 行）（4 种结构）[[B N][V N]]1 [[N N][V N]]6
[[N V][V N]]2 [NN[V N]]9

　　S+A 结构（12 行）（6 种结构）[[N N][N A]]2 [[N N]AA]1 [[N
V]AA]1 [MM[N A]]1 [NN AA]4 [NN[N A]]3

　　名词结构（56 行）（26 种结构）

　　[[B V][X N]]3 [[M M][N N]]1 [[M M]NN]5 [[M N][M N]]1 [[M
N][X N]]1 [[M N][X V]]1 [[M V][X N]]2 [[M X][M N]]1 [[M X][N

N]]1　[[M X]NN]2　[[N N][M N]]1　[[N N][N N]]2　[[N N][X V]]2　[[N X]NN]1　[[V N][N N]]1　[[X N][X N]]5　[[X N]NN]2　[[X X][N N]]1 [MM NN]4　[MM[M N]]2　[MM[N N]]4　[MM[X N]]1　[NN[X A]]2 [NN[X N]]4　[WW NN]1　[XX NN]5

动词结构（55行）（27种结构）

无宾语动词结构（10行）（7种结构）[[C V][C V]]4　[[M V][M V]]1　[[V V][P N]]1　[[V V][V V]]1　[[V X]AA]1　[MM[M V]]1　[MM[V V]]1

有宾语动词结构（41行）（17种结构）[[M M][V N]]1　[[M V][M N]]1　[[M V][N V]]1　[[M V][V N]]1　[[M X][V N]]2　[[P N][V N]]4　[[V N][M A]]2　[[V N][V N]]13　[[V N]AA]5　[[V N]OO]1　[[V V][N A]]1　[[V V][N N]]3　[[V V]NN]2　[[W P][V N]]1　[[X N][X V]]1 [MN[V N]]1　[VV[N N]]1

连动结构（4行）（3种结构）[[M V][C V]]1　[[N V][C V]]2　[[V N]VV]1

形容词结构（2行）（2种结构）

[[M A][M A]]1　[XX[B A]]1

其他（1行）（1种结构）

[[B V][B A]]1

从《诗经·周颂》的句法结构分析，[22]结构共155行，包含主谓结构41行，动词结构55行，名词结构56行，形容词结构2行。从各类结构的占比来说，名词结构占36.1%，动词结构占35.5%，主谓结构占26.5%，形容词结构占1.3%。动词结构内部细分为有宾语动词结构和无宾语动词结构，其中有宾语动词结构41行，所占比例是26.5%，无宾语动词结构10行，所占比例是6.5%。各类句法结构、数量等如表2.60所示：

表 2.60 《诗经·周颂》[22] 结构中句法结构、数量、百分比和种类

序号	结构		例句	行数 / 行	百分比 / %	结构种类 / 种
1	名词结构	—	文王之典	56	36.1	26
2	动词结构	有宾语动词结构	陟降厥家	41	26.5	17
		无宾语动词结构	以享以祀	10	6.5	7
		连动结构	既备乃奏	4	2.6	3
3	主谓结构	S+A	龙旂阳阳	12	7.7	6
		S+V	福禄来反	10	6.5	7
		S+N	匪今斯今	1	0.6	1
		S+V+O	二后受之	18	11.6	4
4	形容词结构	—	于乎不显	2	1.3	2
5	其他结构	—	不吴不敖	1	0.6	1

从统计数据来看，[22] 结构中各句法结构的数量对比如下：名词结构和动词结构数量相当，只相差 1 行；动词结构中有宾语动词结构数量较多；接下来是主谓结构，主谓结构中主谓宾齐备的结构最多；最后是形容词结构，只有 1.3%。这类诗最突出的语言特点是名词结构和动词结构占绝对数量，形容词结构很少。各结构按总数排序如表 2.61 所示：

表 2.61 《诗经·周颂》[22] 结构的句法结构总数排序

序号	结构	例句	行数 / 行	百分比 / %	结构种类 / 种
1	名词结构	文王之典	56	36.1	26
2	有宾语动词结构	陟降厥家	41	26.5	17
3	S+V+O	二后受之	18	11.6	4
4	S+A	龙旂阳阳	12	7.7	6
5	S+V	福禄来反	10	6.5	7
6	无宾语动词结构	以享以祀	10	6.5	7
7	S+N	匪今斯今	1	0.6	1
8	连动结构	既备乃奏	4	2.6	3
9	形容词结构	于乎不显	2	1.3	2
10	其他结构	不吴不敖	1	0.6	1

《诗经·周颂》四言诗共 291 行，[22] 结构共 155 行，句法结

构共有 74 种。细分构成这一结构的词类可知，双音名词出现了 81
次，双音形容词出现了 29 次，双音助词出现了 7 次，双音动词出
现了 4 次。双音词位于第一、第二字位置的有 51 行，位于第三、
第四字位置的有 70 行，两相对比，双音词更倾向于出现在第一、
第二字位置。具体情况是行首出现了双音名词的诗行共 28 行，出
现了双音形容词和副词的共 14 行，双音助词的共 7 行，双音动词
的共 2 行。行尾出现了双音名词的诗行共 53 行，出现了双音形容
词的共 15 行，双音动词的共 2 行。因此，三大类实词出现的频率
中，双音名词最高，双音形容词次之。双音名词倾向于出现在行
首，由于这类诗数量较少，双音动词和形容词在行首和行尾出现的
次数相当，不能判断它们所出现位置的倾向。而本类诗的一个特点
是出现了双音助词。由此可见，《诗经·周颂》中仍然是双音名词
居多，动词仍以单音动词居多。

　　因此，在此做一小结，且列出一个序列，即《诗经·周颂》
共 338 行，其中四言诗 291 行，[22] 结构 155 行，从句法结构来
看，名词结构和动词结构数量最多，居于首位，分别是 56 行和
55 行。[22] 结构的构成方式有四类，一是 AABC 或 ABCC 式，二
是 AABB 式，三是 AAAA 式，四是 ABAB 式（其中 AA、BB、
CC 指双音词）。统计数据显示，AABC 和 ABCC 式共 55 行，并
且 AABC 式数量是 34 行，ABCC 式数量是 21 行，其中包含双音
名词的诗行最多，共 34 行。此外，包含 AABB 式的诗行共 14 行，
ABAB 式共 25 行，无 AAAA 式。除 ABAB 式以外，其他三类结
构占 [22] 结构的 83.9%。因此，可以说四言的主要句法结构是 [22]，
而 [22] 结构主是由双音词构成。

　　进一步统计各句法成分的数量，只有 1 例的结构共有 42 种，
只有 2 例的结构共有 16 种，包含 3 例及以上的结构详情如表 2.62
所示：

表 2.62　《诗经·周颂》[22] 结构词汇构成和数量

序号	词汇构成	例句	数量 / 行	百分比 / %
1	[[V N][V N]]	为酒为醴	13	8.4
2	[NN[V N]]	子孙保之	9	5.8
3	[[N N][V N]]	二后受之	6	3.9
4	[[M M]NN]	允文文王	5	3.2
5	[[V N]AA]	降福穰穰	5	3.2
6	[[X N][X N]]	有客有客	5	3.2
7	[XX NN]	嗟嗟臣工	5	3.2
8	[[C V][C V]]	以孝以享	4	2.6
9	[[P N][V N]]	于时保之	4	2.6
10	[MM NN]	桓桓武王	4	2.6
11	[MM[N N]]	喤喤厥声	4	2.6
12	[NN AA]	钟鼓喤喤	4	2.6
13	[NN[X N]]	文王之典	4	2.6
14	[[B V][X N]]	无竞维人	3	1.9
15	[[V V][N N]]	将受厥明	3	1.9
16	[NN[N A]]	丝衣其紑	3	1.9

[22] 结构由四个字构成,诗行首尾两字各为一个整体。对其句法成分进行分析后发现:出现比例最高的是 [[V N][V N]],共 13 行,占比 8.4%;其次是 [NN[V N]],共 9 行,占比是 5.8%;再次是 [[N N][V N]],共 6 行,占比是 3.9%;最后是其他结构,它们分别是 [[M M]NN]、[[V N]AA]、[[X N][X N]] 和 [XX NN],都是 5 行。

由此可见,[22] 结构主要形式是 [AABB]、[AABC] 和 [ABAB],这三种形式与《诗经·周颂》中以上几种句法结构相匹配,且以 [ABAB] 式数量最多,形成整齐对称的结构,节奏快而清晰。从全部数据来看,双音词是构成 [22] 结构的主要成分,三大实词出现的频率统计如表 2.63 所示:

表 2.63 《诗经·周颂》[22] 结构中双音实词数量和比值

词类	双音名词	双音动词	双音形容词
数量 / 行	48	2	26
比值	24	1	13

《诗经·周颂》中双音名词出现频率最高，其次是双音形容词，最后是双音动词。且双音名词倾向于出现在第一和第二字位置，而双音形容词和动词在本章出现的位置没有明显倾向。

二、《诗经·周颂》[1[12]] 结构四言诗句法和词汇特征

《诗经·周颂》四言诗 [1[12]] 共 115 行，句法结构有 55 种，其具体的句法成分和数量总结如下（结构后的数字表示此结构的行数）：

主谓结构（15 行）（12 种结构）

S+V 结构（1 行）（1 种结构）[X[N VV]]1

S+V+O 结构（12 行）（9 种结构）[B[N[V N]]]1 [C[N[V N]]]1 [N[V NN]]2 [N[V[M N]]]3 [N[V[M V]]]1 [N[V[N N]]]1 [N[V[V N]]]1 [N[X[V N]]]1 [X[N[V N]]]1

S+A 结构（2 行）（2 种结构）[C[N AA]]1 [N[C[M A]]]1

名词结构（24 行）（8 种结构）

[C[C NN]]1 [M[N NN]]2 [N[N[N N]]]1 [X[M NN]]3 [X[M[M N]]]1 [X[M[N N]]]10 [X[N NN]]3 [X[N[X N]]]3

动词结构（73 行）（33 种结构）

无宾语动词结构（5 行）（5 种结构）[V[P MN]]1 [V[P[M N]]]1 [V[P[N N]]]1 [X[M[B V]]]1 [X[V AA]]1

有宾语动词结构（65 行）（26 种结构）[C[M[V N]]]1 [C[V NN]]6 [C[V[M N]]]2 [C[V[N N]]]6 [C[V[W V]]]1 [M[C[V N]]]1 [M[V MN]]1 [M[V NN]]1 [M[V[M N]]]2 [M[V[N N]]]2 [M[V[N

V]]]1　[V[B[N N]]]1　[V[C[M N]]]1　[V[N AA]]1　[V[N MN]]]2　[V[N NN]]8　[V[N[B A]]]1　[V[N[C N]]]1　[V[N[M N]]]2　[V[N[N N]]]5 [V[N[X N]]]6　[V[V NN]]2　[V[V[M N]]]1　[V[V[N N]]]7　[X[V NN]]2 [X[V[M N]]]1

连动结构（3行）（2种结构）[C[V[V N]]]2　[V[B[V V]]]1

介词结构（3行）（2种结构）

[P[N NN]]1　[P[N[N N]]]2

以上数据显示，[1[12]] 结构一共 115 行。从其句法结构分析，主谓结构 15 行，动词结构 73 行，名词结构 24 行，介词结构 3 行，无形容词结构。从各类结构的占比来说，动词结构占 63.5%，名词结构占 20.9%，主谓结构占 13.0%，介词结构占 2.6%。动词结构内部细分为有宾语动词结构和无宾语动词结构，其中有宾动词结构 65 行，所占比例是 56.5%，无宾语动词结构 5 行，所占比例是 4.3%。各类句法结构、数量等如表 2.64 所示：

表 2.64　《诗经·周颂》[1[12]] 结构的句法结构、数量、百分比和种类

排序	结构		例句	行数 / 行	百分比 / %	结构种类 / 种
1	动词结构	有宾语动词结构	悆畀祖妣	65	56.5	26
		无宾语动词结构	于穆不已	5	4.3	5
		连动结构	既右飨之	3	2.6	2
2	名词结构	—	思媚其妇	24	20.9	8
3	主谓结构	S+V+O	天作高山	12	10.4	9
		S+A	载获济济	2	1.7	2
		S+V	维清缉熙	1	0.9	1
4	介词结构	—	于彼西雍	3	2.6	2

从以上表格的数据来看，[1[12]] 结构中数量最多的是动词结构，其次是名词结构，再次是主谓结构，最后是介词结构。动词结构约占总数的 63.5%，其中又以有宾语动词结构超过半数，占比高达 56.5%；其次是名词结构，约占总数的 20.9%；再次是主谓结构，

约占总数的 13.0%；最后是介词结构，所占比例约为 2.6%。每一具体的句法结构总数排序如表 2.65 所示：

表 2.65 《诗经·周颂》[1[12]] 结构的句法结构总数排序

序号	结构	例句	行数 / 行	百分比 / %	结构种类 / 种
1	有宾语动词结构	悉畀祖妣	65	56.5	26
2	名词结构	思媚其妇	24	20.9	8
3	S+V+O	天作高山	12	10.4	9
4	无宾语动词结构	于穆不已	5	4.3	5
5	连动结构	既右飨之	3	2.6	2
6	介词结构	于彼西雍	3	2.6	2
7	S+A	载获济济	2	1.7	2
8	S+V	维清缉熙	1	0.9	1

以上数据显示，数量较多的是动词结构中的有宾语动词结构、名词结构、S+V+O 结构和无宾语动词结构，四类结构数量达到总数的 92.1%。而且动词结构中的有宾语动词结构占总数的一半，接近名词结构的 3 倍。剩下的连动结构、介词结构、S+V 结构、S+A 结构，这四类结构约占总数的 8%。

进一步统计各句法成分的数量，只有 1 例的结构共有 33 种，只有 2 例的结构有 11 种，包含 3 例及以上的结构详情如表 2.66 所示：

表 2.66 《诗经·周颂》[1[12]] 结构的词汇构成排序

序号	词汇构成	例句	数量 / 行	百分比 / %
1	[X[M[N N]]]	有依其士	10	8.7
2	[V[N NN]]	锡兹祉福	8	7.0
3	[V[V[N N]]]	克定厥家	7	6.1
4	[C[V NN]]	以洽百礼	6	5.2
5	[C[V[N N]]	以縶其马	6	5.2
6	[V[N[X N]]]	秉文之德	6	5.2
7	[V[N[N N]]]	播厥百谷	5	4.3
8	[N[V[M N]]]	天作高山	3	2.6

序号	词汇构成	例句	数量 / 行	百分比 / %
9	[X[M NN]]	于皇武王	3	2.6
10	[X[N NN]]	维予小子	3	2.6
11	[X[N[X N]]]	维天之命	3	2.6

[1[12]] 结构由四个字构成，后两字是一个整体。对其句法成分进行分析后发现：出现比例最高的是 [X[M[N N]]]，共 10 行，占 8.7%；然后是 [V[N NN]]，共 8 行，占 7.0%；接下来是 [V[V[N N]]] 结构，共 7 行，约占 6.1%。因此，无论是总数还是具体某类的数量，带宾语的动词结构的数量都是最多的。对所有 [1[12]] 结构进行统计，后两字位置由双音名词填充的共有 31 行，后两个字位置由双音动词来填充的诗行共 1 行，后两个字位置由双音形容词来填充的诗行共 3 行。那么 [1[12]] 结构中，双音实词的数量和比值如表 2.67 所示：

表 2.67　《诗经·周颂》[1[12]] 结构中双音实词数量和比值

词类	双音名词	双音动词	双音形容词
数量 / 行	31	1	3
比值	31	1	3

由此可见，在四字行的 [1[12]] 结构中，后两个字位置如果是由双音词填充，双音名词出现的可能性大约是双音动词的 31 倍。

此外，四字行后三字位置由 [V NN] 填充的共有 12 行，由 [N VV] 填充的共 1 行，这也反映了动词是单音词较多，而名词是双音词较多的现象。

三、《诗经·周颂》[[12]1] 结构四言诗句法和词汇特征

对《诗经·周颂》四字行结构的句法成分进行分析后发现，[[12]1] 共 5 行，其句法结构有 5 种，其具体的句法成分和数量总结如下（结构后的数字表示此结构的行数）：

主谓结构（3行）（3种结构）

S+V结构（2行）（2种结构）[[N[B V]]X]1　[[N[N V]]X]1

S+A结构（1行）（1种结构）[[N[A A]]X]1

动词结构（1行）（1种结构）

有宾语动词结构（1行）（1种结构）[[V[N N]]X]1

形容词结构（1行）（1种结构）

[[B[A A]]X]1

以上数据显示，[[12]1]结构一共5行。从其句法结构分析，主谓结构3行，动词结构1行，形容词结构1行。从各类结构的占比来说，主谓结构达到60%，动词结构和形容词结构各占20%。各类句法结构、数量等如表2.68所示：

表2.68　《诗经·周颂》[[12]1]结构的句法结构、数量、百分比和种类

排序	结构		例句	行数／行	百分比／%	结构种类／种
1	主谓结构	S+V	命不易哉	2	40	2
		S+A	时纯熙矣	1	20	1
2	动词结构	有宾语动词结构	访予落止	1	20	1
3	形容词结构	—	不聪敬止	1	20	1

从以上表格的数据来看：[[12]1]结构中数量最多的是主谓结构，约占总数的60%；然后是动词结构，占20%，而且是有宾语动词结构；没有出现无宾语动词结构、名词结构和介词结构。进一步统计各词汇构成的数量，其详情如表2.69所示：

表2.69　《诗经·周颂》[[12]1]结构词汇构成和数量

序号	词汇构成	例句	数量／行	百分比／%
1	[[B[A A]]X]	不聪敬止	1	20
2	[[N[A A]]X]	时纯熙矣	1	20
3	[[N[B V]]X]	命不易哉	1	20
4	[[N[N V]]X]	天维显思	1	20
5	[[V[N N]]X]	访予落止	1	20

这一结构共 5 行，5 种结构类型，每种只出现了 1 行。本结构呈现两大特点：一是第二字和第三字是一个整体，没有用双音词填充；二是最后一个字位置都是由助词填充，如果不计最后一个助词，这就变成了一个 [12] 结构。

四、《诗经·周颂》[12] 和 [21] 结构的词汇构成

《诗经·周颂》四言诗共有诗行 291 行，包括 [12] 结构的有 120 行，相关句法结构有 2 种，它们分别是 [1[12]] 和 [[12]1]。其中 [1[12]] 结构 115 行，[[12]1] 结构 5 行。[1[12]] 结构中 [12] 结构共 35 种句式，其中有 21 种只出现过 1 例，4 种只出现过 2 例，包含 3 例及以上的结构详情如表 2.70 所示：

表 2.70　《诗经·周颂》[1[12]] 结构中 [12] 结构词汇构成和数量

序号	词汇构成	数量 / 行
1	[V[N N]]	16
2	[N NN]	14
3	[V NN]	11
4	[M[N N]]	10
5	[N[X N]	9
6	[V[M N]	9
7	[N[N N]	8
8	[M NN]	3
9	[N[V N]	3
10	[V[V N]	3

[[12]1] 中 [12] 结构共 5 种句式，各出现 1 次，所有句式的句法成分和数量归纳如表 2.71 所示：

表 2.71　《诗经·周颂》[[12]1] 中 [12] 结构词汇构成和数量

序号	词汇构成	数量 / 行
1	[B[A A]]	1
2	[N[A A]]	1

续表

序号	词汇构成	数量 / 行
3	[N[B V]]	1
4	[N[N V]]	1
5	[V[N N]]	1

[1[12]] 结构和 [[12]1] 结构中出现的所有 [12] 结构中，有 25 种结构只有 1 例，4 种结构只有 2 例，包含 3 例及以上的结构详情如表 2.72 所示：

表 2.72　《诗经·周颂》[12] 结构的词汇构成和数量

序号	词汇构成	数量 / 行	百分比 / %
1	[V[N N]]	17	14.2
2	[N NN]	14	11.7
3	[V NN]	11	9.2
4	[M[N N]]	10	8.3
5	[N[X N]]	9	7.5
6	[V[M N]]	9	7.5
7	[N[N N]]	8	6.7
8	[M NN]	3	2.5
9	[N[V N]]	3	2.5
10	[V[V N]]	3	2.5

汇总数据呈现三大特点：一是 [12] 结构中的句法成分出现最多的是 [V[N N]] 和 [V NN]，大多数出现在行尾，只有 1 个出现在行首；然后是 [N NN] 和 [M[N N]]，它们都是出现在行尾。二是这一结构中双音名词最多，共出现了 31 次；然后是双音形容词，共出现了 3 次；最后是双音动词，共出现了 1 次。这三大类实词出现频率相差很大。三是 [12] 结构位于行尾的数量和句法种类远远大于行首。

接下来分析 [21] 结构。《诗经·周颂》包括 [21] 结构的有 13 行，相关句法结构有 2 种，它们分别是 [1[21]] 和 [[21]1]。其中 [1[21]]

共 3 行，包含 [21] 结构的句式有 3 种，它们的数量如表 2.73 所示：

表 2.73 《诗经·周颂》[1[21]] 结构中 [21] 结构词汇构成和数量

序号	词汇构成	数量 / 行
1	[NN N]	1
2	[[M X]N]	1
3	[VV N]	1

[[21]1] 共 10 行，包含 [21] 结构的句式有 5 种，各类结构和数量如表 2.74 所示：

表 2.74 《诗经·周颂》[[21]1] 结构中 [21] 结构词汇构成和数量

序号	词汇构成	数量 / 行
1	[[N N]A]	4
2	[[V V]N]	2
3	[[N N]V]	2
4	[NN V]	1
5	[[M N]A]	1

汇总包含 [21] 结构的句法成分及数量，有两点发现：一是 [21] 结构中的句法成分出现最多的是 [[N N]A]，而且主要是出现在行首，然后是 [[V V]N] 和 [[N N]V]，主要也是出现在行首。二是这一结构中双音名词共出现了 2 次，双音动词出现了 1 次，没有双音形容词。具体数据如表 2.75 所示：

表 2.75 《诗经·周颂》[21] 结构词汇构成和数量

序号	句法成分	数量 / 行	百分比 / %
1	[[N N]A]	4	30.8
2	[[V V]N]	2	15.4
3	[[N N]V]	2	15.4
4	[NN V]	1	7.7
5	[[M N]A]	1	7.7
6	[NN N]	1	7.7
7	[[M X]N]	1	7.7

续表

序号	句法成分	数量	百分比 / %
8	[VV N]	1	7.7

对比 [12] 结构和 [21] 结构的数量和句法成分可知，包含 [12] 结构的诗行共有 120 行，而包含 [21] 结构的只有 13 行，前者接近是后者的 10 倍，数量相差极大。两者句法结构上的差别是主谓结构数量比动宾结构多。对其句法成分进行分析后可知，两种结构的相同点是双音词数量都较少，尤其是双音形容词数量。

五、《诗经·周颂》四言诗的助词及其位置

《诗经·周颂》共有 291 行四言诗，其中 90 行包含助词，含助词的诗行占 30.9%。诗行当中，第一字位置由助词填充的有 44 行，第二字是助词的有 18 行，第三字是助词的有 32 行，第四字是助词的有 15 行。其中第一、第二字同为助词的有 8 行，第一、第三字同为助词的有 10 行，第一、第四字同为助词的有 1 行，第一、第二、第四字同为助词的有 1 行。具体到各结构，助词出现的位置及数量如下：

[22] 结构共 155 行，其中 39 行包含助词，占比为 25.2%。第一字是助词的有 15 行，第二字是助词的有 15 行，第三字是助词的有 22 行，第四字位置没有助词。其中第一、第二字同为助词的有 7 行，第一、第三字同为助词的有 6 行。

[1[12]] 结构共 115 行，其中 34 行含助词，占比为 29.6%。助词出现的位置是，第一字为助词的有 27 行，第二字是助词的有 1 行，第三字是助词的有 9 行，助词没有出现在第四字位置。这类结构中有双助词一行的现象，其中第一、第三字同为助词的有 3 行。

[[12]1] 结构共 5 行，全都包含助词。助词全部出现在第四字。除助词以外，剩下的就是 [12] 结构。

[[21]1] 结构共 10 行，全都包含助词。第一字、第三字位置没有出现助词，第二字位置只有 1 行包含助词，第四字是助词的有 9 行。

[1[21]] 结构共 3 行，有 1 行包含助词，占比为 33.3%，助词在第一字和第三字位置同时出现。

[211] 结构共 1 行，这一行包含助词，第一、第二和第四字位置同时出现助词。各类结构总行数及包含助词和行数对比如表 2.76 所示：

表 2.76　《诗经·周颂》各结构所含助词数量

结构	总行数 / 行	含助词行数 / 行	百分比 / %
四言	291	90	30.9
[22]	155	39	25.2
[1[12]]	115	34	29.6
[[21]1]	10	10	100
[[12]1]	5	5	100
[1[21]]	3	1	33.3
[1111]	2	0	0
[211]	1	1	100

这一表格揭示两大关联：一是节奏与句法结构的关联，二是助词出现的位置与句法结构的关联。与二二节奏相似度排序是 [1111] > [22] > [1[12]]/[[21]1] > [[12]1]/[1[21]]。在 [1111] 结构中每一个字都是独立的句法成分，两两相邻单位可以相互组合，组合成二二节奏，这一结构的诗行不含助词。[22] 句法结构与二二节奏是完全相匹配的，它包含的助词占比最低。[1[12]] 中前两字分属不同的句法成分，后两字作为一个整体属于同一句法成分，如果在第二字之后停顿，语义上不会产生误解，因此这一结构与二二节奏接近。而在 [[12]1] 结构中，第二和第三字是作为一个整体同属一句法成分，如果在第二字后面停顿，就破坏了它的整体性，语义上容易

产生误解，因此不适合在第二字后停顿，这样也导致这一结构与二二节奏相去甚远。因此，含助词数量的百分比由高到低的序列是 [[12]1]/[[21]1] > [1[12]]/[[21]1] > [22] > [1111]，句法结构越趋近于二二节奏，助词出现的频率越低，否则反之。从理论上来说，与二二节奏不匹配的句法结构只能采用词汇手段来与之匹配。如果要使结构接近二二节奏，需要在第一和第三字或者第二和第四字位置同时设置节奏点，这也就是助词可能同现的位置。那么句法结构与二二节奏不匹配的 [1[12]] 和 [[12]1] 结构，可采用助词来调整节奏，但是助词也不是任意出现的，它所出现的位置必须有利于形成语义上的停顿，从而使节奏趋近于二二节奏。从所统计的数据来看，第一和第三字位置以及第二和第四字位置同时出现助词的情况也有，但是数量并不多。考察助词出现最多的位置，发现助词更倾向于出现在 [12] 或者 [21] 结构前或后。[1[12]] 结构中，助词出现频率最高的位置是第一字位置；[[12]1] 结构中助词全都出现在第四字位置；[[21]1] 结构共 10 行，有 9 行的第四字位置出现了助词；[1[21]] 结构共 3 行，其中一行中助词同时出现在第一和第三字位置；[211] 结构只有 1 行，助词同时出现在第一、第二和第四字位置。各结构中助词出现的具体位置如表 2.77 所示：

表 2.77 《诗经·周颂》中一行一助词的位置

助词位置	第一字	第二字	第三字	第四字	总数 / 行
四言	44	18	32	15	90
百分比 / %	48.9	20	35.6	16.7	—
[22]	15	15	22	0	39
百分比 / %	33.3	33.3	56.4	*	—
[1[12]]	27	1	9	*	34
百分比 / %	79.4	2.9	26.5	*	—
[[12]1]	*	*	*	5	5
百分比 / %	*	*	*	100	—

续表

助词位置	第一字	第二字	第三字	第四字	总数 / 行
[[21]1]	*	1	*	9	10
百分比 / %	*	10	*	90	—
[1[21]]	1	*	1	*	1
百分比 / %	100	*	100	*	—
[211]	1	1	*	1	1
百分比 / %	100	*	*	100	—
[1111]	*	*	*	*	0
百分比 / %	*	*	*	*	—

　　从理论上说，四个字如要形成二二节奏，则第一和第三字或者第二和第四字作为节奏点，句法上与二二节奏不相匹配的结构可在这些位置放置助词，而在实际的诗歌创作中，情况并非完全如此。[1[12]]、[[12]1]、[[21]1]、[121] 和 [211] 结构中可在第二字位置放置助词，从而使第一和第二字以及第三和第四字形成较完整的语义单位，以便于其节奏趋近二二，实际情况是以上结构出现助词最多的位置分别是第一字、第四字、第四字、第一字和第四字。这些位置的共同特点是位于行首或行尾，而不是中间，如不计这些助词，则余下的是完整的 [12] 或 [21] 结构。从目前情况来看，与二二节奏不相匹配的结构，采用助词较多，目的是形成二二节奏的可能性并不大。在行首或行尾放置助词，是确保完整的句法结构 [12] 或 [21] 不被破坏。虽然句法结构与节奏不相匹配，但是并没有采取词汇手段来促成它们，而是维护句法结构的完整性。进一步再考察一下，同一诗行出现两个助词的数量及位置（如表 2.78 所示），是否有助于形成二二节奏。

表 2.78 《诗经·周颂》各结构一行中两助词同现的位置

助词位置	第一、第二字	第一、第三字	第一、第四字	第二、第三字	第二、第四字	第三、第四字	总数 / 行
四言	8	10	1	*	*	*	90

助词位置	第一、第二字	第一、第三字	第一、第四字	第二、第三字	第二、第四字	第三、第四字	总数／行
[22]	7	6	*	*	*	*	39
[1[12]]	*	3	*	*	*	*	34
[[12]1]	*	*	*	*	*	*	5
[[21]1]	*	*	*	*	*	*	10
[1[21]]	*	1	*	*	*	*	1
[211]	1	*	1	*	*	*	1
[1111]	*	*	*	*	*	*	0

　　四字诗行，如要形成二二节奏，则第一和第三字或第二和第四字两个位置是节奏点，如同时放置助词，有助于形成这一节奏。从以上统计数据来看：[22] 结构符合这一规律，它是在第一和第三字位置同时放置助词；[121] 结构是在第一和第四字位置同时放置助词，虽然没有形成二二节奏，但是完整的句法结构保留下来，没被破坏。接下来就要分析保留下来的 [12] 或者 [21] 的内部结构为何在数量上差别如此之大。

六、小结

　　本节对《诗经·周颂》四言诗的词汇句法结构以及助词的数量和位置进行了统计和描写。《诗经·周颂》是用于祭祀或者其他重大典礼的乐歌，其目的是歌颂周王。整体上看，诗行数量最多的是动词结构和名词结构，具体是主谓宾结构，其中主语是双音名词、谓语是单音动词、宾语是单音名语。三大类实词出现的次数是：双音名词 81 次，双音形容词 29 次，双音动词 4 次。这类诗中双音形容词的比值明显提高了。约 53.3% 的诗行的句法结构与二二节奏吻合，与《风》相比，下降了约 20%，而且节奏点位置上的助词数量较少。其他句法结构在节奏点位置放置助词的数量更少，并不利于形成二二节奏。诗行中还有一个值得注意的现象是 [12] 结构和

[21]结构数量悬殊，[12]结构远远多于[21]结构。从构成成分来看，[12]结构出现次数最多的形式是动宾式，以单音动词和双音名词的组合最多，出现在行末的情况居多。[21]结构最多的形式是形容词作谓语的主谓式。

第七节 《诗经·鲁颂》四言诗句法和词汇特征

本节主要对《诗经·鲁颂》四言诗的句法结构和词汇进行描写。《诗经·鲁颂》四言诗共 4 篇、215 行，有 6 种句法结构，它们的句法结构和数量如表 2.79 所示：

表 2.79 《诗经·鲁颂》句法结构和数量

结构	四言	[22]	[1[12]]	[[12]1]	[[21]1]	[1[21]]	[121]
数量 / 行	215	140	67	1	3	1	3
百分比 / %	—	65.1	31.2	0.5	1.4	0.5	1.4

对本表数据分析可发现两大特点：一是《诗经·鲁颂》四言中整个 [22] 结构所占比例最多，高达 65.1%；数量居第二位的结构是 [1[12]]，其数量只有 [22] 结构的一半；其他结构如 [[12]1]、[[21]1]、[1[21]] 和 [121]，数量很少，约占 2.8%。因此，[22] 结构和 [1[12]] 结构在数量上占据主要地位。从理论上来说，四言可能的结构有 10 种，它们分别是 [1111]、[1[12]]、[[11]2]、[[12]1]、[1[21]]、[[21]1]、[2[11]]、[22]、[13] 和 [31]，也就是说每种结构可能出现的比例是 10%，从目前《诗经·鲁颂》的句法结构分析，没有出现的是 [[11]2] 和 [2[11]] 以及 [13] 和 [31]。

　　二是包含 [12] 和 [21] 这样的内部结构的诗行数量差别很大，例如，相似的两组结构 [1[12]] 和 [1[21]] 以及 [[12]1] 和 [[21]1]，内部结构 [12] 和 [21] 的不同，导致前一组数量相差 30.7%，后一组数量相差 0.9%。这说明了两点：（1）[12] 结构较之 [21] 结构，出现的频率更高；（2）从位置来看，[12] 出现在行尾的频率更高，而 [21] 出现在行首的频率更高。

　　鉴于以上发现，本章对《诗经·鲁颂》四言诗中句法结构为 [22]、[1[12]] 以及内部结构为 [12] 和 [21] 的结构进行句法成分分析。

一、《诗经·鲁颂》[22] 结构四言诗句法和词汇特征

　　[22] 结构的诗行共有 140 行，句法结构有 56 种，具体如下（结构后的数字表示此结构的行数）：

　　主谓结构（48 行）（22 种结构）

　　S+V 结构（10 行）（5 种结构）[NN[B V]]1 [NN[C V]]5 [NN[M V]]1 [NN[N V]]2 [NN[V V]]1

　　S+N 结构（4 行）（2 种结构）[[V V][B N]]1 [NN[N N]]3

　　S+V+O 结构（11 行）（3 种结构）[[N N][V N]]2 [[N V]NN]1 [NN[V N]]8

　　S+A 结构（23 行）（12 种结构）[[M N]AA]2 [[N N][B A]]1 [[N N][C A]]1 [[N N][C V]]1 [[N N]AA]5 [[V N][B A]]1 [[V N][M A]]1 [[V N]AA]5 [NN AA]2 [NN[A A]]1 [NN[M A]]2 [NN[N A]]1

　　名词结构（45 行）（15 种结构）

　　[[M A][M N]]1 [[M N][M N]]6 [[M N][N N]]1 [[M N]NN]1 [[N N][M N]]1 [[N N]OO]1 [[V N][X N]]1 [[V N]NN]1 [[V X][M N]]4 [MM NN]9 [MM[N N]]1 [NN NN]10 [NN OO]1 [NN[X A]]1 [NN[X N]]6

　　动词结构（40 行）（15 种结构）

无宾语动词结构（9行）（6种结构）[[B V][B V]]3 [[B V][P N]]1 [[C V][C V]]2 [[P N][C V]]1 [[V V][V V]]1 [MM[V V]]1

有宾语动词结构（29行）（8种结构）[[M V][M A]]1 [[M V][M N]]1 [[M V][N N]]1 [[M V][V N]]1 [[M V]NN]1 [[V N][P N]] 2 [[V N][V N]]21 [VV NN]1

连动结构（2行）（1种结构）[[V N][C V]]2

形容词结构（6行）（3种结构）

[[M A][B A]]1 [[X A][X A]]3 [AA AA]2

其他结构（1行）（1种结构）

[[C A][C V]]1

从《诗经·鲁颂》的句法结构分析可知，[22] 结构共 140 行，包含主谓结构 48 行，动词结构 40 行，名词结构 45 行，形容词结构 6 行，其他结构 1 行。从各类结构的占比来说，主谓结构占 34.3%，名词结构占 32.1%，动词结构占 28.6%，形容词结构占 4.3%。动词结构内部细分为有宾语动词结构和无宾语动词结构其中有宾动词结构 29 行，所占比例是 20.7%，无宾语动词结构 9 行，所占比例是 6.4%。各类句法结构、数量等如表 2.80 所示：

表 2.80 《诗经·鲁颂》[22] 结构中句法结构、数量、百分比和种类

序号	结构		例句	行数 / 行	百分比 / %	结构种类 / 种
1	主谓结构	S+A	其音昭昭	23	16.4	12
		S+V+O	龙旂承祀	11	7.9	3
		S+V	荆舒是惩	10	7.1	5
		S+N	公车千乘	4	2.9	2
2	名词结构	—	皇祖后稷	45	32.1	15
3	动词结构	有宾语动词结构	俾侯于鲁	29	20.7	8
		无宾语动词结构	是断是度	9	6.4	6
		连动结构	从公于迈	2	1.4	1
4	形容词结构	—	烝烝皇皇	6	4.3	3
5	其他结构	—	载色载笑	1	0.7	1

从统计数据来看，[22] 结构中各句法结构的占比对比如下：主谓结构占比最高，其中又以 S+A 最高，其次是 S+V+O 和 S+V，最少的是 S+N；名词结构占比为 32.1%；动词结构占比为 28.6%，其中有宾语动词结构占 20.7%，远远多于不带宾语的动词结构。本章中主谓结构、名词结构和动词结构的数量相差并不是很多，但是形容词结构最少，只有 4.3%。各结构按总数排序如表 2.81 所示：

表 2.81 《诗经·鲁颂》[22] 结构的句法结构总数排序

序号	结构	例句	行数 / 行	百分比 / %	结构种类 / 种
1	名词结构	皇祖后稷	45	32.1	15
2	有宾语动词结构	俾侯于鲁	29	20.7	8
3	S+A	其音昭昭	23	16.4	12
4	S+V+O	龙旂承祀	11	7.9	3
5	S+V	荆舒是惩	10	7.1	5
6	无宾语动词结构	是断是度	9	6.4	6
7	形容词结构	烝烝皇皇	6	4.3	3
8	S+N	公车千乘	4	2.9	2
9	连动结构	从公于迈	2	1.4	1
10	其他结构	载色载笑	1	0.7	1

《诗经·鲁颂》四言诗共 215 行，[22] 结构共 140 行，句法结构共有 56 种。双音词是构成 [22] 结构的主体，而且位于首尾两端的情况较多。双音词位于第一、第二字位置的诗行有 59 行，双音词位于第三、第四字位置的诗行有 40 行，两相对比，双音词更倾向于出现在第一、第二字位置。具体来看双音词的词类，行首出现了双音名词的诗行共 45 行，双音形容词 13 行，双音动词 2 行。行尾出现了双音名词的诗行共 24 行，双音形容词共 16 行，双音拟声词 2 行，无双音动词。因此，三大类实词出现的频率中，双音名词最高，其次是形容词，最后是动词。双音名词倾向于出现在行首，双音形容词倾向于出现在行尾，由于双音动词出现的频率低，不能

判断其倾向。

由此可见，相对来说，双音名词和形容词居多，动词较少。因此，在此做一小结，且列出一个序列，即《诗经·鲁颂》共243行，其中四言诗215行，[22] 结构140行，从句法结构来看主谓结构48行，居于首位。[22] 结构的构成方式有四类，一是 AABC 或 ABCC 式，二是 AABB 式，三是 AAAA 式，四是 ABAB 式（其中 AA、BB、CC 指双音词）。统计数据显示，AABC 和 ABCC 式共51行，其中包含双音名词的诗行最多，共36行，并且 AABC 式数量多于 ABCC 式。除此之外，包含 AABB 式的诗行共13行，AAAA 式共12行，ABAB 式共36行。除 ABAB 式以外，其他三类结构占 [22] 结构的54.3%。因此，可以说四言的主要句法结构是 [22]，而 [22] 结构主是由双音词构成。

进一步统计诗行的词汇构成和数量，有34种结构只有1例，总结含2例及以上的结构详情如表2.82所示：

表 2.82 《诗经·鲁颂》[22] 结构词汇构成和数量

序号	词汇构成	例句	数量 / 行	百分比 / %
1	[[V N][V N]]	有骊有皇	21	15
2	[NN NN]	黍稷重穋	10	7.1
3	[MM NN]	駉駉牡马	9	6.4
4	[NN[V N]]	眉寿保鲁	8	5.7
5	[NN[X N]]	后稷之孙	6	4.3
6	[[M N][M N]]	黄发台背	6	4.3
7	[NN[C V]]	淮夷攸服	5	3.6
8	[[V N]AA]	在公明明	5	3.6
9	[[N N]AA]	其马蹻蹻	5	3.6
10	[[V X][M N]]	薄言駉者	4	2.9
11	[NN[N N]]	公车千乘	3	2.1
12	[[X A][X A]]	有駜有駜	3	2.1
13	[[B V][B V]]	不亏不崩	3	2.1

续表

序号	词汇构成	例句	数量 / 行	百分比 / %
14	[NN[N V]]	鲁邦是尝	2	1.4
15	[NN[M A]]	戎车孔博	2	1.4
16	[NN AA]	泰山岩岩	2	1.4
17	[AA AA]	烝烝皇皇	2	1.4
18	[[V N][P N]]	俾侯于鲁	2	1.4
19	[[V N][C V]]	在公载燕	2	1.4
20	[[N N][V N]]	龙旂承祀	2	1.4
21	[[M N]AA]	烝徒增增	2	1.4
22	[[C V][C V]]	是断是度	2	1.4

[22] 结构由四个字构成，行首两字和行尾两字各成一个整体。对其句法成分进行分析后发现：出现比例最高的是 [[V N][V N]]，共 21 行，占比 15%；然后是 [NN NN]，共 10 行，占比是 7.1%；接下来是 [MM NN]，共 9 行，占比是 6.4%；最后是其他结构，它们的数量相差并不大。由此可见，[22] 结构主要形式是 [AABB]、[AABC] 和 [ABAB]，这三种形式与《诗经·鲁颂》中数量居前三位的句法结构相匹配，且以 [ABAB] 式数量最多，是对某一事件进行重复描述。从全部数据来看，[22] 结构的诗行约半数中包含双音词，三大实词出现的频率统计如表 2.83 所示：

表 2.83 《诗经·鲁颂》[22] 结构中双音实词数量和比值

词类	双音名词	双音动词	双音形容词
数量 / 行	69	2	29
比值	34.5	1	14.5

《诗经·鲁颂》中双音名词出现的频率最高，其次是双音形容词，最后是双音动词。且双音名词倾向于出现在第一和第二字位置，双音形容词倾向于出现在第三和第四字位置。

二、《诗经·鲁颂》[1[12]] 结构四言诗句法和词汇特征

《诗经·鲁颂》四言诗 [1[12]] 共 67 行，句法结构有 33 种，其具体的句法成分和数量总结如下（结构后的数字表示此结构的行数）：

主谓结构（6 行）（6 种结构）

S+V 结构（3 行）（3 种结构）[N[C VV]]1 [N[C[C V]]]1 [N[M[V V]]]1

S+V+O 结构（3 行）（3 种结构）[C[N[V N]]]1 [N[V NN]]1 [N[V[N N]]]1

名词结构（6 行）（3 种结构）

[M[N[N N]]]4 [M[X NN]]1 [X[N[X N]]]1

动词结构（53 行）（22 种结构）

无宾语动词结构（8 行）（5 种结构）[V[B VV]]2 [V[P NN]]3 [V[P[M N]]]1 [V[V[B A]]]1 [V[V[B V]]]1

有宾语动词结构（44 行）（16 种结构）[C[V NN]]3 [C[V[M N]]]1 [C[V[N N]]]2 [M[V NN]]2 [M[V[N N]]]3 [M[V[V N]]]1 [V[A[X N]]]4 [V[N NN]]7 [V[N[C N]]]1 [V[N[M N]]]3 [V[N[X A]]]1 [V[N[X N]]]5 [V[N[X V]]]1 [V[V[N N]]]6 [X[V NN]]3 [X[V[N N]]]1

兼语结构（1 行）（1 种结构）[V[N VV]]1

形容词结构（1 行）（1 种结构）

[M[A[C A]]]1

介词结构（1 行）（1 种结构）

[P[N[X N]]]1

以上数据显示，[1[12]] 结构一共 67 行，对其句法结构分析，其中动词结构 53 行，主谓结构 6 行，名词结构 6 行，形容词结构 1 行，介词结构 1 行。从各类结构的占比来说，动词结构占 79.1%，主谓结构和名词结构各占 9.0%；形容词结构占 1.5%，介词结构占

1.5%。动词结构内部细分为有宾语动词结构和无宾语动词结构，其中有宾动词结构 44 行，所占比例是 65.7%，无宾语动词结构 8 行，所占比例是 11.9%。各类句法结构、数量等如表 2.84 所示：

表 2.84　《诗经·鲁颂》**[1[12]] 结构的句法结构数量、百分比和种类**

排序	结构		例句	行数 / 行	百分比 / %	结构种类 / 种
1	动词结构	有宾语动词结构	来献其琛	44	65.7	16
		无宾语动词结构	莫敢不诺	8	11.9	5
		兼语结构	俾民稼穑	1	1.5	1
2	主谓结构	S+V+O	自求伊祜	3	4.5	3
		S+V	秋而载尝	3	4.5	3
3	名词结构	—	翩彼飞鸮	6	9.0	3
4	形容词结构	—	孔曼且硕	1	1.5	1
5	介词结构	—	于牧之野	1	1.5	1

从以上表格的数据来看，[1[12]] 结构中数量最多的是动词结构，其次是主谓结构和名词结构，最后是介词结构和形容词结构，分别只出现了 1 行。动词结构约占总数的 79.1%，其中有宾语动词结构超过半数，占比高达 65.7%。形容词和介词结构数量较少，两者所占比例约为 1.5%。每一具体的句法结构总数排序如表 2.85 所示：

表 2.85　《诗经·鲁颂》**[1[12]] 结构的句法结构总数排序**

序号	结构	例句	行数 / 行	百分比 / %	结构种类 / 种
1	有宾语动词结构	来献其琛	44	65.7	16
2	无宾语动词结构	莫敢不诺	8	11.9	5
3	名词结构	翩彼飞鸮	6	9.0	3
4	S+V+O	自求伊祜	3	4.5	3
5	S+V	秋而载尝	3	4.5	3
6	兼语结构	俾民稼穑	1	1.5	1
7	形容词结构	孔曼且硕	1	1.5	1
8	介词结构	于牧之野	1	1.5	1

以上数据显示：数量较多的是动词结构中的有宾语动词结构和无宾语动词结构、名词结构、S+V+O 结构和 S+V，这五种结构约占总数的 95.6%。形容词结构、兼语结构和介词结构这三类结构约占总数的 4.5%。

进一步统计各结构的数量，共有 20 种结构只有 1 例，统计含2 例及以上的结构及词汇构成如表 2.86：

表 2.86 《诗经·鲁颂》[1[12]] 结构的词汇构成总数排序

序号	词汇构成	例句	数量 / 行	百分比 / %
1	[V[N NN]]	降之百福	7	10.4
2	[V[V[N N]]]	来献其琛	6	9.0
3	[V[N[X N]]]	致天之届	5	7.5
4	[M[N[N N]]]	駜彼乘黄	4	6.0
5	[V[A[X N]]]	在坰之野	4	6.0
6	[C[V NN]]	乃命鲁公	3	4.5
7	[M[V[N N]]]	薄采其芹	3	4.5
8	[V[N[M N]]]	顺彼长道	3	4.5
9	[V[P NN]]	至于海邦	3	4.5
10	[X[V NN]]	思乐泮水	3	4.5
11	[C[V[N N]]]	遂荒徐宅	2	3.0
12	[M[V NN]]	既饮旨酒	2	3.0
13	[V[B VV]]	莫不率从	2	3.0

[1[12]] 结构由四个字构成，后两字是一个整体。对其句法成分进行分析后发现：出现比例最高的是 [V[N NN]]，共 7 行，占比是10.4%；然后是 [V[V[N N]]] 和 [V[N[X N]]]。以上三种都是带宾语的动词结构，因此，无论是总数还是具体某类的数量，带宾语的动词结构数量都是最多的。对所有 [1[12]] 结构进行统计发现，后两字位置由双音名词填充的共有 20 行，后两个字位置由双音动词来填充的诗行共 4 行，无双音形容词。那么 [1[12]] 结构中，双音实词详情如表 2.87 所示：

表 2.87 《诗经·鲁颂》[1[12]] 结构中双音实词数量和比值

词类	双音名词	双音形容词
数量 / 行	20	4
比值	5	1

由此可见，在四字行的 [1[12]] 结构中，后两个字位置如果是由双音词填充，双音名词出现的可能性大约是双音形容词的 5 倍。

此外，四字行后三字位置由 [V NN] 填充的共有 14 行，由 [N VV] 填充的共 1 行，这也反映了双音名词比双音动词多的现象。

三、《诗经·鲁颂》[12] 和 [21] 结构的词汇构成

《诗经·鲁颂》四言诗共有诗行 215 行，包括 [12] 结构的有 68 行，相关句法结构有 2 种，它们分别是 [1[12]] 和 [[12]1]。其中 [1[12]] 结构 67 行，[[12]1] 结构 1 行。[1[12]] 结构中 [12] 结构共 33 种句式，[[12]1] 结构中 [12] 结构共 1 种句式，即 [[N[C N]]N]。两类结构汇总，只有 1 例的结构共有 19 种，只有 2 例的结构共 4 种，包含 3 例及以上的结构详情如表 2.88 所示：

表 2.88 《诗经·鲁颂》[12] 结构词汇构成和数量

序号	词汇构成	数量 / 行
1	[V[N N]]	13
2	[V NN]	9
3	[N NN]	7
4	[N[X N]]	5
5	[N[N N]]	4
6	[A[X N]]	4
7	[V[N N]]	3
8	[N[M N]]	3
9	[P NN]	3
10	[V NN]	3

汇总数据呈现三大特点：一是 [12] 结构中的句法成分出现最多

的是 [N NN]、[V[N N]]、[N[X N]]，这几类结构的数量差不多。二是这一结构中双音名词最多，共出现了 20 次；其次是双音动词，共出现了 4 次；没有出现双音形容词。两类实词出现的频率相差很大。三是 [12] 结构位于行尾的数量和句法种类远远大于行首。

接下来分析 [21] 结构。《诗经·鲁颂》包括 [21] 结构的有 4 行，相关句法结构有 2 种，它们分别是 [1[21]] 和 [[21]1]。其中 [1[21]] 结构 1 行，[[21]1] 结构 3 行，包含 [21] 结构的句式有 2 种，它们的词汇构成和数量如表 2.89 所示：

表 2.89　《诗经·鲁颂》[21] 结构的词汇构成和数量

序号	词汇构成	数量
1	[[N N]V]	3
2	[NN N]	1

汇总包含 [21] 结构的句法成分及数量可知 [21] 结构中的句法成分出现最多的是 [[N N]V]，而且主要是出现在行首。

对比 [12] 结构和 [21] 结构的数量和句法成分可知，包含 [12] 结构的诗行共有 68 行，而包含 [21] 结构的只有 4 行，前者是后者的 17 倍，两者数量相差极大。两者句法结构上的相同点是名词结构数量都居前，两者的差别是动宾结构的数量远远大于主谓结构。

四、《诗经·鲁颂》四言诗的助词及其位置

《诗经·鲁颂》共有 215 行四言诗，其中 39 行包含助词，含助词的诗行占 18.1%。诗行当中，第一字位置由助词填充的有 7 行，第二字是助词的有 5 行，第三字是助词的有 24 行，第四字是助词的有 6 行，其中第一、第三字同为助词的有 3 行。具体到各结构，助词出现的位置及数量如下：

[22] 结构共 140 行，其中 15 行包含助词，占比为 10.7%。第一字是助词的有 3 行，第二字是助词的有 4 行，第三字是助词的

有 11 行,第四字位置没有助词,其中第一、第三字同为助词的有 3 行。

[1[12]] 结构共 67 行,其中 18 行含助词,占比为 26.9%。助词出现的位置是,第一字为助词的有 4 行,第二字是助词的有 1 行,第三字是助词的有 13 行,助词没有出现在第四字位置。这类结构中没有 1 行当中同时出现 2 个助词的现象。

[[21]1] 结构共 3 行,3 行都包含助词,所有助词都是出现在第四字位置。

[121] 结构共 3 行,每行都包含助词,所有助词都出现在第四字位置。

《诗经·鲁颂》中的各类结构总行数及包含助词和行数对比如表 2.90 所示:

表 2.90 《诗经·鲁颂》各结构所含助词数量

结构	总行数 / 行	含助词行数 / 行	百分比 / %
四言	215	39	18.1
[22]	140	15	10.7
[1[12]]	67	18	26.9
[[21]1]	3	3	100
[121]	3	3	100

这一表格揭示两大关联:一是节奏与句法结构的关联,二是助词出现的位置与句结构的关联。与二二节奏相似度排序是 [22] > [1[12]]/ [[21]1] > [121],助词出现的比例由高到低排序是 [121]/ [[21]1] > [1[12]] > [22]。[22] 结构与二二节奏是吻合的,所以这种结构的总数较多,而包含助词的诗行数最少。[121] 结构与二二节奏吻合度最低,第二和第三字是作为一个整体同属一个句法成分,如果在第二字后面停顿,就破坏了它的整体性,语义上容易产生误解,这一结构的诗行中出现的助词比例最高。整体上看来,句法结构越接近二二节奏,它包含的助词比例越低,否则反之。那么

助词的出现是否促进了形成二二节奏呢？接下来就要分析节奏的要求，以及助词实际出现的位置。从理论上来说，与二二节奏不匹配的句法结构可以采用词汇手段来与之匹配。如果要使结构接近二二节奏，需要在第一和第三字或者第二和第四字位置设置节奏点，这也就是助词可能同现的位置。那么句法结构与二二节奏不匹配的 [1[12]]、[[21]1] 和 [121] 结构，可采用助词来调整节奏，但是助词也不是任意出现的，它所出现的位置必须有利于形成语义上的停顿，从而使节奏趋近于二二节奏。从所统计的数据来看，[1[12]]、[[21]1] 和 [121] 三类结构的诗行中，没有两个助词同时出现的情况。[22] 结构中第一和第三字位置同时出现了助词，但是数量较少，只有 3 行。对助词出现最多的位置进行考察，发现助词的位置有如下倾向：一是出现在 [12] 或者 [21] 结构前或后，二是与行首相比，助词更倾向于出现在行尾。以 [[21]1] 和 [1[12]] 结构为例，两种结构相似，助词只在 [21] 和 [12] 结构之后和之前出现，行首和行尾相比，而 [[21]1] 结构的诗行包含助词的比率高于 [1[12]] 结构。接下来列出《诗经·鲁颂》中各句法结构中的助词位置及数量（见表2.91 所示），以找出它们之间的关联。

表 2.91　《诗经·鲁颂》中一行一助词的位置

助词位置	第一字	第二字	第三字	第四字	总数 / 行
四言	7	5	24	6	39
百分比 / %	17.9	12.8	61.5	15.4	—
[22]	3	4	11	*	15
百分比 / %	20	26.7	73.3	*	—
[1[12]]	4	1	13	*	18
百分比 / %	22.2	5.6	72.2	*	—
[[21]1]	*	*	*	3	3
百分比 / %	*	*	*	100	—
[121]	*	*	*	3	3

助词位置	第一字	第二字	第三字	第四字	总数 / 行
百分比 / %	*	*	*	100	—
[[12]1]	*	*	*	*	*
百分比 / %	*	*	*	*	*
[1[21]]	*	*	*	*	*
百分比 / %	*	*	*	*	*

　　从理论上说，四个字如要形成二二节奏，则第一和第三字或者第二和第四字作为节奏点，句法上与二二节奏不相匹配的结构可在这些位置放置助词，而在实际的诗歌创作中，情况并非完全如此。[1[12]]、[[21]1]、[121] 结构中可在第二字位置放置助词，从而使第一和第二字以及第三和第四字形成较完整的语义单位，便于其节奏趋近二二，实际情况是以上结构出现助词最多的位置分别是第三字、第四字和第四字位置。这些位置的共同特点是位于行首或行尾，而不是中间，如不计这些助词，则余下的是完整的 [12] 或 [21] 结构。[[12]1] 和 [1[21]] 这两种结构各只有一行诗，本次统计没有把它们的情况包括在内。从目前情况来看，与二二节奏不相匹配的结构，虽然采用助词较多，但是为了形成二二节奏的可能性并不大。在行首或行尾放置助词，是确保完整的句法结构 [12] 或 [21] 不被破坏，增加一个助词，是为了凑成四个字。虽然句法结构与节奏不相匹配，但是并没有采取词汇手段来促成它们，而是维护句法结构的完整性。进一步再考察一下，同一诗行出现两个助词的数量及位置，是否有助于形成二二节奏。四字诗行，如要形成二二节奏，则第一、第三字或第二、第四字两个位置是节奏点，如同时放置助词，有助于形成这一节奏。所有包含助词的诗行中，只有 [22] 结构有三行诗在第一、第三字位置同时出现了助词，此数量不多，统计学意义不大。因此，可以说非 [22] 结构的诗行，采用词汇手段来形成二二节奏的可能性不大。

五、小结

本节对《诗经·鲁颂》四言诗的词汇句法结构以及助词的数量和位置进行了统计和描写。《诗经·鲁颂》是用于歌颂在位的鲁侯。整体上看，诗行数量最多的是动词结构和名词结构，具体是动宾结构，例如，"有骓有骍"（《鲁颂·駉》）。三大类实词出现的次数是：双音名词 80 次，双音形容词 27 次，双音动词 5 次。这类诗中双音名词出现的频率占绝对优势，双音形容词出现的频率远远高于双音动词。约 65% 的诗行的句法结构与二二节奏吻合，节奏点位置上的助词数量较少，不具有统计学意义。其他句法结构在节奏点位置放置助词的数量更少，其目的是凑成四个字。除了助词，其余三字形成的 [12] 结构和 [21] 结构数量悬殊，[12] 结构多于 [21] 结构。从构成成分来看：[12] 结构出现次数最多的形式是名词结构和动宾结构，两者数量相当，出现在行末的情况居多；[21] 结构最多的形式是主谓结构，其中主语是双音名词，谓语是单音动词。

第八节 《诗经·商颂》四言诗句法和词汇特征

本节主要对《诗经·商颂》四言诗的句法结构和词汇进行描写。《诗经·商颂》四言诗共 5 篇，共 130 行，2 种结构类型，分别是 [1[12]] 结构 47 行、[22] 结构 83 行。总体上来说，《诗经·商颂》四言中整个 [22] 结构最多，占比高达 63.8%；[1[12]] 结构占 36.2%。总之，从理论上来说，四言可能的结构有 10 种，它们分别 是 [1111]、[1[12]]、[[11]2]、[[12]1]、[1[21]]、[[21]1]、[2[11]]、

[22]、[13] 和 [31]，也就是说每种结构可能出现的比例是 10%，从目前《诗经·商颂》的句法结构分析可知，只出现了 [22] 结构和 [1[12]] 结构，其他结构没有出现。

本节对《诗经·商颂》四言诗中的 [22] 结构和 [1[12]] 结构以及其内部的 [12] 结构进行句法成分分析。

一、《诗经·商颂》[22] 结构四言诗句法和词汇特征

[22] 结构的诗行共有 83 行，句法结构有 55 种，具体如下（结构后的数字表示此结构的行数）：

主谓结构（37 行）（21 种结构）

S+V 结构（12 行）（7 种结构）[[A A][N V]]1 [[M N][X V]]1 [[N N][X V]]3 [[V N][B V]]2 [NN[B V]]1 [NN[N V]]1 [NN[V V]]3

S+N 结构（2 行）（1 种结构）[[N N][N N]]2

S+V+O 结构（5 行）（3 种结构）[[M N][V N]]1 [[NN[V N]]1 [NN[V N]]3

S+A 结构（18 行）（10 种结构）[[N N][X A]]2 [[N V][B A]]1 [[N V][M A]]1 [[V N][X A]]1 [[V N]AA]4 [[V V][M A]]1 [MN AA]1 [NN AA]4 [NN[M A]]2 [NN[N A]]1

名词结构（19 行）（12 种结构）

[[A X]NN]1 [[M M]NN]1 [[N N]OO]1 [[V N][N N]]1 [MM[N N]]3 [MM[X N]]1 [NN NN]2 [NN[X A]]3 [NN[X N]]3 [NN[X V]]1 [OO NN]1 [OO[N N]]1

动词结构（19 行）（16 种结构）

无宾语动词结构（11 行）（9 种结构）[[B V][B V]]2 [[C V][C V]]1 [[M V][M V]]1 [[M V]AA]1 [[N N][B V]]1 [[N N][M V]]1 [[V V][V V]]1 [[V V]AA]1 [[X V][X V]]2

有宾语动词结构（8 行）（7 种结构）[[M V][N N]]1 [[M V]

N N]1　[[P N][V N]]1　[[V N]OO]2　[[V V][N N]]1　[VV[N N]]1　[VV[V N]]1

形容词结构（5 行）（4 种结构）

[[A X][A X]]1　[[B A][B A]]2　[AA AA]1　[AA[C A]]1

介词结构（1 行）（1 种）

[[P N][P N]]1

其他（2 行）（1 种）

[[B V][B A]]2

从《诗经·商颂》的句法结构分析可知，[22] 结构共 83 行，包含主谓结构 37 行，动词结构 19 行，名词结构 19 行，形容词结构 5 行。从各类结构的占比来说，主谓结构占 44.6%，动词结构和名词结构各占 22.9%，形容词结构占 6.0%。动词结构内部细分为有宾语动词结构和无宾语动词结构，其中有宾语动词结构 8 行，所占比例是 9.6%，无宾语动词结构 11 行，所占比例是 13.3%。各类句法结构、数量等如表 2.92 所示：

表 2.92　《诗经·商颂》[22] 结构中句法结构、数量、百分比和种类

序号	结构		例句	行数 / 行	百分比 / %	结构种类 / 种
1	主谓结构	S+A	敷政优优	18	21.7	10
		S+V	帝命不违	12	14.5	7
		S+V+O	武王载旆	5	6.0	3
		S+N	龙旂十乘	2	2.4	1
2	名词结构	—	穆穆厥声	19	22.9	12
3	动词结构	无宾语动词结构	来假来飨	11	13.3	9
		有宾语动词结构	封建厥福	8	9.6	7
4	形容词结构	—	黄耇无疆	5	6.0	4
5	介词结构	—	自古在昔	1	1.2	1
6	其他结构	—	莫遂莫达	2	2.4	1

从统计数据来看，[22] 结构中各句法结构的数量对比如下：主

谓结构数量最多,其中形容词谓语结构最多;名词结构和动词结构
数量一样,其中动词结构中的无宾语动词结构数量较多;形容词结
构较少,只有6.0%。这类诗最突出的语言特点是主谓结构的数量
接近名词结构和动词结构数量的2倍,形容词结构很少。各结构按
数量排序如表2.93所示:

表 2.93 《诗经·商颂》[22] 结构的句法结构排序

序号	结构	例句	行数 / 行	百分比 / %	结构种类 / 种
1	名词结构	穆穆厥声	19	22.9	12
2	S+A	敷政优优	18	21.7	10
3	S+V	帝命不违	12	14.5	7
4	无宾语动词结构	来假来飨	11	13.3	9
5	有宾语动词结构	封建厥福	8	9.6	7
6	S+V+O	武王载旆	5	6.0	3
7	形容词结构	黄耇无疆	5	6.0	4
8	S+N	龙旂十乘	2	2.4	1
9	其他结构	莫遂莫达	2	2.4	1
10	介词结构	自古在昔	1	1.2	1

《诗经·商颂》四言诗共130行,[22] 结构共83行,句法结构
共有55种。细分构成这一结构的词类可知,双音名词出现了29次,
双音动词出现了2次,双音形容词出现了17次,双音拟声词出现
5次。双音词位于第一、第二字位置的有34行,位于第三、第四
字位置的有12行,两相对比,双音词更倾向于出现在第一、第二
字位置。具体情况是行首出现了双音名词的诗行共25行,双音形
容词和副词共5行,双音动词共2行,双音拟声词共2行。行尾出
现了双音名词共3行,双音形容词共6行,双音拟声词共3行,无
双音动词。因此,从三大类实词出现的频率来看,双音名词出现频
率最高,然后是形容词。双音名词倾向于出现在行首。由于这类诗
数量较少,双音形容词在行首和行尾出现的次数相当,不能判断它
们所出现位置的倾向。由此可见,《诗经·商颂》中仍然是双音名

词居多，动词仍以单音动词居多。

因此，在此做一小结，且列出一个序列，即《诗经·商颂》共130行，其中四言诗130行，[22] 结构83行。从句法结构来看，主谓结构数量最多，是名词结构和动词结构数量的2倍。[22] 结构的构成方式有四类，一是 AABC 或 ABCC 式，二是 AABB 式，三是 AAAA 式，四是 ABAB 式（其中 AA、BB、CC 指双音词）。统计数据显示，AABC 和 ABCC 式共41行，并且 AABC 式数量是32行，ABCC 式数量是9行，其中包含双音名词的诗行最多，共28行。除此之外，包含 AABB 式的诗行共5行，ABAB 式共9行，AAAA式3行。除 ABAB 式以外，其他三类结构占 [22] 结构的59.0%。因此，可以说四言的主要句法结构是 [22]，而 [22] 结构主要由双音词构成。

进一步统计各结构的数量，37种结构只有1例，包含2例及以上的结构数量和占比如表2.94所示：

表 2.94 《诗经·商颂》[22] 结构词汇构成和数量

序号	词汇构成	例句	数量 / 行	百分比 / %
1	[[V N]AA]	敷政优优	4	4.8
2	[NN AA]	洪水芒芒	4	4.8
3	[[N N]X V]]	百禄是遒	3	3.6
4	[MM[N N]]	穆穆厥声	3	3.6
5	[NN[V N]]	海外有截	3	3.6
6	[NN[V V]]	岁事来辟	3	3.6
7	[NN[X A]]	万舞有奕	3	3.6
8	[NN[X N]]	汤孙之将	3	3.6
9	[[B A][B A]]	不刚不柔	2	2.4
10	[[B V][B A]]	不竞不絿	2	2.4
11	[[B V][B V]]	不震不动	2	2.4
12	[[N N][N N]]	龙旂十乘	2	2.4
13	[[N N][X A]]	庸鼓有斁	2	2.4

续表

序号	词汇构成	例句	数量 / 行	百分比 / %
14	[[V N][B V]]	受命不殆	2	2.4
15	[[V N]OO]	奏鼓简简	2	2.4
16	[[X V][X V]]	是断是迁	2	2.4
17	[NN NN]	武丁孙子	2	2.4
18	[NN[M A]]	幅陨既长	2	2.4

[22] 结构由四个字构成，诗行首尾两字各为一个整体。对其句法成分进行分析后发现：出现比例最高的是 [[V N]AA] 和 [NN AA]，各 4 行，占比是 4.8%，这两种结构都是形容词作谓语；然后是 [[N N][X V]]、[[MM[N N]]、[NN[V N]]、[NN[V V]]、[NN[X A]] 和 [NN[X N]]，各 3 行，占比均为 3.6%，这些结构主要是名词结构和主谓结构。从构成形式上看，[22] 结构主要形式是 [AABB]、[AABC] 和 [ABAB]，这三种形式与《诗经·商颂》中以上几种句法结构相匹配。从全部数据来看，双音词是构成 [22] 结构的主要成分，三大实词出现的频率统计如表 2.95 所示：

表 2.95　《诗经·商颂》[22] 结构中双音实词数量和比值

词类	双音名词	双音动词	双音形容词
数量 / 行	29	2	17
比值	14.5	1	8.5

《诗经·商颂》中双音名词出现频率最高，其次是双音形容词，最后是双音动词。且双音名词倾向于出现在第一和第二字位置，而双音形容词和动词在本章出现的位置没有明显倾向。

二、《诗经·商颂》[1[12]] 结构四言诗句法和词汇特征

《诗经·商颂》四言诗 [1[12]] 共 47 行，句法结构有 30 种，其具体的句法成分和数量总结如下（结构后的数字表示此结构的行数）：

165

主谓结构（8行）（5种结构）

S+V 结构（1行）（1种结构）[N[V[V V]]]1

S+V+O 结构（7行）（4种结构）[N[V NN]]4　[N[V[M N]]]1 [N[V[N N]]]1　[N[V[X N]]]1

名词结构（5行）（5种结构）[C[M[X N]]]1　[M[N NN]]1　[N[X NN]]1　[X[M NN]]1　[X[N NN]]1

动词结构（31行）（17种结构）

无宾语动词结构（3行）（3种结构）[B[V[V V]]]1　[C[B VV]]1 [V[P NN]]1

有宾语动词结构（27行）（13种结构）[B[V[N N]]]1　[C[V NN]]2　[C[V[M N]]]1　[M[V[N N]]]2　[M[X[V N]]]1　[V[N NN]]8 [V[N[V N]]]3　[V[N[V V]]]2　[V[N[X N]]]3　[V[V[N N]]]1　[V[V[N V]]]1　[X[M[V N]]]1　[X[V NN]]1

连动结构（1行）（1种结构）

[V[C[V N]]]1

形容词结构（2行）（2种结构）

[M[A[C A]]]1　[X[A[C A]]]1

介词结构（1行）（1种结构）

[P[N[N N]]]1

以上数据显示，[1[12]] 结构一共47行。对其句法结构分析后发现，主谓结构8行，动词结构31行，名词结构5行，介词结构1行，形容词结构2行。从各类结构的占比来说，动词结构占 66.0%，主谓结构占 17.0%，名词结构占 10.6%，形容词结构占 4.3%，介词结构占 2.1%。动词结构内部细分为有宾语动词结构和无宾语动词结构，其中有宾语动词结构27行，所占比例是 57.4%，无宾语动词结构3行，所占比例是 6.4%。各类句法结构、数量等如表 2.96 所示：

表 2.96　《诗经·商颂》[1[12]] 结构的句法结构、数量、百分比和种类

排序	结构		例句	行数 / 行	百分比 / %	结构种类 / 种
1	动词结构	有宾语动词结构	置我鞉鼓	27	57.4	13
		无宾语动词结构	不敢怠遑	3	6.4	3
		连动结构	降而生商	1	2.1	1
2	主谓结构	S+V+O	我有嘉客	7	14.9	4
		S+V	天命降监	1	2.1	1
3	名词结构	—	商之先后	5	10.6	5
4	形容词结构	—	既和且平	2	4.3	2
5	介词结构	—	自彼氐羌	1	2.1	1

从以上表格的数据来看，[1[12]] 结构中数量最多的是动词结构，其次是主谓结构，再次是名词结构，最后是形容词结构和介词结构。动词结构约占总数的 66.0%，其中有宾语动词结构超过半数，占比高达 57.4%；其次是主谓结构，约占总数的 17%；再次是名词结构，约占总数的 10.6%；最后是介词结构，所占比例约为 2.1%。每一具体的句法结构总数排序如表 2.97 所示：

表 2.97　《诗经·商颂》[1[12]] 结构的句法结构总数排序

序号	结构	例句	行数 / 行	百分比 / %	结构种类 / 种
1	有宾语动词结构	置我鞉鼓	27	57.4	13
2	S+V+O	我有嘉客	7	14.9	4
3	名词结构	商之先后	5	10.6	5
4	无宾语动词结构	不敢怠遑	3	6.4	3
5	形容词结构	既和且平	2	4.3	2
6	连动结构	降而生商	1	2.1	1
7	S+V	天命降监	1	2.1	1
8	介词结构	自彼氐羌	1	2.1	1

以上数据显示：数量较多的是有宾语动词结构、S+V+O 结构、名词结构和无宾语动词结构，这四类结构数量达到总数的 89.3%，而且有宾语动词结构占总数的一半；剩下的形容词结构、连动结构、介词结构和 S+V 结构约占总数的 10.6%。

进一步统计各结构的数量，有 27 种结构只有 1 例，包含 2 例及以上的结构详情如表 2.98 所示：

表 2.98 《诗经·商颂》[1[12]] 结构的词汇构成排序

序号	词汇构成	例句	数量 / 行	百分比 / %
1	[V[N NN]]	置我鞉鼓	8	17.0
2	[N[V NN]]	我有嘉客	4	8.5
3	[V[N[V N]]]	绥我思成	3	6.4
4	[V[N[X N]]]	何天之休	3	6.5
5	[C[V NN]]	裒荆之旅	2	4.3
6	[M[V[N N]]]	方命厥后	2	4.4
7	[V[N[V V]]]	顾予烝尝	2	4.5

[1[12]] 结构由四个字构成，后两字是一个整体。对其句法成分进行分析后发现：出现比例最高的是 [V[N NN]]，共 8 行，占17.0%；其次是 [N[V NN]]，共 4 行，占 8.5%；最后是 [V[N[V N]]]和 [V[N[X N]]] 结构，各 3 行。因此，无论是总数还是具体某类的数量，带宾语的动词结构数量都是最多的。对所有 [1[12]] 结构进行统计，后两字位置由双音名词填充的诗行共有 20 行，由双音动词来填充的诗行共 1 行，无双音形容词出现。那么 [1[12]] 结构中，双音实词的数量和比值如表 2.99 所示：

表 2.99 《诗经·商颂》[1[12]] 结构中双音实词数量和比值

词类	双音名词	双音动词
数量 / 行	20	2
比值	20	1

由此可见，在四字行的 [1[12]] 结构中，后两个字位置如果是由双音词填充，双音名词出现的可能性大约是双音动词的 20 倍。

此外，四字行后三字位置由 [V NN] 填充的共有 7 行，由 [N VV] 填充的共 1 行，这也反映了动词是单音词较多，而名词是双音词较多的现象。

三、《诗经·商颂》[12] 和 [21] 结构的词汇构成

《诗经·商颂》四言诗共有诗行 130 行，包括 [12] 结构的有 47 行，相关句法结构只有 1 种，即 [1[12]] 结构。这一结构中 [12] 结构共 24 种句式，其中 17 种只出现过 1 例，1 种只出现过 2 例，包含 3 例及以上的结构详情如表 2.100 所示：

表 2.100 《诗经·商颂》[1[12]] 结构中 [12] 结构词汇构成和数量

序号	词汇构成	数量 / 行
1	[N NN]	10
2	[V NN]	7
3	[V[N N]]	5
4	[N[V N]]	3
5	[N[X N]]	3

根据以上汇总数据，可归纳出其特点有两个：一是 [12] 结构中的句法成分出现最多的是 [N NN]，且出现在行尾，然后是动宾结构 [V NN]]。二是这一结构中双音名词最多，共出现了 6 次；然后是双音动词，共出现了 1 次；没有出现双音形容词。双音名词数量远远高于双音动词。

四、《诗经·商颂》四言诗的助词及其位置

《诗经·商颂》共有 130 行四言诗，其中 31 行包含助词，含助词的诗行占 23.8%。诗行当中，第一字位置由助词填充的有 5 行，第二字是助词的有 4 行，第三字是助词的有 22 行，第四字是助词的有 1 行，其中第二、第四字同为助词的有 1 行。具体到各结构，助词出现的位置及数量如下：

[22] 结构共 83 行，其中 19 行包含助词，占比为 22.9%，第二字是助词的有 2 行，第三字是助词的有 17 行，第四字是助词的有 1 行，第一字位置没有助词出现，其中第二、第四字同为助词的有 1 行。

[1[12]] 结构共 47 行，其中 12 行含助词，占比为 25.5%。第一字为助词的有 5 行，第二字是助词的有 2 行，第三字是助词的有 5 行，第四字位置没有出现助词。这类结构中没有两个助词在同一行中出现的现象。这两类结构诗行的总行数及包含助词行数对比如表 2.101 所示：

表 2.101 《诗经·商颂》各结构所含助词数量

结构	总行数 / 行	含助词行数 / 行	百分比 / %
四言	130	31	23.8
[22]	83	19	22.9
[1[12]]	47	12	25.5

这一表格揭示了节奏与句法结构之间的关联。与二二节奏相似度排序是 [22] > [1[12]]。[22] 句法结构与二二节奏是完全相匹配的，与 [1[12]] 结构相比，它包含的助词占比更低。[1[12]] 中前两字分属不同的句法成分，后两字作为一个整体属于同一句法成分，如果在第二字之后停顿，语义上不会产生误解，因此这一结构与二二节奏只是接近。含助词数量的百分比由高到低的序列是 [1[12]] > [22]，句法结构越趋近于二二节奏，助词出现的频率越低，否则反之。理论上来说，与二二节奏不匹配的句法结构只能采用词汇手段来与之匹配。如果要使结构接近二二节奏，需要在第一和第三字或者第二和第四字位置同时设置节奏点，这也就是助词可能同现的位置。那么具体到句法结构与二二节奏不匹配的 [1[12]] 结构，可采用助词来调整节奏，但是助词也不是任意出现的，它所出现的位置必须有利于形成语义上的停顿，从而使节奏趋近于二二节奏。从所统计的数据来看，没有助词在同一行中出现的情况。考察助词出现最多的位置，发现助词更倾向于出现在第一字或第三字位置。两类结构中助词出现的具体位置如表 2.102 所示：

表 2.102　《诗经·商颂》中一行一助词的位置

助词位置	第一字	第二字	第三字	第四字	总数 / 行
四言	5	4	22	1	31
百分比 / %	16.1	12.9	71.0	3.2	——
[22]	*	2	17	1	19
百分比 / %	*	10.5	89.4	5.3	——
[1[12]]	5	2	5	*	12
百分比 / %	41.7	16.7	41.7	*	——

　　从理论上说，四个字如要形成二二节奏，则第一和第三字或者第二和第四字作为节奏点，句法上与二二节奏不相匹配的结构可在这些位置放置助词。从同一诗行中出现两个助词的情况来看，只有 [22] 结构中有这一现象，而且只有 1 例，即第二和第四字同时出现助词，这种词汇手段与节奏也是相匹配的。[1[12]] 结构如果要与二二节奏匹配，在实际诗歌创作中可在第二字或者第三字位置放置助词，从而使第一和第二字以及第三和第四字各成一组，形成较完整的语义单位，以便于其节奏趋近二二节奏。实际情况是，这一结构出现助词最多的分别是第一字和第三字位置，没有两个助词在同一诗行中出现的情况。这一情况有利于位于第三字位置的助词把第一、第二字与第三、第四字区分开来，使四字诗行分为两部分，在朗诵时可以在第二字后停顿，促使二二节奏的形成。而第一字位置出现助词，可确保其余部分是一个完整的句法结构 [12]。

五、小结

　　本节对《诗经·商颂》四言诗的词汇句法结构以及助词的数量和位置进行了统计和描写。此类诗句法上的最大特点是结构少，只有两种结构：一种结构与二二节奏吻合，数量约占 63%，其中以主谓结构最多，具体是形容词谓语句最多，而且是双音形容词作谓语。另一结构与二二节奏不吻合，但没有采用助词来形成节奏点，其主要句法结构是动词结构，动词是单音词，宾语中包含双音名词。这一结构中的 [12] 结构主要是名词，多是由双音名词构成。这类诗中双音名词出现了 49 次，双音动词 3 次，双音形容词 17 次。《诗经·商颂》总体上来说，双音形容词数量多，其句法结构与其他类诗的不同在于形容词谓语句较多。

第九节　总结与讨论

　　本章归纳了《诗经》四言诗的词汇和句法结构，主要的句法结构是 [22]，它在不同类型的诗歌中的占比不同，其顺序是《风》（76.4%）>《鲁颂》（65.1%）>《商颂》（63.8%）>《大雅》（54.0%）>《周颂》（53.3%）>《小雅》（52.3%），这一顺序与诗歌创作的年代大致相关。《周颂》和《大雅》主要是西周初的作品，《小雅》主要是西周末的作品，《商颂》《鲁颂》和《风》主要是东周的作品。按时间顺序分析，从西周到东周，诗行中 [22] 结构数量逐步增加，大约增加了 20%；按类型分析，非朝廷官吏创作也非重大典礼用的《风》中 [22] 结构数量最多。《风》大多是民间歌谣，音乐对它的辅助较少，因此它自身必须有较强的节奏，句法结构的安排完成了这一要求，这与本研究的第一条假设是一致的。从 [22] 结构的句法成分看，无论哪类诗，主谓宾句式的数量都是最多的，具体是双音名词作主语，单音动词作谓语，单音名词作宾语。

　　另一句法结构也值得注意，即 [1[12]] 结构，它与二二节奏不统一，但是它的数量居第二位，总体上来说，它不及 [22] 结构的一半，但也有例外情况，例如《小雅·节南山之什》中 [1[12]] 结构的诗行多于 [22] 结构。另外，在《商颂》中只有 [22] 和 [1[12]] 这两种结构。分析它内包的 [12] 结构的组成成分中，动宾式数量最多，其中动词是单音动词，宾语是双音名词，这一结构通常位于行尾。数量相差很大的是 [21] 结构，其没有数量特别多的句式，但是结构中的"2"通常由双音名词构成。从各双音实词出现的次数来看，双音名词为 2823 次，双音形容词为 796 次，双音动词为 287 次，因此，四言诗的节奏主要由句法结构促成，主谓宾结构是数量最多的结构，其词汇构成中，双音名词数量最多。助词对节奏的形成作用不大，从助词位置、数量分析，它的作用主要是填补一个空位从而形成四字一句的诗行。

第三章　四言参照基准的句法词汇特征

　　四言诗一般采用两字一顿的基本节奏，这是一种基本共识，而较少有人进行论证这种节奏是采用什么要素和方法形成的，因此，这一观点仍值得研究和探讨。为探讨这一长期以来的共识，需要采用更新的研究方法。本章将探讨采纳新的量化分析模型的理论基础以及如何建立量化分析模型。

　　要证明《诗经》节奏的构成要素必须了解其性质。《诗经》虽然不是格律诗，但仍具有押韵和节奏等诗的特征，关于《诗经》押韵的研究很多，而对于节奏来说，它处于诗乐一体时代，音乐定其节奏。当音乐资料不能恢复之时，音乐对其节奏的影响仍可在诗歌文本中找到线索，那就是诗人会有意识地调整语言结构来配合节奏的停顿。但是还需要验证的是，这些语言结构的调整是语言本身的影响还是诗人有意创作行为。为解决这一问题，俄罗斯的诗歌韵律统计学派提出，为区分词条、句法或构词等诸多因素所带来的影响，从而进行诗歌韵律的量化分析，必须首先构建一个用以对照的基准线（宋晨清，2016：73）。这一基准线能反映语言特性所带来的影响。因此，在研究汉语诗歌时，即使诗人并非有意采用某种句法结构和词汇，其句法结构和词汇也不是任意出现的。研究诗歌的节奏是如何受句法和词汇影响的，必须区分语言本身的制约，以及诗人有意利用的语言因素。诗歌实际上是语言自身的因素以及诗人利用这些因素有意创作的两种合力叠加而产生的结果。研究者必须区分这两种作用力，把诗人有意利用的语言因素提取出来。这就是本书研究的目标。

　　基于以上思路，本研究建构了诗歌节奏影响因素模型。本模型受宋晨清（2016）的声调分布的影响因素的启发而建构。宋晨清的模型分为三个层次，核心层是表示声调在完全随机和任意排列的情况下的分布。而本模型认为诗行的语法结构不可能是任意的，但是诗歌语言既具有非韵文文本的语言特点，同时由于艺术和文体的要求，又具有诗歌创作的独有特征，因此，本研究的模型只分为这两个层次。第一层表示句法、音系和构词等语言因素的影响，第二层表示诗人有意安排的影响。这个两层次的模型较全面地概括了影响节奏的各类因素，同时也说明了这两者的合力最终决定了节奏的形成。本研究主要的目标就是剥离出第二层，研究思路是利用诗歌文本和非诗歌文本的对比，找出两者的差异，从而找到第一层和第二层的分界线。因此，我们要总结出诗歌的节奏特点，有必要进行两类文本的比较，即诗歌文本的语言特点和非诗歌文本语言特点。理论上来说，非诗歌文本应当属于同一时期的非韵文文本，而且，这些文本与同时期的诗歌文本具有相同的语言特征。本书的假设是两者的差异就能证明第二层的影响，而两者的共性，揭示了当时的语言特征。

　　本章的研究以大致与《诗经》同期的散文为文本建立参照基准。先秦诸子著述中，非韵文之一是《孟子》，文章说理畅达，气势充沛并长于论辩，逻辑严密，尖锐机智，代表传统散文写作的最高峰。本章根据杨伯峻（1960）译注的《孟子》中的句读，提取了所有的四字行，作为参照项，比较诗歌与散文句法与词汇之间是否有差异等，从而探索《诗经》是否有意识地运用了语言自身的特点来建立节奏。

第一节　《孟子》四字行的句法和词汇特征

《孟子》四字行共 1751 行，句法结构一共 9 种，包括 [22]693 行，[1[12]]548 行，[[12]1]330 行，[1[21]]61 行，[[21]1]60 行，[13]9 行，[31]43 行，[1111]6 行，[211]1 行。各句法结构、数量等如表 3.1 所示：

表 3.1　《孟子》四字行句法结构、数量及百分比

序列	结构	数量 / 行	百分比 / %
1	[22]	693	39.6
2	[1[12]]	547	31.2
3	[[12]1]	327	18.7
4	[1[21]]	64	3.7
5	[[21]1]	61	3.5
6	[31]	43	2.5
7	[13]	9	0.5
8	[1111]	6	0.3
9	[211]	1	0.06
汇总	—	1751	—

从以上数据来看：四字行中出现最多的句法结构是 [22]，占比是 39.6%；然后是 [1[12]]，约占 31.3%；数量急剧下降的结构是 [[12]1]，约占 18.8%；其他结构如 [1[21]]、[[21]1]、[13]、[31]、[1111]、[211] 数量很少，只占 10% 左右。从理论上来说，四字行可能的结构有 10 种，它们分别是 [1111]、[1[12]]、[[11]2]、[[12]1]、[1[21]]、[[21]1]、[2[11]]、[22]、[13] 和 [31]，每种结构可能出现的比例是 10%，从《孟子》的句法结构分析可知，没有出现的是 [[11]2]。为什么没有出现？可能是因为 [[11]2] 和 [22] 结构很接近，也较易转为 [22] 结构。

一、《孟子》[22] 结构的句法和词汇特征

句法结构为 [22] 最多，共 693 行，占 39.6%；然后是 [1[12]]，占 31.3%。接下来主要分析这两种句法结构。

[22] 的句法结构有 114 种，具体如下（结构后的数字表示此结构的行数）：

主谓结构（306 行）（30 种结构）

S+V 结构（123 行）（13 种结构）[[N V][B V]]1　[[N V][M V]]2 [[N V][N V]]4　[N V]XX]1　[[V N][B V]]9　[[W V][N V]]2　[CC[N V]]1 [NN VV]50　[NN[B V]]27　[NN[M V]]14　[NN[N V]]5　[NN[V V]]6 [NN[X V]]1

S+N 结构（8 行）（7 种结构）[[N V]NN]1　[[N X][N X]]1　[[V N] [W N]]1　[[V N]NN]1　[NN[B N]]1　[NN[C N]]2　[NN[M N]]1

S+V+O 结 构（128 行）（2 种 结 构）[[B A][V N]] 1　[NN[V N]]127

S+A 结构（47 行）（8 种结构）[[C N]AA]1　[[N X][A X]]1　[[V N][B A]]6　[NN AA]10　[NN[B A]]18　[NN[C A]]1　[NN[M A]]9　[NN[N A]]1

名词结构（132 行）（16 种结构）

[[A X][N X]] 4　[[A X]NN]3　[[B A][M N]]1　[[B A][X N]]1　[[M N][M N]]3　[[M N][X N]]2　[[N A][X N]]1　[[N V][X N]]1　[[V N][X N]]6　[[X N][X N]]1　[AA[X N]]1　[CC NN]1　[CC[A N]]1　[NN NN]36 [NN[P N]]2　[NN[X N]]68

动词结构（237 行）（54 种结构）

无宾语动词结构（72 行）（31 种结构）[[A X][V X]]2　[[B A][C V]] 2　[[B N][C V]]1　[[B V][B V]]2　[[B V][P N]] 9　[[B V]XX] 2　[[B X][V V]]1　[[M V][C V]]1　[[M V][M V]]2　[[M V][P N]]1　[[N V][C V]] 3　[[P N][C V]]1　[[P N][W V]]2　[[V M][V M]]1　[[V N]VV]1　[[V

V]XX]1 [[W V]XX]1 [AA[C V]]1 [CC[M V]]1 [CC[V V]]2 [MM VV]1 [MM[C V]]1 [MM[M V]]1 [MM[V V]]1 [NN[C V]]11 [VV VV]4 [VV[B V]]5 [VV[C V]]2 [VV[M V]]3 [VV[P N]]5 [WW VV]1

有宾语动词结构（165 行）（23 种结构）[[A X][V N]] 1 [[B N] [V N]] 1 [[M V][V N]]1 [[M V]NN]3 [[P N][V N]]23 [[P V][V N]]1 [[V N][C N]]1 [[V N][C V]]17 [[V N][M V]]2 [[V N][P N]]13 [[V N][V N]]65 [[V N]AA]1 [[V N]XX]1 [[V X][C V]]3 [[V X][V N]]2 [[V X] NN]3 [[W P][V N]]1 [[W V][B N]]4 [CC[V N]]10 [MM[V N]]1 [VV NN]5 [VV[V N]]3 [WW[V N]]3

形容词结构（11 行）（10 种结构）

[[A W][A W]]1 [[B A][B A]]1 [[M A][M A]]2 [[V N][C A]]1 [[X A]XX]1 [AA[M A]]1 [BB[B A]]1 [CC AA]1 [MM AA]1 [VV[C A]]1

介词结构（3 行）（1 种结构）

[[P N][P N]]3

其他（4 行）（2 种结构）

[[V N]WW]2 [NN[W N]]2

[22] 结构一共有 693 行，其中主谓结构 306 行，动词结构 237 行，名词结构 132 行，形容词结构 11 行，介词结构 3 行。从各类结构的占比来说，主谓结构占 44.2%，动词结构占 34.2%，名词结构占 19.0%，形容词结构占 1.6%，介词结构占 0.4%。动词结构内部细分为有宾语动词结构和无宾语动词结构，其中有宾语动词结构 165 行，所占比例是 23.8%，无宾语动词结构 72 行，所占比例是 10.4%。各类句法结构、数量等总结如表 3.2 所示：

表 3.2 《孟子》四字行 [22] 结构中句法结构、数量、百分比和种类

排序	结构		例句	行数 / 行	百分比 / %	结构种类 / 种
1	主谓结构	S+V+O	庶民攻之	128	18.5	2
		S+V	右师往吊	123	17.8	13

续表

排序	结构		例句	行数 / 行	百分比 / %	结构种类 / 种
		S+A	壤地褊小	47	6.8	8
		S+N	巫匠亦然	8	1.2	7
2	动词结构	有宾语动词结构	经之营之	165	23.8	23
		无宾语动词结构	斋戒沐浴	72	10.4	31
3	名词结构	—	大国五年	132	19.0	16
4	形容词结构	—	至大至刚	11	1.6	10
5	介词结构	—	自西自东	3	0.4	1
6	其他	—	好乐何如	4	0.6	2

从以上表格的数据来看：[22] 结构中数量最多的是主谓结构，其中又以 S+V+O 和 S+V 居多，其次是 S+A，最少的是 S+N；动词结构占比是 34.2%，其中带宾语的 V+N 结构占 23.8%，远远多于不带宾语的动词结构；接下来是名词结构，占比是 19.0%，比动词结构低 15.2%；形容词结构最少，只有 1.6%。总体上来说，主谓结构和短语结构大约各占 半。每 具体的句法结构总数排序如表 3.3 所示：

表 3.3 《孟子》四字行 [22] 结构的句法结构总数排序

序号	结构	例句	行数 / 行	百分比 / %	结构种类 / 种
1	有宾语动词结构	经之营之	165	23.8	23
2	名词结构	大国五年	132	19.0	16
3	S+V+O	庶民攻之	128	18.5	2
4	S+V	右师往吊	123	17.8	13
5	无宾语动词结构	斋戒沐浴	72	10.4	31
6	S+A	壤地褊小	47	6.8	8
7	形容词结构	至大至刚	11	1.6	10
8	S+N	巫匠亦然	8	1.2	7
9	其他	好乐何如	4	0.6	2

序号	结构	例句	行数 / 行	百分比 / %	结构种类 / 种
10	介词结构	自西自东	3	0.4	1

以上数据显示，占比较高的是动词结构 V+N、名词结构、S+V+O 和 S+V，约占总数的 80%。进一步统计各句法成分的数量，不计行数只有 1—5 行的结构，行数在 9 行及以上的结构，其总数和占比如表 3.4 所示：

表 3.4　《孟子》四字行词汇构成和数量

序号	词汇构成	例句	数量 / 行	百分比 / %
1	[NN[V N]]	庶民攻之	127	18.3
2	[NN[X N]]	万乘之国	68	9.8
3	[[V N][V N]]	缘木求鱼	65	9.4
4	[NN VV]	禽兽逃匿	50	7.2
5	[NN NN]	古公亶父	36	5.2
6	[NN[B V]]	饥者弗食	27	3.9
7	[[P N][V N]]	以小易大	23	3.3
8	[NN[B A]]	诸侯不仁	18	2.6
9	[[V N][C V]]	保民而王	17	2.5
10	[NN[M V]]	父母俱存	14	2.0
11	[[V N][P N]]	树之以桑	13	1.9
12	[NN AA]	草木畅茂	10	1.4
13	[CC[V N]]	然后察之	10	1.4
14	[NN[M A]]	天下大悦	9	1.3

各句法成分的数量和百分比的对比显示，[NN[V N]] 占比最高，远远高于排序第二的 [NN[X N]]，前者几乎是后者的 2 倍。

此外，数量最多的 [NN[V N]] 是 S+V+O 结构，共 127 行，是 S+V+O 结构中的主要形式，这一结构的特点是主语是双音名词，谓语是一个字的动词，宾语是一个字的名词；含双音名词的其他几种结构是 [NN[X N]]、[NN VV]、[NN NN]、[NN[B V]]、[NN[B A]]、[NN[M V]]、[NN AA] 和 [NN[M A]]，共 9 种。以上共 14 种结构，所以含双音名词的结构的占比是 64.2%。相比较而言，双音动词的结构只有 [NN VV]，共 50 行，占比是 7.2%，远远低于双音名词。双音形容词的结构只有 [NN AA]，共 10 行，占比是 1.4%，数量很少。双音连词的结构只有 [CC[V N]]，也是 10 行，占比是 1.4%，数量也是很少。因此，以上数据显示，[22] 结构主要由 [× × ○○]、[× ○ × ○] 和 [× × ○△] 三种形式构成，尤其以 [× × ○△] 式居多，[× × ○△] 与前两种结构比较，均是它们的 2 倍以上。

在所有的四字行中：含 NN 的共 789 行，其中包括 36 行 [NN NN] 结构；含 VV 的结构共 112 行，其中包括 4 行 [VV VV] 结构；含 AA 的结构共 24 行，无 [AA AA] 结构；含 CC 的结构共 19 行，无 [CC CC] 结构。在 [22] 结构中：含 NN 的结构共 409 行，其中包括 36 行 [NN NN] 结构；含 VV 的结构共 81 行，其中包括 4 行 [VV VV] 结构；含 AA 的结构共 17 行，无 [AA AA] 结构；含 CC 的结构共 19 行，无 [CC CC] 结构。各类双音词在四字行中出现的数量以及具体到 [22] 结构中出现的数量对比如表 3.5 所示：

表 3.5 《孟子》四字行 [22] 结构中双音实词数量和比值

	总数 / 行	[22] 中的数量 / 行
双音名词	789	409
双音动词	112	81
双音形容词	24	17
双音连词	19	17
汇总	944	524

从以上表格的对比可知，[22] 结构的三种形式即 [× × ○○]、[× ○ × ○] 和 [× × ○△]，× × 位置主要由双音名词来填充，且占绝大多数，其次是双音动词，再次是双音形容词和双音连词。从汇总数据来看，含双音词的共 944 行，而 [22] 结构中，诗行中含

双音词的共 524 行，占总数的 55.5%。因此，四个字一行，如果其中包含双音词，且位于首或尾位置，有一半的可能形成 [22] 结构。

二、《孟子》四字行 [1[12]] 结构的句法和词汇特征

[1[12]] 共 547 行，其句法结构有 136 种，其具体的句法成分和数量总结如下（结构后的数字表示此结构的行数）：

主谓结构（201 行）（47 种结构）

S+V 结构（32 行）（17 种结构）

[C[N VV]]1 [C[N[B V]]]2 [C[N[M V]]]1 [M[N VV]]1 [N[B[M V]]]2 [N[B[V V]]]2 [N[C[B V]]]2 [N[M VV]]1 [N[M[B V]]]1 [N[M[M V]]]1 [N[M[N V]]]4 [N[M[V V]]]1 [N[N[M V]]]2 [N[N[X V]]]1 [N[V[P N]]]8 [N[W[V V]]]1 [X[M[N V]]]1

S+N 结构（5 行）（4 种结构）[N[C NN]]1 [N[M NN]]2 [N[X[B N]]]1 [X[N NN]]1

S+V+O 结构（152 行）（20 种结构）

[A[B[V N]]]1 [C[N[V N]]]5 [M[N[V N]]]5 [N[B[V A]]]1 [N[B[V N]]]14 [N[C[V N]]]11 [N[M[V N]]]28 [N[N[V N]]]2 [N[V MN]]3 [N[V NN]]48 [N[V[M N]]]3 [N[V[N A]]]1 [N[V[N V]]]3 [N[V[V N]]]7 [N[V[X N]]]1 [W[V[N V]]]2 [W[V[V N]]]9 [W[V NN]]4 [W[V[B V]]]3 [X[N[V N]]]1

S+A 结构（12 行）（6 种结构）

[C[N AA]]5 [C[N[M A]]]2 [N[B[B A]]]1 [N[C[B A]]]1 [N[M[B A]]]2 [N[M[M A]]]1

名词结构（42 行）（13 种结构）

[B[B NN]]2 [C[B NN]]1 [C[N[X N]]]1 [M[M NN]]3 [M[N NN]]3 [M[V[X N]]]1 [N[N NN]]1 [N[P NN]]4 [N[X NN]]14 [N[X VV]]2 [N[X[M V]]]2 [N[X[P N]]]1 [N[X[V N]]]7

动词结构（291 行）（65 种结构）

无宾语动词结构（75 行）（24 种结构）

[B[V[C V]]]1 [B[V[M V]]]2 [B[V[P V]]]2 [B[X VV]]1 [B[X[B V]]]1 [C[B[P V]]]1 [C[B[V V]]]3 [C[M[B V]]]1 [C[P[B V]]]1 [C[V[B V]]]3 [C[V[C V]]]1 [C[V[P N]]]5 [M[M[B V]]]1 [M[V[P N]]]2 [V[B[V V]]]2 [V[C[B V]]]11 [V[P NN]]29 [V[P[B V]]]1 [V[P[N V]]]1 [V[V[M V]]]1 [V[V[P N]]]2 [V[X[X V]]]1 [X[C VV]]1 [X[V[C V]]]1

有宾语动词结构（216 行）（41 种结构）

[A[C[V N]]]1 [A[V NN]]1 [B[M[V N]]]2 [B[V NN]]33 [B[V[P N]]]5 [B[V[V N]]]5 [C[B[V N]]]5 [C[C[V N]]]1 [C[M[V N]]]2 [C[V NN]]25 [C[V[C N]]]1 [C[V[V N]]]5 [M[C[V N]]]2 [M[P[V N]]]3 [M[V NN]]26 [M[V[N N]]]2 [M[V[V N]]]3 [M[X[V N]]]1 [N[P[V N]]]1 [P[V NN]]2 [V[B NN]]1 [V[B[V N]]]5 [V[C[V N]]]16 [V[C[W A]]]1 [V[M[V N]]]1 [V[N NN]]28 [V[N[B V]]]1 [V[N[C N]]]1 [V[N[M V]]]1 [V[N[V N]]]4 [V[N[X N]]]6 [V[P[V N]]]1 [V[V NN]]8 [V[N[B A]]]2 [V[V[V N]]]2 [V[X[V N]]]1 [W[B[V N]]]2 [W[M[V N]]]4 [X[C[V N]]]1 [X[V NN]]3 [X[V[V N]]]1

形容词结构（8 行）（6 种结构）

[A[C NN]]2 [A[P[B A]]]1 [C[C[B A]]]1 [C[V[X A]]]2 [W[A[P N]]]1 [X[A[P V]]]1

介词结构（6 行）（3 种结构）

[M[P NN]]1 [P[N NN]]2 [P[N[X N]]]3

由此可见，[1[12]] 结构共 547 行，主谓结构 201 行，动词结构 291 行，名词结构 42 行，形容词结构 8 行，介词结构 6 行。其中动词结构占 53.1%，主谓结构占 36.7%，名词结构占 7.7%，形容词结构 1.5%，介词结构占 1.1%。动词结构内部细分为有宾语动词结构和无宾语动词结构，其中有宾动词结构 216 行，所占比例是

39.4%，无宾语动词结构 75 行，所占比例是 13.7%。各类句法结构、数量等如表 3.6 所示：

表 3.6　《孟子》四字行 [1[12]] 结构的句法结构、数量、百分比和种类

排序	结构		例句	行数 / 行	百分比 / %	结构种类 / 种
1	动词结构	有宾语动词结构	不得吾心	216	39.4	41
		无宾语动词结构	则饥而死	75	13.7	24
2	主谓结构	S+V+O	王无罪岁	152	27.7	20
		S+V	惟士为能	32	5.8	17
		S+A	则国空虚	12	2.2	6
		S+N	内则父子	5	0.9	4
3	名词结构	—	今之君子	42	7.7	13
4	形容词结构	—	隘与不恭	8	1.5	6
5	介词结构	—	当纣之时	6	1.1	3

从以上表格的数据来看，[1[12]] 结构中数量最多的是动词结构，然后是主谓结构，接下来是名词结构，最后是形容词和介词结构。动词结构约占总数的 53.1%，其中又以有宾语动词结构最多，占比高达 39.4%，是无宾语动词结构的 3 倍；然后是 S+V+O 结构，约占总数的 27.7%；其他各结构数量较少，所占比例只有 19.2%。每一具体的句法结构总数排序如表 3.7 所示：

表 3.7　《孟子》四字行 [1[12]] 结构的句法结构总数排序

序号	结构	例句	行数 / 行	百分比 / %	结构种类 / 种
1	有宾语动词结构	不得吾心	216	39.4	41
2	S+V+O	王无罪岁	152	27.7	20
3	无宾语动词结构	则饥而死	75	13.7	24
4	名词结构	今之君子	42	7.7	13
5	S+V	惟士为能	32	5.8	17
6	S+A	则国空虚	12	2.2	6
7	形容词结构	隘与不恭	8	1.5	6
8	介词结构	当纣之时	6	1.1	3
9	S+N	内则父子	5	0.9	4

以上数据显示：数量较多的是动词结构中的有宾语动词结构和无宾语动词结构以及 S+V+O，三者达到总数的 80.8%；名词结构、S+V 和 S+A 三者约占总数的 15.7%。进一步统计各句法成分的数量，不计行数只有 1—5 行的结构，行数在 6 行及以上的结构，其总数和占比如表 3.8 所示：

表 3.8 《孟子》四字行 [1[12]] 结构的词汇构成总数排序

序号	词汇构成	例句	数量 / 行	百分比 / %
1	[N[V NN]]	王无罪岁	48	8.8
2	[B[V NN]]	不得吾心	33	6.0
3	[V[P NN]]	放於琅邪	29	5.3
4	[N[M[V N]]]	后必有灾	28	5.1
5	[V[N NN]]	为民父母	28	5.1
6	[M[V NN]]	复见孟子	26	4.7
7	[C[V NN]]	虽有智慧	25	4.6
8	[V[C[V N]]]	知而使之	16	2.9
9	[N[B[V N]]]	朝不信道	14	2.6
10	[N[X NN]]	今之君子	14	2.6
11	[N[C[V N]]]	王如知此	11	2.0
12	[V[C[B V]]	助而不税	11	2.0
13	[W[V[V N]]]	孰能御之	9	1.6
14	[N[V[P N]]]	东败於齐	8	1.5
15	[V[V NN]]	欲辟土地	8	1.5
16	[N[V[V N]]]	王欲行之	7	1.3
17	[N[X[V N]]]	民之悦之	7	1.3
18	[V[N[X N]]]	畏天之威	6	1.1

[1[12]] 结构由四个字构成，后两字是一个整体。对其句法成分进行分析后发现：出现比例最高的是 [N[V NN]]，共 48 行，占 8.8%；其次是 [B[V NN]] 和 [V[P NN]]，这三种结构共占 20.1%，它们的共同点就是后两个字位置是由双音名词填充。对所有 [1[12]] 结构进行统计，后两字位置由两个字的名词填充的共有 230 行，它

们是 [N[V NN]]、[B[V NN]]、[V[P NN]]、[V[N NN]]、[M[V NN]]、[C[V NN]]、[N[X NN]]、[V[V NN]]、[N[P NN]]、[W[V NN]]、[M[M NN]]、[M[N NN]]、[X[V NN]]、[A[C NN]]、[B[B NN]]、[M[V[N N]]]、[N[M NN]]、[P[N NN]]、[P[V NN]]、[A[V NN]]、[C[B NN]]、[M[P NN]]、[N[C NN]]、[N[N NN]]、[V[B NN]]、[X[N NN]]。后两个字位置由双音动词来填充的诗行共 7 行，它们是 [N[X VV]]、[B[X VV]]、[C[N VV]]、[M[N VV]]、[N[M VV]] 和 [X[C VV]]。后两个字位置由双音形容词来填充的诗行共 5 行，它们是 [C[N AA]]。那么 [1[12]] 结构中，由双音实词的数量和比值如表 3.9 所示：

表 3.9　《孟子》四字行 [1[12]] 结构中双音实词数量和比值

词类	双音名词	双音动词	双音形容词
数量 / 行	230	7	5
比值	46	1.4	1

由此可见，在四字行的 [1[12]] 结构中，后两个字位置如果是由双字词填充，双字名词出现的可能性大约是双字动词的 33 倍。

此外，四字行后三字位置由 [V NN] 填充的共有 150 行，它们是 [N[V NN]]、[B[V NN]]、[M[V NN]]、[C[V NN]]、[V[V NN]]、[W[V NN]]、[X[V NN]]、[P[V NN]]、[A[V NN]]。后两字位置由 [V N] 填充的共 160 行，这两种结构的数量差不多，但是只有 9 类结构含 [V NN]，而有 35 类结构含 [V N]。

三、《孟子》四字行 [[12]1] 结构的句法和词汇特征

[[12]1] 共 327 行，其句法结构有 83 种，其具体的句法成分和数量总结如下（结构后的数字表示此结构的行数）：

主谓结构（105 行）（25 种结构）

S+V 结构（43 行）（14 种结构）

[[B[N V]]X]1　[[C[N V]]X]3　[[N NN]V]1　[[N VV]V]1　[[N VV]W]1　[[N VV]X]3　[[N[B V]]X]8　[[N[C N]]V]1　[[N[M V]]X]2　[[N[V V]]X]3　[[N[W V]]X]3　[[N[X V]]X]12　[[W[B V]]X]3　[[X[N V]]X]1

S+N 结构（15 行）（2 种结构）[[N NN]X]13　[[N[W N]]X]2

S+V+O 结构（27 行）（2 种结构）[[N[V N]]V]1　[[N[V N]]X]26

S+A 结构（20 行）（7 种结构）

[[B[N A]]X]1　[[N[B A]]X]11　[[N[C A]]X]4　[[N[M A]]X]1　[[N[X A]]X]1　[[N[X V]]A]1　[[V NN]A]1

名词结构（53 行）（10 种结构）

[[B NN]X]7　[[B[B N]]X]1　[[M NN]X]2　[[M[B N]]X]1　[[N NN]N]2　[[N[C N]]X]1　[[N[V N]]N]4　[[N[X N]]X]20　[[V NN]N]14　[[W[M N]]X]1

动词结构（151 行）（40 种结构）

无宾语动词结构（55 行）（24 种结构）

[[B VV]V]1　[[B VV]X]1　[[B[B V]]X]2　[[B[M V]]X]2　[[B[V V]]X]8　[[C NN]V]2　[[C[B V]]X]5　[[C[M V]]X]2　[[C[V A]]X]1　[[C[V V]]X]1　[[M VV]X]2　[[M[B V]]X]1　[[M[M V]]X]1　[[M[V V]]X]2　[[M[X V]]X]8　[[P NN]V]2　[[V[B V]]X]4　[[V[C V]]X]1　[[V[M V]]X]1　[[V[P N]]V]2　[[V[V V]]X]3　[[V[X V]]X]1　[[W[M V]]X]1　[[W[V V]]X]1

有宾语动词结构（96 行）（16 种结构）

[[B[V N]]X]9　[[C[V N]]X]8　[[M[V N]]V]2　[[M[V N]]X]8　[[V NN]V]7　[[V NN]X]33　[[V[M N]]X]3　[[V[N A]]X]2　[[V[N N]]X]1　[[V[N V]]X]3　[[V[V N]]V]1　[[V[V N]]X]9　[[V[V W]]X]2　[[V[W N]]X]2　[[W[V N]]X]5　[[X[V N]]X]1

形容词结构（14 行）（7 种结构）

[[B[C A]]X]1　[[B[M A]]X]7　[[B[P A]]X]1　[[M AA]X]1　[[M[B A]]X]1　[[M[C A]]X]1　[[V[B A]]X]2

187

介词结构（4行）（1种结构）

[[P NN]X]4

以上数据显示，[[12]1] 结构一共 327 行。对其句法结构分析可知，动词结构 151 行，主谓结构 105 行，名词结构 53 行，形容词结构 14 行，介词结构 4 行。从各类结构的占比来说，动词结构占 46.2%，主谓结构占 32.1%，名词结构占 16.2%，形容词结构占 4.3%，介词结构占 1.2%。动词结构内部细分为有宾语动词结构和无宾语动词结构，其中有宾动词结构 96 行，所占比例是 29.4%，无宾语动词结构 55 行，所占比例是 16.8%。各类句法结构、数量等如表 3.10 所示：

表 3.10 《孟子》四字行 [[12]1] 结构的句法结构、数量、百分比和种类

排序	结构		例句	行数／行	百分比／%	结构种类／种
1	动词结构	有宾语动词结构	未闻道也	96	29.4	16
		无宾语动词结构	不可得已	55	16.8	24
2	名词结构	—	仁之端也	53	16.2	10
3	主谓结构	S+V	君无见焉	43	13.1	14
		S+V+O	吾闻之也	27	8.3	2
		S+A	非心服也	20	6.1	7
		S+N	是禽兽也	15	4.6	2
4	形容词结构	—	不亦宜乎	14	4.3	7
5	介词结构	—	当是时也	4	1.2	1

从以上表格的数据来看：[[12]1] 结构中数量最多的是动词结构，约占总数的 46.2%；其次是名词结构，占比是 16.2%；再次是主谓结构，占比是 32.1%；最后是形容词和介词结构，两者数量极少，分别占 4.3% 和 1.2%。每一具体的句法结构总数排序如表 3.11 所示：

表 3.11 《孟子》四字行 [[12]1] 结构的句法结构总数排序

排序	结构	例句	行数 / 行	百分比 / %	结构种类 / 种
1	有宾语动词结构	未闻道也	96	29.4	16
2	无宾语动词结构	不可得已	55	16.8	24
3	名词结构	仁之端也	53	16.2	10
4	S+V	君无见焉	43	13.1	14
5	S+V+O	吾闻之也	27	8.3	2
6	S+A	非心服也	20	6.1	7
7	S+N	是禽兽也	15	4.6	2
8	形容词结构	不亦宜乎	14	4.3	7
9	介词结构	当是时也	4	1.2	1

　　以上数据显示：动词结构接近半数，约占总数的 46.2%，其中又以有宾语动词结构最多，占比高达 29.4%；其次是无宾语动词结构，约占总数的 16.8%；再次是名词结构，约占 16.2%；从次是主谓结构，其中的 S+V 结构占比 13.1%，S+V+O 结构占比 8.3%，S+A 结构占比 6.1%；最后是其他结构，数量较少，如主谓结构中的 S+N、形容词结构和介词结构，占比分别是 4.6%、4.3% 和 1.2%。

　　进一步统计各词汇构成的数量，不计行数只有 1—5 行的结构，行数在 6 行及以上的结构，其总数和占比如表 3.12 所示：

表 3.12 《孟子》四字行 [[12]1] 结构中词汇构成总数排序

序号	词汇构成	例句	数量 / 行	百分比 / %
1	[[V NN]X]	避水火也	33	10.1
2	[[N[V N]]X]	万取千焉	26	8.0
3	[[N[X N]]X]	仁之端也	20	6.1
4	[[V NN]N]	若寡人者	14	4.3
6	[[N NN]X]	吾土地也	13	4.0
7	[[N[B A]]X]	是不智也	11	3.4
8	[[N[X V]]X]	此之谓也	11	3.4
9	[[V[V N]]X]	欲有谋焉	9	2.8
10	[[B[V N]]X]	不为小矣	9	2.8

序号	词汇构成	例句	数量／行	百分比／%
11	[[N[B V]]X]	势不行也	8	2.4
12	[[M[X V]]X]	未之有也	8	2.4
13	[[C[V N]]X]	则师之矣	8	2.4
14	[[B[V V]]X]	不可得已	8	2.4
15	[[B[M A]]X]	不亦宜乎	7	2.1
16	[[B NN]X]	非正命也	7	2.1
17	[[V NN]V]	召大师曰	7	2.1

　　[[12]1] 结构由四个字构成，第二和第三字位置是一个整体。对其句法成分进行分析后发现：出现比例最高的是 [[V NN]X]，共 33 行，占 10.1%；其次是 [[N[V N]]X] 和 [[N[X N]]X]；这 3 种结构共占 24.2%。此外，第二和第三字位置由双音名词填充的共有 88 行，它们是 [[B NN]X]、[[C NN]V]、[[M NN]X]、[[N NN]N]、[[N NN]V]、[[N NN]X]、[[P NN]V]、[[P NN]X]、[[V NN]A]、[[V NN]N]、[[V NN]V]、[[V NN]X]。由双音动词填充的共有 9 行，它们是 [[B VV]V]、[[B VV]X]、[[M VV]X]、[[N VV]V]、[[N VV]W]、[[N VV]X]。由双音形容词填充的只有 1 行，即 [[M AA]X]。那么在 [[12]1] 结构中，双音实词的数量和比值如表 3.12 所示：

表 3.13　《孟子》四字行 [[12]1] 结构中双音实词数量和比值

词类	双音名词	双音动词	双音形容词
数量／行	88	9	1
比值	88	9	1

　　由此可见，在四字行的 [[12]1] 结构中，第二字和第三字两个位置，如果是由双字词填充，双音名词出现的可能性最大，大约是双音动词的 10 倍和双音形容词的 88 倍。

　　这一结构还有一特点是最后一个字位置是由助词填充的情况较多，高达 283 行，占比是 86.5%，共 68 种结构。如果不计最后一个助词，这就变成了一个 [12] 结构。

四、《孟子》四字行 [12] 和 [21] 结构的词汇构成

《孟子》四字行共有 1757 行，包括 [12] 结构的有 874 行，相关句法结构有 2 种，它们分别是 [1[12]] 和 [[12]1]。其中 [1[12]] 结构有 547 行，[[12]1] 结构 327 行。[1[12]] 中 [12] 有 64 种句式，只出现过 1 例的有 22 种，只出现过 2 例的有 12 种，出现次数最多的是动宾结构，它的动词是单音动词，宾语是双音名词。包含 3 例及以上的结构详情归纳如表 3.14 所示：

表 3.14 《孟子》[1[12]] 结构中 [12] 结构的词汇构成和数量

序号	词汇构成	数量 / 行
1	[V NN]	150
2	[M[V N]]	37
3	[N NN]	35
4	[P NN]	34
5	[C[V N]]	32
6	[V[V N]]	32
7	[B[V N]]	27
8	[V[P N]]	22
9	[N[V N]]	17
10	[X NN]	14
11	[C[B V]]	13
12	[N[X N]]	10
13	[X[V N]]	9
14	[B[V V]]	7
15	[V[B V]]	6
16	[M NN]]	5
17	[M[N V]]	5
18	[N AA]	5
19	[P[V N]]	5
20	[B NN]	4
21	[N[M V]]	4
22	[V[N V]]	4

序号	词汇构成	数量 / 行
23	[C NN]	3
24	[M[B V]]	3
25	[N[B V]]	3
26	[V MN]	3
27	[V[C V]]	3
28	[V[M N]]	3
29	[V[M V]]	3
30	[X VV]	3

《孟子》[[12]1] 中 [12] 结构共 68 种句式，只出现过 1 例的有 24 种结构，出现过 2 例的有 16 种结构，出现次数最多的是动宾结构，它们是单音动词和双音名词的组合。包含 3 例及以上的结构详情归纳如表 3.15 所示：

表 3.15 《孟子》[[12]1] 结构中 [12] 结构的词汇构成和数量

序号	词汇构成	数量 / 行
1	[V NN]	55
2	[N[V N]]	31
3	[N[X N]]	20
4	[N NN]	16
5	[N[X V]]	13
6	[N[B A]]	11
7	[M[V N]]	10
8	[V[V N]]	10
9	[B[V N]]	9
10	[B[V V]]	8
11	[C[V N]]	8
12	[M[X V]]	8
13	[N[B V]]	8
14	[B NN]	7
15	[B[M A]]	7
16	[P NN]	6

序号	词汇构成	数量／行
17	[C[B V]]	5
18	[N VV]	5
19	[W[V N]]	5
20	[N[C A]]	4
21	[V[B V]]	4
22	[C[N V]]	3
23	[N[V V]]	3
24	[N[W V]]	3
25	[V[M N]]	3
26	[V[N V]]	3
27	[V[V V]]	3
28	[W[B V]]	3

汇总《孟子》[12] 结构，共有 31 种结构只有 1 例，16 种结构只有 2 例，含 3 例及以上的结构详情如表 3.16 所示：

表 3.16 《孟子》[12] 结构的词汇构成和数量

序号	词汇构成	数量／行
1	[V NN]	205
2	[N NN]	51
3	[N[V N]]	48
4	[M[V N]]	47
5	[V[V N]]	42
6	[P NN]	40
7	[C[V N]]	40
8	[B[V N]]	36
9	[N[X N]]	30
10	[V[P N]]	24
11	[C[B V]]	18
12	[B[V V]]	15
13	[X NN]	14
14	[N[X V]]	14

序号	词汇构成	数量／行
15	[N[B V]]	11
16	[N[B A]]	11
17	[B NN]	11
18	[X[V N]]	10
19	[V[B V]]	10
20	[M[X V]]	8
21	[V[N V]]	7
22	[N VV]	7
23	[B[M A]]	7
24	[V[M N]]	6
25	[N[M V]]	6
26	[W[V N]]	5
27	[P[V N]]	5
28	[N AA]	5
29	[M[N V]]	5
30	[M NN]]	5
31	[C NN]	5
32	[V[M V]]	4
33	[V[C V]]	4
34	[V[B A]]	4
35	[N[C A]]	4
36	[M[B V]]	4
37	[B[M V]]	4
38	[X VV]	3
39	[W[B V]]	3
40	[V[V V]]	3
41	[V[N N]]	3
42	[V[N A]]	3
43	[V MN]	3
44	[N[W V]]	3
45	[N[V V]]	3

序号	词汇构成	数量／行
46	[N[M A]]	3
47	[N[C N]]	3
48	[M[V V]]	3
49	[M[B A]]	3
50	[C[N V]]	3

汇总数据呈现两大特点：一是 [12] 结构中的句法成分出现最多的是动宾结构，由单音动词和双音名词组成，主要出现在行尾，其数量占总数的 23%；其次是名词结构，它的数量只有动宾结构的 25%。二是这一结构中双音名词最多，共出现了 333 次；其次是双音动词，共出现了 23 次；最后是双音形容词，共出现了 6 次。这三大类实词出现的频率相差很大。

接下来分析内包的 [21] 结构。《诗经·风》包括 [21] 结构的有 125 行，相关句法结构有 2 种，它们分别是 [1[21]] 和 [[21]1]，其中 [1[21]] 共 64 行。包含 [21] 结构的句式有 23 种，其中含 1 例的结构有 9 种，含 2 例的结构有 5 种，包含 3 例及以上的结构详情如表 3.17 所示：

表 3.17 《孟子》[1[21]] 结构中 [21] 结构的词汇构成和数量

序号	结构	数量／行
1	[NN V]	9
2	[NN N]	6
3	[[V N]N]	5
4	[[V X]V]	5
5	[VV N]	5
6	[[P N]V]	4
7	[[V N]V]	4
8	[[V N]W]	4
9	[[V X]N]	3

[[21]1] 结构共 61 行，包含 [21] 结构的句式有 20 种，其中有 9

种只有1例，有3种只有2例，包含3例及以上的结构详情如表3.18所示：

表 3.18　《孟子》[[21]1] 结构中 [21] 结构的词汇构成和数量

序号	结构	数量／行
1	[[V N]N]	8
2	[N N V]	8
3	[N N N]	7
4	[V V N]	6
5	[[P N]V]	5
6	[V N]V]	5
7	[W W A]	4
8	[[V N]A]	3

汇总包含 [21] 结构，其中 15 种结构只有 1 例，5 种结构只有 2 例，包含 3 例及以上的结构的详情如表 3.19 所示：

表 3.19　《孟子》中 [21] 结构的词汇构成和数量

序号	词汇成分	数量／行
1	[N N V]	17
2	[N N N]	13
3	[[V N]N]	13
4	[V V N]	11
5	[V N]V]	9
6	[[P N]V]	9
7	[[V X]V]	5
8	[[V X]N]	5
9	[W W A]	4
10	[V V V]	4
11	[[V N]W]	4
12	[[V N]X]	3
13	[[V N]A]	3

以上汇总数据有两个特点：一是 [21] 结构中的句法成分出现最

多的是主谓结构，主语是双音名词，谓语是单音动词，而且主要是出现在行首；其次是名词结构，出现在行首和行末的频率相当。二是这一结构中双音名词占大多数，共出现了 34 次；其次是双音动词，共出现了 17 次；最后是双音形容词，共出现了 2 次。

对比包含 [12] 和 [21] 结构的数据，包含 [12] 结构的诗行共有 874 行，而包含 [21] 结构的只有 125 行，前者约是后者的 7 倍，数量相差极大。两者在句法结构上的差别是动宾结构的数量远远大于主谓结构，而且 [12] 结构中动宾结构的数量占绝对优势，[21] 结构中各类结构的数量则相差不大。对其词汇成分进行分析后发现，两种结构的相同点是双音名词数量是最多的。

五、《孟子》四字行助词的位置

《孟子》中的四字行共有 1751 行，其中包含助词的共有 521 行，占比为 29.8%。如果一行中只有一个助词，则第一字是助词的有 17 行，第二字是助词的有 96 行，第三字是助词的有 116 行，第四字是助词的有 352 行；如果一行中出现二个助词，则第一和第三字同为助词的有 2 行，第一和第四字同为助词的有 3 行，第二和第四字同为助词的有 48 行，第三和第四字同为助词的有 8 行；如果一行中出现 3 个助词，则位置是，第一、第三字和第四字同为助词的有 1 行。不存在的情况是第一和第二字同为助词、第二和第三字同为助词。

细分 [22]、[1[12]] 和 [[12]1] 这三种结构中助词出现的位置如下：

[22] 结构共 693 行，其中 110 行包含助词，如果一行中助词出现 1 次，则第一字为助词的有 2 行，第二字是助词的有 21 行，第三字是助词的有 89 行，第四字是助词的有 15 行。如果一行中助词出现 2 次，则第一和第三字同为助词的有 1 行，第二和第四字同为

助词的有 8 行，第三和第四字同为助词的有 7 行。如果一行中助词出现三次，则第一、第三字和第四字同为助词的有 1 行。不存在的情况是第一和第二字同为助词、第二和第三字同为助词。

[1[12]] 结构共 547 行，其中 58 行含助词，如果一行中助词出现 1 次，则第一字为助词的有 11 行，第二字是助词的有 32 行，第三字是助词的有 15 行。不存在的情况是第四字位置出现助词以及任意两个位置出现助词。

[[12]1] 结构共 327 行，其中 285 行含助词，如果一行中助词出现 1 次，则第一字为助词的有 2 行，第二字是助词的有 41 行，第四字是助词的有 284 行。如果一行中助词出现 2 次，则第一和第四字同为助词的有 2 行，第二和第四字同为助词的有 40 行。不存在的情况是第三字位置出现助词、第一和第二字同为助词、第一和第三字同为助词、第二和第三字同为助词、第三和第四字同为助词以及一行中助词出现三次。

三类结构总行数及包含助词和行数对比如表 3.20 所示：

表 3.20　《孟子》四字行各结构所含助词数量

结构	总行数 / 行	含助词行数 / 行	百分比 / %
[22]	693	110	15.9
[1[12]]	547	58	10.6
[[12]1]	327	285	87.6

[22]、[1[12]] 和 [[12]1] 三类结构含助词数量由多到少的序列是 [[12]1] > [22] > [1[12]]，按与 /22/ 节奏相似度排序是 [22] > [1[12]] > [[12]1]。也就是说，句法结构越趋近于 /22/ 节奏，所含的助词越少。例如，[[12]1] 的句法结构并不构成 /22/ 节奏，这类结构采用的助词最多，用助词来形成停顿标记。如果句法结构是整齐的 [22]，两个字一顿，则较少采用词汇的方式来形成停顿。那么 [1[12]] 和 [[12]1] 这两种结构中，助词最可能出现在哪些位置，才能形成 /22/

这种等时长的节奏呢？[1[12]] 前面两个字并不属于同一个句法成分，而是独自分属不同句法成分，两者是独立的，朗读时可把两者结合在一起，从而形成 /22/ 的节奏，但是，如果第二字是助词的话，朗读时第一和第二字组合在一起，在第二字之后停顿，意义的完整性也没有被破坏，则 /22/ 节奏更加明显。而对于 [[12]1] 结构而言，[[12]1] 中的第二和第三字同属一个句法成分，它们是一个句法整体，不便于在第二字后停顿，从而阻碍形成 /22/ 的节奏，如果第二字是无意义的占位词，那么把第二字分离出来，打破第二字与第三字的整体性，阻碍它们形成完整的意义整体，第二字与第一字组合，也不会出现意义偏差，第三字单独出现也可表达较完整的意义，朗读时第一、第二字连读，实现在第二字后停顿。如果第二字为助词，那么这一整体当中的第三字必定是实词。[22] 句法结构本身已经形成了 /22/ 的节奏，但是包含的助词高于 [1[12]] 结构，因此，归纳三类结构助词出现的具体位置，并列表（见表 3.21）对比如下：

表 3.21 《孟子》四字行中一行一助词的位置

结构	第一字	第二字	第三字	第四字	总数 / 行
四字行	17	96	116	352	521
百分比 / %	3.3	18.4	22.3	67.6	—
[22]	2	21	89	15	127
百分比 / %	1.6	16.5	70.1	11.8	—
[1[12]]	11	32	15	*	58
百分比 / %	19.0	55.2	25.9	0	—
[[12]1]	2	41	*	284	285
百分比 / %	0.7	14.4	0	99.6	—

多个位置同时出现助词情况对比如下：

表 3.22 《孟子》四字行各结构一行中两助词同现的位置

结构	第一、第二字	第一、第三字	第一、第四字	第二、第三字	第二、第四字	第三、第四字	第一、第三、第四字
四字行	*	2	3	*	48	8	1
[22]	*	2	1	*	8	7	1
[1[12]]	*	*	*	*	*	*	*
[[12]1]	*	*	2	*	40	*	*

从总体上来看：《孟子》包含助词的四字行所占比例为 29.8%，助词出现最多的位置是第四字，占比是 67.6%；其次是第三字位置，22.3% 的助词出现于此；再次是第二字位置，18.4% 的助词出现于此；最后是第一字位置，只有 3.3%。具体到各个句法结构当中，差别很大。[22] 结构当中，不是第四字位置而是第三字位置助词出现最多，占比高达 70.1%，其中助词"之"的数量较多，接下来是第二字和第四字位置，但是它们与第三字位置助词的数量相差较大，占比分别相差 53.6% 和 58.3%，而第一字位置的助词数量最少，占比只有 1.6%。[1[12]] 结构中，第四字位置没有助词，而是第二字位置助词数量超过 50%，第一和第三字位置助词数量占比大约是 20%。[[12]1] 结构中 99.6% 的助词都出现在第四字位置，然后是第二字位置，占比约 14.4%，很少出现在第一字位置，占比约 0.7%，不出现在第三字位置。如果把 [1[12]] 和 [[12]1] 中的相同结构 [12] 提取出来对比，其相同点是最后一个字的位置没有助词。

此外，对助词出现在多个位置的情况进行分析后发现，助词同时出现最多的两个位置是第二和第四字位置，尤其是在 [[12]1] 结构中，这样就可使四个字的词性出现"实虚实虚"这样的组合，从而形成二二节奏。那么，类似的组合也可在第一和第三位置同时出现助词，形成词性的"虚实虚实"组合，但是，第二和第四字位置同现助词的数量远远高于第一和第三字位置同现助词的数量，这一现象在此暂归纳为末端标记节奏。此外，第一和第二字以及第二和第三字不会同时出现助词，也就是说，四字行中，行首两字以及行中两字无助词同现，而只有行末两字位置出现助词同现。因此，对于以上现象暂可总结为，助词偏向于出现在末端，例如行末或者二二节奏的末端。可进一步假设，这种节奏标记分节点，并且行末由助词来填充更普遍。

第二节　诗歌文本和参照基准的比较

　　用散文文本建立了参照基准之后，接下来就是将《诗经》四言的句法词汇数据与参照基准文本中的句法词汇数据逐一比较。本书的假设是，如果这两类文本之间存在实质性差异，则这种差异可被认为是诗歌特有的语言特征，而且这些特征是因诗人有意利用而造成的。以《诗经·风》的四言为例，诗行共2234行，把它们与《孟子》四字行的数据进行对比，发现两类文本的句法结构具有两大相同点：一是使用频率最高的前三类是一致的，它们分别是 [22]、[1[12]] 和 [[12]1]；二是细分结构内部成分，含有 [12] 和 [21] 成分，但是前者数量远远超过后者。两类文本不同点在于：一是诗歌文本中 [22] 数量，以《诗经·风》的四言为例，其占比可高达 76.4%，几乎是散文文本的 2 倍；二是诗歌文本中前三项 [22]、[1[12]] 和 [[12]1] 三种结构比值是 19.6∶4.2∶1，而散文文本中三者的比值是 2.9∶1.7∶1，[22] 结构远远多于其他两种结构；三是后几项结构排序不同，百分比不同。

　　另外，从两类文本各结构的句法种类来看，差异也较大。以

《诗经·风》的四言为例，《诗经·风》[22]结构数量是 1707 行，句法种类有 212 种，两者的比值是 8.05；[1[12]]结构数量是 374 行，句法种类有 180 种，两者的比值是 2.1；[12]1]结构数量是 84 行，句法种类有 30 种，两者的比值是 2.8；而《孟子》[22]结构共 693 行，句法种类有 114 种，两者的比值是 6.1；[1[12]]结构共 547 行，句法种类有 136 种，两者的比值是 4.0；[[12]1]结构共 327 行，句法种类有 83 种，两者的比值是 3.9。所以，[22]结构中诗歌文本的句法种类低于散文文本，而其他两种结构中，则诗歌文本的句法种类高于散文文本。

两类文本从词汇上来看：以《诗经·风》四言为例，含双音节名词 NN 的共 1193 行；含双音节动词的结构共 143 行；含双音节形容词的结构共 275 行；无双音节连词的结构。双音节词类出现频率比值为 NN：AA：VV=8.3：1.9：1。具体到 [22] 结构中，含双音节名词 NN 的结构共 974 行；含双音节动词 VV 的结构共 126 行；含双音节形容词 AA 的结构共 261 行。双音节词类出现频率比值为 NN：AA：VV =7.7：2.1：1。就是说使用频率最高的是双音节名词，其次是双音节形容词，最后是双音节动词。并且在 [22] 结构中，各句法成分的数量和百分比的对比显示，[NN[V N]] 占比最高，高达 11.5%，远远高于排序第二的 [NN AA]（4.7%）。此外，双音词是构成 [22] 结构的主体，而且这个双音词位于首尾两端，而不是中间。双音词位于第一、第二位置的有 688 行，位于第三、第四位置的有 117 行，也就是说，双音词更倾向于出现在第一、第二位置。

两类文本所含助词数对比如下：以《诗经·风》为例，共有 2234 行四言诗，其中有 540 行包含助词，含助词的诗行占 24.2%；[22] 结构共 323 行包含助词，含助词的诗行占 19.0%；[1[12]] 结构共 84 行包含助词，含助词的诗行占 22.5%；[[12]1] 结构共 81 行包含助词，含助词的诗行占 96.4%。《孟子》共有 1751 行四字行，其中有 521 行包含助词，含助词的诗行占 29.8%；[22] 结构共 110 行包含助词，含助词的诗行占 15.9%；[1[12]] 结构共 58 行包含助词，含助词的诗行占 10.6%；[[12]1] 结构共 285 行包含助词，含助词的诗行占 87.6%。结构与二二节奏契合度排序是 [22] > [1[12]] > [[12]1]，理论上说，契合度不高的结构，需要采用助词来标注停顿，《风》四言诗数量排名前三的句法结构顺序也与之一样。也就是说，如果要在第二字后产生停顿，形成一个节点，那么与二二节奏契合度最不高的 [[12]1] 结构要采用词汇的手段，具体来说，第二字和第三字是一个整体，属于同一个句法节点，在诵读时要打破这一整体，而不对语义产生太大影响，只有采用助词，形成诵读时的停顿。

《诗经》中还有一类词也值得研究，那就是拟声词。《风》四言中包含重叠拟声词的共 37 行，[22] 结构中有 34 行，其中，两个重叠拟声词位于第一和第二字位置的 23 行，位于第三和第四字位置的 11 行。而在《孟子》中找不到 1 例重叠拟声词，甚至单个字的拟声词也没有。

第三节　总结与讨论

本章试图通过两类文本的对比，找到区分两者的基准线，两者不同的部分才是诗人有意为之的结果——形成二二节奏。节奏的"节"，本指竹节，引申指木节，又引申指事物的分节、分段。诗歌创作目的之一就是用来表演，例如朗读或吟诵，一句之内声音相异对比，各句之间押韵相同，能体现这种音乐的起伏与和谐，正如刘勰在《文心雕龙》中提倡的"异声相从谓之和，同声相应谓之韵"。押韵通常在一行的最后一个音节，行之间押相同的韵构成一种整体的美感，而一句之中音节之间的对立对比体现变化的美感。但是在哪个位置形成对立对比，简单地说，四个字的诗行，在哪个或哪几个字之后可以停顿，形成节奏点。《诗经》时代，尚无声调的平仄来体现二元对立的规律性，汉语也无轻重音来形成突显对立的规律性，这种规律性把相同内容的结构归为一组，然后每组重复出现。那么如何分组，也就是分节，从而形成节奏？汉语有一个特点是一字一音节一音，一个单音节的字，可以形成独立的语义或句法单位，诵读时可在其前或后停顿，有利于形成音节数整齐的诗行，而英文一个词由一个或多个音节组成，诗行有时要把同一个词切分到两行中。吟诵汉语诗歌时，每个音节分配的时长不同，分节处可以把音节的读音拉长，但不能破坏语义或句法结构，这样就要求句法结构和词汇结构与节奏是接近的。

对两类数据进行分析后发现：从句法结构上看，为形成二二节奏，诗歌大量采用的 [22] 结构（占总数的 76.4%）；其次采用的结构是 [1[12]]，占总数的 16.7%。这样两类结构的总数占四言的93.1%。[1[12]] 结构中第一和第二字都是独立的句法成分，朗诵时在它们之前或之后停顿，形成节奏点，不会破坏句法或造成歧义，这也是一个接近二二节奏的句法结构。

另外，还有一种 [[12]1] 结构，占总数的 3.8%。这种结构与二二节奏相去甚远，但是细分其助词所在位置就会发现，[[12]1] 共84 行，其中 81 行包含助词，共有 18 行第二、第四字位置同时被助词填充，这样就形成了 18 例 [实词虚词 实词虚词] 组合。还有 7行第三、第四字位置同时被助词填充，这样就形成了 7 例 [实词实词 虚词虚词] 组合。两种组合共 25 行，占四言诗的 1.1%。因此，从词汇类别来分类，这两种组合还是能形成二二的节奏。如果这样的话，[22]、[1[12]] 和 [[12]1] 三类结构中二二节奏的诗行共占四言诗的 94.2%。占比如此之高，可初步确定四言诗的节奏是二二。那么接下来就是寻找其节奏点。

从理论上来说，节律的本质是二元对立，语言本身的性质决定语言形成二元对立的手段不一样，它们位于哪些位置才能形成产生强烈的对比效果？诵诗或吟诗是线性序列按时间顺序依次出现各个音节，[112]、[121]、[211]、[13]、[31] 这种不对称的分组，显示不出整齐和匀称的等音层，从而不能在等时间隔出现突显单位。[1111] 的节奏较快，只有 [22] 符合要求，而且有两种可能的节奏点：一是第一、第三字位置，二是第二、第四字位置。这样才能形成整齐匀称的等音层。具体到四言诗，第一、第三字位置，以及第二、第四字位置都有助词同现的情况，第一、第三字位置助词同现的诗行有 23 行，第二、第四字位置助词同现的诗行有 78 行，从数量上看节奏点是在第二、第四字位置。另外，从句法结构与二二节奏不吻合的 [[12]1] 结构来看，诗行中出现两个助词，这两个助词都是在第二、第四字位置，从未出现在第一、第三字位置。综合以上两方面的原因，可归纳出四言诗的节奏点是在第二、第四字位置。

除使用助词来形成节奏点以外，双音节词是否有利于形成二二节奏？[22] 结构中共有 805 行含双音节的词，[1[12]] 结构中共有 189 行含双音节的词，这类含双音节词的诗行占四言诗的 44.5%。《孟子》中的 [22] 结构共有 524 行含双音节的词，[1[12]] 结构共有 242 行含双音节的词，这类含双音节词的诗行占四言诗的 43.7%。两相对比，两类文本中采用双音节词的比例非常接近。那么再看看第三类结构，[[12]1] 中出现的双音节的情况。《诗经·风》中有 30 行含双音节词，占四言诗行的 1.3%；《孟子》中有 98 行含双音节词，占四字行的 5.6%。综合观察三类结构中出现的双音节词的频率，[22] 结构和 [1[12]] 结构中，诗歌文本采用双音节词的频率相当，似乎诗人并没有为了形成二二节奏，而有意频繁使用双音节词，这在 [[12]1] 结构中更能充分体现，散文文本中使用双音节词的频率高于诗歌文本，这进一步证实了诗人并没利用双音节词形成二二节奏。而诗歌与散文文本中双音节使用频率相当的现象可能是当时的语言特点，也可能是自然语言的节奏也倾向于二二节奏。

　　还有一个现象也值得研究，那就是两类文本中主语和宾语都是双音名词的主谓宾结构的占比是最高的。以《诗经·风》为例，有257 行，占四言诗的 11.5%；而《孟子》中有 127 行，占四字行的7.3%。这是一个主谓宾结构，其特点是主语是双音名词，谓语是一个字的动词，宾语是一个字的名词。从这一结构及两类文本中名词、动词和形容词的使用频率来看，当时双音节名词多于双音节动词，动词以单音节居多。

　　在各类句法结构内部包含的成分中，[12] 或者 [21] 也值得一提。这两种成分出现频率较高，统计其具体的句法成分发现：在《诗经·风》中 [12] 结构中 [V NN] 的数量最多，有 110 行，在四言诗中的占比是 4.9%。[21] 结构中 [NN V] 数量最多，有 10 行，在四言诗中的占比是 0.4%；然后是 [NN A] 有 8 行，在四言诗中的占比约是 0.4%。在《孟子》中 [12] 结构中 [V NN] 的数量最多，有205 行，在四言诗中的占比是 11.7%。[21] 结构中 [NN V] 数量最多，有 17 行，在四言诗中的占比是 1.0%；然后是 [NN A]，有 2 行，在四言诗中的占比约是 0.1%。从总体上看 [12] 比 [21] 数量要多，对它们的句法成分进行分析后可知，两类文本中 [V NN] 和 [NN V] 的数量都是最多的，这进一步证实了两点：一是当时双音节的名词数量多于双音节动词；二是诗行中采用双音节的名词反映的是当时的普遍的语言特点，并不是诗人有意利用的结果。但是从诗歌文本中采用数量可观的双音节拟声词，而散文文本中无拟声词的情况来

206

看，诗人是有意利用拟声词来制造二二的节奏效果的。

　　本章的研究揭示了《诗经》时期普遍的语言的特点以及诗歌的语言特点。当时普遍的语言的特点是名词以双音节居多，数量大大超过双音节动词，动词以单音节居多；相应的句法结构以主谓宾结构或动宾结构居多，相比较而言，主语和宾语多采用双音节名词，动词采用单音节动词。在诗歌创作中，为形成二二节奏，诗人主要采用与之接近的句法结构，辅之以助词来确定节奏点。除了诗歌，散文文本也倾向于使用 [22] 的句法结构来形成二二节奏。从历史角度来看，吕叔湘先生（1963）认为直至现代汉语，四音节的语音段落并列组合都是 2+2，这是很自然的，可是偏正组合和动宾组合也都是 2+2 远远多于 3+1 或 1+3，数目的悬殊不能完全用成分本身音节的多寡来解释（三音节的词并不少），不得不承认 2+2 的四音节也是现代汉语里的一种重要的节奏倾向。

第四章 五言的句法和词汇特征

本章的研究案例是汉朝文人诗五言的代表作《古诗十九首》和乐府诗代表作《焦仲卿妻》，描述的是这两类诗的句法结构和词汇特征。

第一节 《古诗十九首》句法和词汇特征

《古诗十九首》最早见于《文选·杂诗》，为南朝梁萧统从传世无名氏《古诗》中选录十九首编入，编者把这些作者已经无法考证的五言诗汇集起来，冠以此名，列在"杂诗"类之首，后世遂作为组诗看待。《古诗十九首》是乐府古诗文人化的显著标志。《古诗十九首》在五言诗的发展上有重要地位，历来人们对其评价都很高。刘勰的《文心雕龙》称它为"五言之冠冕"，钟嵘的《诗品》赞颂它"文温以丽，意悲而远，惊心动魄，可谓几乎一字千金"。明王世贞的《艺苑卮言》称"（十九首）谈理不如《三百篇》，而微词婉旨，遂足并驾，是千古五言之祖"。陆时雍的《古诗镜总论》则云"（十九首）谓之风余，谓之诗母"。因此，《古诗十九首》为五言诗成熟的标志。此外，《诗经》、楚骚、汉乐府都附着于音乐，多为歌诗，至这十九首，是纯文学之诗。叶嘉莹（2007：65）认为，从《古诗十九首》开始，中国诗歌就脱离了《诗经》的四言体式，摆脱了《楚辞》的骚体和楚歌体，开始了沿袭两千多年之久的五、七言体式。《古诗十九首》就是五言古诗中最早期、最成熟的代表作品。本章以《古诗十九首》为研究对象，主要分析其句法词汇特征，旨在探究语言因素对诗行的影响。

一、《古诗十九首》句法结构及句法成分

《古诗十九首》是整齐成熟的五言诗，共 254 行，句法结构一共 9 种，包括 [[12]2] 1 行、[212] 1 行、[2111] 3 行、[1[[12]1]] 4 行、[[21]2] 5 行、[1[1[21]]] 19 行、[1[1[12]]] 22 行、[2[21]] 等 40 行和 [2[12]] 159 行。各结构数量等如表 4.1 所示：

表 4.1 《古诗十九首》五言诗句法结构和数量

序列	结构	数量 / 行	百分比 / %
1	[2[12]]	159	62.6
2	[2[21]]	40	15.7
3	[1[1[12]]]	22	8.7
4	[1[1[21]]]	19	7.5
5	[[21]2]	5	2.0
6	[1[[12]1]]	4	1.6
7	[2111]	3	1.2
8	[[12]2]	1	0.4
9	[212]	1	0.4
汇总	—	254	—

以上数据呈现两大特点：一是五言中数量最多的句法结构是 [2[12]]，占比高达 62.6%；数量最少的结构是 [[12]2] 和 [212]，占比为 0.4%。二是数量排名第一和第二的分别是 [2[12]] 和 [2[21]]，但是两者数量上相差约 47%，差距很大。这两者之间的不同在于一个包含 [12] 一个包含 [21]，导致两者数量差距如此之大的原因是

不是 [12] 和 [21] 之间的不同，很值得深究。除此之外，[2[12]] 和 [[21]2] 两类结构，它们从节奏上都可以切分成二—二，但是诗行数量相差很大，前者是 159 行，后者是 5 行，两者的比值是 31.8∶1。对全部结构进行计数，含 [12] 结构的行数是 186 行，而含 [21] 结构的行数是 64，两者的比值是 2.9∶1，因此，这章将对 [12] 和 [21] 这两种结构的句法成分进行分析。

其他结构如 [1[1[12]]]、[1[1[21]]]、[[21]2]、[1[[12]1]]、[2111]、[[12]2] 和 [212]，数量很少，共占 22%。理论上来说，五个字一行可能的结构有 15 种，它们分别是 [11111]、[212]、[23]]、[32]、[131]、[122]、[221]、[1211]、[1121]、[1112]、[2111]、[113]、[311]、[[14] 和 [41]，每种结构平均可能出现的比例是 6.7%。从《古诗十九首》的句法结构分析，没有出现的是 [11111]、[14]、[41]、[23]、[32]、[131]、[1211]、[113] 和 [311]。数量最多的句法结构是 [2[12]] 和 [2[21]]，本章主要对它们进行分析。

二、《古诗十九首》中 [2[12]] 结构的句法和词汇特征

之所以分析 [2[12]] 结构，是因为它出现的数量最多，同时还有节奏方面的考虑。五字诗行，体现了突显单位的规律性的节奏是二二一或一二二，而句法结构 [2[12]] 与这两种节奏都不接近，为何其出现的诗行数量最多？与 /221/ 节奏接近的句法结构 [2[21]] 出现的诗行数只有前者的 25%，为何数量差别如此之大，这两种句法结构的具体差别何在？有必要对这两类句法结构进行详细分析。

[2[12]] 结构共 159 行，句法种类有 76 种，具体如下（结构后的数字表示此结构的行数）：

主谓结构（105 行）（51 种结构）

S+V 结构（21 行）（16 种结构）

[VV[B[M V]]]1 [VN[W[V V]]]1 [NN[V[W V]]]1 [NN[V[M

V]]]1　[NN[V[B V]]]1　[NN[N[B V]]]1　[NN[M[W V]]]1　[NN[M[V V]]]1　[NN[M[M V]]]4　[NN[M[B V]]]2　[NN[M VV]]2　[NN[B[V V]]]1 [NN[B VV]]1　[MN[M[M V]]]1　[MM[N[M V]]]1　[[W V][N VV]]1

S+N 结构（9 行）（5 种结构）

[VV[V[V N]]]1　[VV[B NN]]1　[NN[N NN]]1　[NN[M[W N]]]1 [NN[M NN]]5

S+V+O 结构（54 行）（17 种结构）

[WW[V NN]]1　[VV[M[V N]]]1　[NN[V NN]]1　[NN[V[V N]]]2 [NN[V[N N]]]1　[NN[V NN]]30　[NN[N[V N]]]2　[NN[N[M A]]]4 [NN[M[V W]]]1　[NN[M[V N]]]1　[NN[B[V N]]]2　[NN[B VN]]1　[[V N][V[V W]]]1　[[V N][V[N A]]]2　[[NN][N VN]]1　[[N V][V NN]]1　[[N A][V[N A]]2

S+A 结构（20 行）（12 种结构）

[NN[W[M A]]]1　[NN[V[W A]]]1　[NN[V AA]]1　[NN[M[M A]]]2 [NN[M AA]]8　[NN[A[M A]]]1　[NN[A AA]]1　[MM[N[X A]]]1　[[V N] [V[B A]]]1　[[V N][M AA]]1　[[N A][V[N A]]]1　[[M V][N[M A]]]1

S+W 结构（1 行）（1 种结构）

[[M V][M WW]]1

名词结构（1 行）（1 种结构）

[[M N][M NN]]1

动词结构（51 行）（22 种结构）

无宾语动词结构（5 行）（5 种结构）

[VV[C VV]]1　[VV[B[V V]]]1　[VN[C VV]]1　[MM[B[V V]]]1　[[P N][M VV]]1

有宾语动词结构（46 行）（17 种结构）

[VV[V NN]]8　[VV[N[C N]]]2　[MM[V NN]]9　[[V N][V[X V]]]1 [[V N][V[V N]]]3　[[V N][V[M N]]]2　[[V N][V VV]]1　[[V N][V

NN]]8　[[V N][V MV]]1　[[V N][N NN]]1　[[V N][M[M V]]]1　[[V N][M
VV]]1　[[V N][C[B V]]]1　[[V N][B[V N]]]1　[[P N][V NN]]2　[[M V][V
NN]]3　[[M V][M NN]]1

形容词结构（1 行）（1 种结构）

[WW[B[M A]]]1

复合结构（1 行）（1 种结构）

[[N A][B[V N]]]1

[2[12]] 结构共 159 行，其中主谓结构 105 行，动词结构 51 行，名词结构 1 行，形容词结构 1 行，复合结构 1 行，无介词结构。从各类结构的占比来说，主谓结构占 66.0%，动词结构占 32.1%，名词结构占 0.6%，形容词结构占 0.6%，组合结构占 0.6%。动词结构内部细分为有宾语动词结构和无宾语动词结构，其中有宾动词结构 46 行，所占比例是 28.9%，无宾语动词结构 5 行，所占比例是 3.1%。各类句法结构等总结如表 4.2 所示：

表 4.2　《古诗十九首》[2[12]] 结构中句法结构和数量

排序	结构		例句	行数 / 行	百分比 / %	结构种类 / 种
1	主谓结构	S+V+O	胡马依北风	54	34.0	17
		S+V	中曲正徘徊	21	13.2	16
		S+A	岁月忽已晚	20	12.6	12
		S+N	明月皎夜光	9	5.7	5
		S+W	相去复几许	1	0.6	1
2	动词结构	有宾语动词结构	还顾望旧乡	46	28.9	17
		无宾语动词结构	脉脉不得语	5	3.1	5
3	名词结构	—	齐心同所愿	1	0.6	1
4	形容词结构	—	焉得不速老	1	0.6	1
5	复合结构	—	路远莫致之	1	0.6	1

从以上表格的数据来看：[2[12]] 结构中数量最多的是主结构，其中又以 S+V+O 居多，其次是 S+V 和 S+A，最少的是 S+N 和

S+W；动词结构占比是 32.1%，其中带宾语结构占 28.9%，无宾语动词结构占 3.1%，两者相差 25.8%；最后是名词结构、形容词结构和复合结构，各有 1 行，占比都是 0.6%。总体上来说，主谓结构数量之大，约占 2/3，其余是动词结构约占 1/3。每一具体的句法结构总数排序如表 4.3 所示：

表 4.3 《古诗十九首》[2[12]] 结构的句法结构总数排序

序号	结构	例句	行数 / 行	百分比 / %	结构种类 / 种
1	S+V+O	胡马依北风	54	34.0	17
2	有宾语动词结构	还顾望旧乡	46	28.9	17
3	S+V	中曲正徘徊	21	13.2	16
4	S+A	岁月忽已晚	20	12.6	12
5	S+N	明月皎夜光	9	5.7	5
6	无宾语动词结构	脉脉不得语	5	3.1	5
7	S+W	相去复几许	1	0.6	1
8	名词结构	齐心同所愿	1	0.6	1
9	形容词结构	焉得不速老	1	0.6	1
10	复合结构	路远莫致之	1	0.6	1

以上数据显示：占比较多的是 S+V+O 结构和有宾语动词结构，这两种结构相加接近总数的 63%；S+V、S+A、S+N 这三类结构接近总数的 31.5%。进一步统计各句法成分的数量，不计行数只有 1 行的结构，其词汇构成如表 4.4 所示：

表 4.4 《古诗十九首》[2[12]] 结构词汇构成排序

序号	句法成分	例句	数量 / 行	百分比 / %
1	[NN[V NN]]	胡马依北风	30	18.8
2	[VV[V NN]]	还顾望旧乡	8	5.0
3	[NN[M AA]]	辗轲长苦辛	8	5.0
4	[MM[V NN]]	纤纤出素手	8	5.0
5	[[V N][V NN]]	涉江采芙蓉	8	5.0
6	[NN[M NN]]	今日良宴会	5	3.1
7	[NN[N[M A]]]	衣带日已缓	4	2.5

续表

序号	句法成分	例句	数量（行）	百分比
8	[NN[M[M V]]]	欢乐难具陈	4	2.5
9	[[V N][V[V N]]]	泣涕零如雨	3	1.9
10	[[M V][V NN]]	高举振六翮	3	1.9
11	[VV[N[C N]]]	游戏宛与洛	2	1.3
12	[NN[V[V N]]]	松柏摧为薪	2	1.3
13	[NN[N[V N]]]	美者颜如玉	2	1.3
14	[NN[M[M A]]]	岁月忽已晚	2	1.3
15	[NN[M[B V]]]	千载永不寤	2	1.3
16	[NN[M VV]]	中曲正徘徊	2	1.3
17	[NN[B[V N]]]	生年不满百	2	1.3
18	[[V N][V[N A]]]	思君令人老	2	1.3
19	[[V N][V[M N]]]	驱车策驽马	2	1.3
20	[[P N][V NN]]	与君为新婚	2	1.3
21	[[N A][V[N A]]]	昼短苦夜长	2	1.3

各句法成分的数量和百分比的对比显示，[NN[V NN]] 数量和占比最高，高达 18.8%，远远高于 [VV[V NN]]、[NN[M AA]]、[MM[V NN]] 和 [[V N][V NN]]。

此外，数量最多的 [NN[V NN]] 是 S+V+O 结构，共 29 行，是 S+V+O 结构中的主要形式，这一结构的特点是主语是双音名词，谓语是单音动词，宾语是双音名词：含双音名词的其他结构是 [VV[V NN]]、[NN[M AA]]、[MM[V NN]]、[[V N][V NN]]、[NN[M NN]]、[NN[M[M V]]]、[NN[M[M V]]]，[NN[V[V N]]]、[NN[N[V N]]]、[NN[M[M A]]]、[NN[M[B V]]]、[NN[M VV]]、[NN[B[V N]]]、[[P N][V NN]]、[[N V][V NN]]、[WW[V NN]]、[VV[B NN]]、[NV[V NN]]、[NN[W[M A]]]、[NN[V[W V]]]、[NN[V[W A]]]、[NN[V[N N]]]、[NN[V[M V]]、[NN[V[B V]]]、[NN[V AA]]、[NN[N[B V]]]、[NN[N NN]]、[NN[M[W V]]]、[NN[M[W N]]]、[NN[M[V W]]]、[NN[M[V V]]]、[NN[M[V N]]]、[NN[B[V V]]]、

214

[NN[B VV]]、[NN[B VN]]、[NN[A[M A]]]、[NN[A AA]]、[[V N]
[N NN]]、[[NN][N VN]]、[[M V][M NN]] 和 [[M N][M NN]]，一共
43 种。所有诗行中，含双音名词的诗行是 120 行，占所有诗行的
74.8%。相比较而言，含双音动词的结构是 [VV[V NN]]、[VV[N[C
N]]]、[NN[M VV]]、[VV[V[V N]]]、[VV[M[V N]]]、[VV[C VV]]、
[VV[B[V V]]]、[VV[B[M V]]]、[VV[B NN]]、[VN[C VV]]、[NN[B
VV]]、[[W V][N VV]]、[[V N][V VV]]、[[V N][M VV]] 和 [[P N][M
VV]]，一共有 15 种结构，共 24 行，占所有诗行的 15.1%，远远低
于双音名词。双音形容词的结构是 [[V N][M AA]]、[NN[M AA]]、
[NN[V AA]] 和 [NN[A AA]]，只有 4 种结构，共 11 行，占比是 6.9%。
没有双音连词。

　　在所有 254 行诗中，含双音名词 NN 的共 194 行，含双音动词
VV 的共 37 行，含双音形容词 AA 的共 11 行。在 [2[12]] 结构中，
含双音名词 NN 的共 120 行，含双音动词 VV 的共 24 行，含双音
形容词 AA 的共 11 行。各类双音实词在诗行中出现的总数以及具
体到 [2[12]] 结构中出现的数量对比等见表 4.5 所示·

表 4.5　《古诗十九首》双音实词数量

双音词	总数 / 行	[2[12]] 行数 / 行	百分比 / %
双音名词	194	120	61.9
双音动词	37	24	64.9
双音形容词	11	11	100

　　从以上数据对比可知，双音名词占绝大多数，其次是双音动
词，再次是双音形容词，它们之间的比值是 NN:VV:AA=17.6:3.4:1。
具体到 [2[12]] 结构中，情况相同，还是双音名词最多，其次
是双音动词，最后是双音形容词，无双音连词，三者的比值是
10.9:2.2:1。从百分比数据来看，60% 以上含双音词的诗行都是
[2[12]] 结构，也就是说双音词是构成这一结构的主体。

三、《古诗十九首》[2[21]] 结构的句法和词汇特征

本节之所以对 [2[21]] 结构的句法成分进行分析，原因有两个：一是这一结构的数量较多，在所有结构中排名第二；二是其与节奏有关。四字诗行的节奏如果是 /22/，增加一字，成为五字诗行，可能的节奏是 /122/、/221/ 和 /212/ 三种。由于 /212/ 不能形成整齐有规律的等音层，所以这一类型是最早被放弃的，这一点从与之接近的句法结构的数量可见一斑，《古诗十九首》中 [[21]2] 结构是 5 行，[212] 结构是 1 行。剩下的 /122/ 和 /221/ 这两种节奏类型，有两类句法结构与之接近，一是 [[12]2]，二是 [2[21]]，但是 [[12]2] 结构只有 1 行，[2[21]] 结构有 40 行，因此，有必要对这一结构进行详细分析。

[2[21]] 结构共 40 行，其句法结构各有 20 种，具体的句法成分和数量总结如下（结构后的数字表示此结构的行数）：

主谓结构（14 行）（8 种结构）

S+V 结构（3 行）（3 种结构）

[NN[NN V]]1　[NN[[P N]V]]1　[[N V][NN N]]1

S+N 结构（2 行）（1 种结构）

[NN[NN N]]2

S+V+O 结构（4 行）（2 种结构）

[NN[VV N]]2　[NN[[V N]V]]2

S+A 结构（5 行）（2 种结构）

[NN[NN A]]3　[NN[MM A]]2

名词结构（11 行）（3 种结构）

[MM[NN N]]9　[WW[NN N]]1　[MM[MV N]]1

动词结构（15 行）（9 种结构）

无宾语动词结构（2 行）（2 种结构）

[MM[WW V]]1　[MM[[P N]V]]1

216

有宾语动词结构（10 行）（5 种结构）

[[V N][NN N]]4　[VV[NN N]]2　[[M V][NN N]]2　[MM[VV N]]1 [MM[NN V]]1

连动结构（3 行）（2 种结构）

[[WW[[V N]V]]2　[[V N][[V N]V]]1

以上数据显示：[2[21]] 结构一共 40 行，其中主谓结构 14 行，动词结构 15 行，名词结构 11 行。从各类结构的占比来说，动词结构占 37.5%，主谓结构占 35%，名词结构占 27.5%。动词结构内部细分为有宾语动词结构、无宾语动词结构和连动结构，其中有宾动词结构 10 行，所占比例是 25%，无宾语动词结构 2 行，所占比例是 5%。各类句法结构、数量等如表 4.6 所示：

表 4.6 《古诗十九首》[2[21]] 结构的句法结构、数量、百分比和种类

排序	结构		例句	行数 / 行	百分比 / %	结构种类 / 种
1	动词结构	有宾语动词结构	伤彼蕙兰花	10	25	5
		无宾语动词结构	奄忽随物化	2	5	2
		连动结构	携手同车归	3	7.5	2
2	主谓结构	S+V+O	愚者爱惜费	4	10	2
		S+V	孟冬寒气至	3	7.5	3
		S+A	四五蟾兔缺	5	12.5	2
		S+N	双阙百余尺	2	5	1
3	名词结构	—	青青河畔草	11	27.5	3

从以上表格的数据来看，[2[21]] 结构中数量最多的是动词结构，其次是主谓结构，最后是名词结构，无形容词结构和介词结构。动词结构约占总数的 37.5%，其中又以有宾语动词结构最多，所占百分比高达 25%；然后是 S+A 结构，约占总数的 12.5%；而其他各结构数量较少。每一具体的句法结构总数排序如表 4.7 所示：

表 4.7　《古诗十九首》[2[21]] 结构的句法结构总数排序

序号	结构	例句	行数 / 行	百分比 / %	结构种类 / 种
1	名词结构	青青河畔草	11	27.5	3
2	有宾语动词结构	伤彼蕙兰花	10	25	5
3	S+A	四五蟾兔缺	5	12.5	2
4	S+V+O	愚者爱惜费	4	10	2
5	连动结构	携手同车归	3	7.5	2
6	S+V	孟冬寒气至	3	7.5	3
7	无宾语动词结构	奄忽随物化	2	5	2
8	S+N	双阙百余尺	2	5	1

以上数据显示，数量较多的是名词结构，然后是动词结构中的有宾语动词结构，二者达到总数的 52.2%。进一步统计各词汇构成的数量，不计行数只有 1 行的结构，其他所有结构的总数和百分比如表4.8 所示：

表 4.8　《古诗十九首》[2[21]] 结构中词汇构成总数排序

序号	句法成分	例句	数量 / 行	百分比 / %
1	[MM[NN N]]	青青河畔草	9	22.5
2	[[V N][NN N]]	结根泰山阿	4	10
3	[NN[NN A]]	四五蟾兔缺	3	7.5
4	[WW[[V N]V]]	何不秉烛游	2	5
5	[VV[NN N]]	潜寐黄泉下	2	5
6	[NN[VV N]]	愚者爱惜费	2	5
7	[NN[NN N]]	双阙百余尺	2	5
8	[NN[MM A]]	岁暮一何速	2	5
9	[NN[[V N]V]]	清商随风发	2	5
10	[[M V][NN N]]	相去万余里	2	5

[2[21]] 结构由五个字构成，前两字是一个整体，后面的 [21] 结构是一个整体。对后者句法成分进行分析后发现，出现比例最高的是 [NN N]，共 48 行，占 8.8%。[2[12]] 和 [2[21]] 两类结构中的双音实词出现次数等如表 4.9 所示：

表 4.9　《古诗十九首》[2[21]] 结构中双音实词出现次数和比值

双音词	总数 / 行	[2[12]] 行数 / 行	[2[21]] 行数 / 行
双音名词	194	120	33
双音动词	37	24	5
双音形容词	11	11	0

四、《古诗十九首》[12] 结构和 [21] 结构的词汇构成

《古诗十九首》共有诗行 254 行，包括 [12] 结构的有 186 行，相关句法结构有 4 种，它们分别是 [2[12]]、[1[1[12]]]、[1[[12]1]] 和 [[12]2]。其中 [[12]2] 结构 1 行，包含 [12] 结构的只有 [V NN]。[1[[12]1]] 结构 4 行，包含 [12] 结构的只有 [P NN]。[1[1[12]]] 结构 22 行，包含 [12] 结构的是 [V NN]6 行、[N NN]6 行、[M VV]3 行、[B VV]1 行、[M NN]3 行、[N[C N]]1 行、[V MN]1 行、[M[M V]]1 行。[2[12]] 结构 159 行、包含 [12] 结构的句法成分具体如下：

[V NN]63 行、[M AA]9 行、[M NN]7 行、[N[M A]]5 行、[M[M V]]6 行、[V[V N]]6 行、[N[V N]]2 行、[M[M A]]2 行、[M[B V]]2 行、[M VV]4 行、[B[V N]]4 行、[V[N A]]5 行、[V[M N]]2 行、[B[M A]]1 行、[M[V N]]3 行、[C VV]2 行、[B[V V]]3 行、[B[M V]]1 行、[B NN]1 行、[W[V V]]1 行、[W[M A]]1 行、[V[W V]]1 行、[V[W A]]1 行、[V[N N]]1 行、[V[M V]]1 行、[V[B V]]1 行、[V AA]2 行、[N[B V]]1 行、[M[W V]]1 行、[M[W N]]1 行、[M[V W]]1 行、[M[V V]]1 行、[M[V N]]2 行、[B VN]1 行、[A[M A]]1 行、[A AA]1 行、[N[X A]]1 行、[N[M V]]1 行、[N VV]1 行、[V[X V]]1 行、[V[V W]]1 行、[V[B A]]1 行、[V VV]1 行、[V MV]1 行、[N NN]2 行、[M VV]4 行、[C[B V]]1 行、[N VN]1 行、[M WW]1 行。

那么 [12] 结构中的词汇构成和数量，出现过 3 行及以上的归纳见表 4.10：

表 4.10　《古诗十九首》[12] 结构的词汇构成、数量和占比

序号	词汇构成	数量 / 行	百分比 / %
1	[V NN]	70	37.6
2	[M VV]	11	5.9
3	[M NN]	10	5.4
4	[M AA]	9	4.8
5	[N NN]	8	4.3
6	[M NN]	7	3.8
7	[V[V N]]	6	3.2
8	[V[N A]]	5	2.7
9	[N[M A]]	5	2.7
10	[B[V N]]	4	2.2
11	[P NN]	4	2.2
12	[B VV]	4	2.2
13	[M[V N]]	3	1.6

　　汇总数据呈现两大特点：一是 [12] 结构中的句法成分出现最多的是动宾式，是由单音动词和双音名词结合而成，行首和行尾都出现过，行尾出现的数量最多；二是这一结构中双音名词占大多数，其次是双音动词，最后是双音形容词。

　　接下来分析 [21] 结构。《古诗十九首》包括 [21] 结构的有 64 行，相关句法结构有 3 种，它们分别是 [2[21]]、[1[1[21]]] 和 [[21]2]。其中 [[21]2] 共 5 行，包含 [21] 结构的全部是 [NN V]。[1[1[21]]] 共 19 行，包含 [21] 结构的句法成分分别是 [NN N]7 行、[VV N]2 行、[MM N]1 行、[[M V]N]1 行、[NN A]4 行、[MV N]1 行、[VN A]1 行、[NN V]2 行。[2[21]] 共 40 行，包含 [21] 结构的句法成分分别是 [NN N]21 行、[[V N]V]5 行、[VV N]3 行、[NN A]3 行、[NN V]2 行、[MM A]2 行、[[P N]V]2 行、[WW V]1 行、[MV N]1 行。汇总包含 [21] 结构的词汇构成和数量如表 4.11 所示：

表 4.11 《古诗十九首》[21] 结构的词汇构成和数量

序号	句法成分	数量 / 行	百分比 / %
1	[NN N]	28	43.8
2	[NN V]	9	14.1
3	[NN A]	7	10.9
4	[NN A]	7	10.9
5	[[V N]V]	5	7.8
6	[VV N]	5	7.8
7	[MM A]	2	3.1
8	[[P N]V]	2	3.1
9	[MM N]	1	1.6
10	[[M V]N]	1	1.6
11	[MV N]	1	1.6
12	[VN A]	1	1.6
13	[WW V]	1	1.6

汇总数据后有两点发现：一是 [21] 结构中的句法成分出现最多的是 [NN N]，而且主要是出现在行尾，然后是 [NN V] 主要出现在行首；二是这一结构中双音名词占大多数，然后是双音动词。

五、《古诗十九首》非 [2[12]]、[2[21]] 结构的句法和词汇特征

《古诗十九首》中非 [2[12]]、[2[21]] 结构共 55 行，具体的句法成分归类如下：

主谓结构（20 行）（12 种结构）

S+V 结构（8 行）（6 种结构）

[W[V[VV N]]]1 [W[V[V NN]]]1 [N[V[M VV]]2 [N[[P NN]V]2 [[NN V]VV]1 [[NN V]NN]1

S+V+O 结构（9 行）（5 种结构）

[N[V[NN N]]]2 [N[V[NN A]]]1 [N[V[N NN]]]2 [N[V[M NN]]2 [[NN V][V N]]2

S+A 结构（3 行）（1 种结构）

[NN[A C A]]3

名词结构（1 行）（1 种结构）

[N[N[NN N]]]1

动词结构（34 行）（28 种结构）

无宾语动词结构（3 行）（3 种结构）

[VV M VV]1 [V[[P NN]V]]1 [B[V[M[M V]]]]1

有宾语动词结构（21 行）（17 种结构）

[W[B[V NN]]]1 [V[V[NN N]]]1 [V[V[N NN]]]1 [V[V[MM N]]]1 [V[V[M VV]]]1 [V[V[[M V]N]]]1 [V[N[N NN]]]1 [M[V[VV N]]]1 [M[V[V NN]]]2 [M[V[NN N]]]3 [M[V[N[C N]]]]1 [M[V[N NN]]]2 [M[V[MV N]]]1 [M[V[M NN]]]1 [M[B[V NN]]]1 [B[V[V NN]]]1 [B[V[V MN]]]1

兼语（8 行）（6 种结构）

[V[N[B VV]]]1 [M[V[NN V]]]2 [M[V[NN A]]]2 [M[[V NN]V]]1 [B[V[VN A]]]1 [B[V[NN A]]]1

连动（2 行）（2 种结构）

[[V NN][M V]]1 [[NN A][V N]]1

非 [2[12]]、[2[21]] 结构的诗行一共有 55 行，从《风》的句法结构分析，其中主谓结构 20 行，动词结构 34 行，名词结构 1 行。从各类结构的占比来说，动词结构占 61.8%，主谓结构占 36.4%，名词结构占 1.8%。动词结构内部细分为有宾语动词结构、无宾语动词结构、兼语结构和连动结构，其中有宾语动词结构 21 行，所占比例是 38.2%，无宾语动词结构 3 行，所占比例是 5.5%，兼语结构 8 行，所占比例是 14.5%，连动结构 2 行，所占比例是 3.6%。各类句法结构、数量等总结如表 4.12 所示：

表 4.12 《古诗十九首》非 [2[12]]、[2[21]] 结构的句法结构、数量、百分比和种类

序号	结构		例句	行数 / 行	百分比 / %	结构种类 / 种
1	动词结构	有宾语动词结构	遥望郭北墓	21	38.2	17
		无宾语动词结构	行行重行行	3	5.5	3
		兼语结构	惧君不识察	8	14.5	6
		连动结构	出郭门直视	2	3.6	2
2	主谓结构	S+V+O	上有弦歌声	9	16.4	5
		S+V 结构	上言长相思	8	14.5	6
		S+A 结构	道路阻且长	3	5.5	1
3	名词结构	—	昔我同门友	1	1.8	1

从以上表格的数据来看，动词结构最多，其次是主谓结构，最后是名词结构、无形容词结构和介词结构。动词结构中以有宾语动词结构居多，占比是 38.2%；然后是兼语结构，占比是 14.5%；接下来是无宾语动词结构和连动结构，占比分别是 5.5% 和 3.6%。主谓结构中 S+V+O 和 S+V 结构相对数量较多，占比分别是 16.4% 和 14.5%，S+A 结构相对数量较少，占比是 5.5%。名词结构数量最少，占比是 1.8%。各结构按数量排序如表 4.13 所示：

表 4.13 《古诗十九首》非 [2[12]]、[2[21]] 结构的句法结构排序

序号	结构	例句	行数 / 行	百分比 / %	结构种类 / 种
1	有宾语动词结构	遥望郭北墓	21	38.2	17
2	S+V+O	上有弦歌声	9	16.4	5
3	兼语结构	惧君不识察	8	14.5	6
4	S+V 结构	上言长相思	8	14.5	6
5	无宾语动词结构	行行重行行	3	5.5	3
6	S+A 结构	道路阻且长	3	5.5	1
7	连动结构	出郭门直视	2	3.6	2
8	名词结构	昔我同门友	1	1.8	1

从以上数据可知，五言中动词结构数量最多（其中又以有宾语动词结构最多，主谓宾结构次之），而名词结构的数量减少到 1 行。进一步统计各结构的数量，只有 1 例的结构有 29 种，含 2 例及以

上的结构的词汇构成排序如表 4.14 所示：

表 4.14 《古诗十九首》非 [2[12]]、[2[21]] 结构中词汇构成排序

序号	词汇构成	例句	数量 / 行	百分比 / %
1	[NN[A C A]]	道路阻且长	3	5.5
2	[M[V[NN N]]]	遥望郭北墓	3	5.5
3	[N[V[NN N]]]	昔为倡家女	2	3.6
4	[N[V[N NN]]]	上有弦歌声	2	3.6
5	[N[V[M VV]]]	上言长相思	2	3.6
6	[N[V[M NN]]]	下有陈死人	2	3.6
7	[N[[P NN]V]]	客从远方来	2	3.6
8	[M[V[V NN]]]	难可与等期	2	3.6
9	[M[V[NN V]]]	仰观众星列	2	3.6
10	[M[V[NN A]]]	但伤知音稀	2	3.6
11	[M[V[N NN]]]	遥望郭北墓	2	3.6
12	[[NN V][V N]]	兔丝生有时	2	3.6

以上数据显示，同一结构出现的频率不高，最多也就是出现 3 行，但是结构的种类较多，在这 55 行诗行中，共有 41 种结构，结构呈现多样化。

六、小结

本项研究假设五言的节奏是二二一或者一二二，由句法结构促成此节奏的形成，而在实际创作中，《古诗十九首》五言诗 60% 以上的句法结构是二一二，这与所假设的节奏不吻合，其句法结构的详情如表 4.15 所示：

表 4.15 《古诗十九首》句法结构详情

序号	结构		例句	行数 / 行	百分比 / %	结构种类 / 种
1	主谓结构	S+V+O	上有弦歌声	67	26.4	24
		S+V	孟冬寒气至	32	12.6	25
		S+A	道路阻且长	28	11.0	15

续表

序号	结构		例句	行数 / 行	百分比 / %	结构种类 / 种
		S+N	双阙百余尺	11	4.3	6
		S+W	相去复几许	1	0.4	1
2	动词结构	有宾语动词结构	遥望郭北墓	77	30.3	39
		无宾语动词结构	行行重行行	10	3.9	10
		兼语结构	惧君不识察	8	3.1	6
		连动结构	出郭门直视	5	2	4
3	名词结构	—	昔我同门友	13	5.1	5
4	形容词结构	—	焉得不速老	1	0.4	1
5	复合结构	—	路远莫致之	1	0.4	1

　　总体来说，主谓结构数量最多，然后是动词结构。具体来说，主谓宾结构最多，共有 30 行，其中主语是双音名词，谓语是单音动词，宾语是双音名词，如"胡马依北风"。而且，[12] 结构中出现频率最高的是动宾结构，动词是单音动词，宾语是双音名词。全诗中双音名词出现了 195 次（76.8%），双音动词出现了 37 次（14.6%），双音形容词出现了 40 次（15.7%），助词出现了 2 次，是语气助词"言"，由此可见，《古诗十九首》广泛使用双音词，尤其是双音名词。另一词汇特点表现在广泛使用叠词上。从数量上来看，19 首诗中有 13 首使用了叠词，共计 31 次，共有 21 种，例如"行行，盈盈"，它们出现的位置主要在句首，没有在句中出现的情况。

第二节　《焦仲卿妻》句法和词汇特征

　　《孔雀东南飞》是中国汉乐府民歌中最长的一首叙事诗，也是乐府诗发展史上的高峰之作，后人盛称它与北朝的《木兰诗》为"乐府双璧"。最早见于南朝徐陵的《玉台新咏》，题为《古诗为焦仲卿妻作》。宋代郭茂倩的《乐府诗集》将它收入《杂曲歌词十三》，题为《焦仲卿妻》，本章所采用的文本来自此。本章以《焦仲卿妻》为研究对象，主要分析它的句法词汇特征，旨在探究诗、乐分离后，语言因素对诗行的影响。《焦仲卿妻》全篇都是五言诗，共 355 行，句法结构一共 11 种，包括 [[21]2] 结构 2 行、[[22]1] 结构 2 行、[1[[12]1]] 结构 5 行、[1[1[12]]] 结构 66 行、[1[1[21]]] 结构 22 行、[2[21]] 结构 35 行、[1[22]] 结构 5 行、[2[111]] 结构 6 行、[2[12]] 结构 189 行以及 [23] 结构 11 行。各结构的详情如表 4.16 所示：

表 4.16　《焦仲卿妻》句法结构和数量

序列	结构	数量 / 行	百分比 / %
1	[2[12]]	189	53.2
2	[1[1[12]]]	66	18.6
3	[2[21]]	35	9.9
4	[1[1[21]]]	22	6.2
5	[1[13]]	12	3.4
6	[23]	11	3.1
7	[2[111]]	6	1.7
8	[1[22]]	5	1.4
9	[1[[12]1]]	5	1.4
10	[[21]2]	2	0.6
11	[[22]1]	2	0.6
汇总	—	355	—

以上数据显示，五言诗行中数量最多的句法结构是 [2[12]]，占比高达 53.2%，与数量排名第二的 [1[1[12]]] 结构相比，两者相差大约 34.6%，差距很大。[2[12]] 结构的数量比 [2[21]] 结构多出 43.3%，[1[1[12]]] 结构的数量比 [1[1[21]]] 结构多出 12.4%。它们之间的不同在于一个包含 [12] 一个包含 [21]。导致两者数量差距如此之大的原因是不是 [12] 和 [21] 之间的不同，很值得深究。对全部结构进行计数，含 [12] 结构的诗行是 260 行，而含 [21] 结构的诗行是 59 行，两者的比值是 4.4∶1，因此，这章将对 [12] 和 [21] 这两种结构的句法成分进行分析，以求找出形成两者数量差距的原因。另外，数量最少的结构之一是 [[21]2]，占比是 0.6%，它和数量最多的 [2[12]] 结构相似，两者的差别也是一个包含 [21] 结构一个包含 [12] 结构，这一现象进一步反映了包含 [12] 的结构的数量远远多于包含 [21] 的结构的数量。另一数量最少的结构是 [[22]1]，这类结构前一部分与二二节奏吻合，多出来的一个音节放在最后。如果说用句法结构来促成二二节奏的话，这一结构是最佳选择，而在实际诗歌创作中，这一结构的数量最少，也就是说，这一结构是最早被放弃的，那么，可以推测，诗歌的节奏与句法作用的相关度并不高。

理论上来说，五个字一行可能的结构有 15 种，它们分别是 [11111]、[212]、[23]、[32]、[131]、[122]、[221]、[1211]、[1121]、[1112]、[2111]、[113]、[311]、[[14] 和 [41]，每种结构平均可能出现的比例是 6.7%，从《焦仲卿妻》的句法结构分析看，没有出现的是 [11111]、[14]、[41]、[32]、[131]、[1211] 和 [311]。数量最多的句法结构是 [2[12]]，以及 [12] 和 [21] 结构数量之间的差距，本章主要对它们进行分析。

一、《焦仲卿妻》中 **[2[12]]** 结构的句法和词汇特征

之所以分析 [2[12]] 结构，是因为它出现的数量最多，同时还有节奏方面的考虑。五字诗行，体现了突显单位的规律性的节奏是二二一和一二二，这两者都包含整齐匀称的等音层二二，多余的一个音节放在行末两个位置，从而没有破坏二二节奏。而句法结构数量最多的 [2[12]] 与这两种节奏都不接近，为何其出现的诗行数量最多？与二二一节奏接近的句法结构 [2[21]] 出现的诗行数只有前者的 1/5，为何数量差别如此之大，这两种句法结构的具体差别何在？有必要对这两类句法结构进行详细分析。

[2[12]] 结构共 189 行，句法种类有 88 种，具体如下（结构后的数字表示此结构的行数）：

主谓结构（130 行）（50 种结构）

S+V 结构（23 行）（17 种结构）[[N V][C[V V]]]1　[[N V][N MV]]1　[[N V][N[B V]]]1　[[N V][N[V N]]]1　[[N V][W NN]]1　[[V N][W[B V]]]1　[[W N][V[B A]]]1　[AA[N[V V]]]1　[MM[N VV]]1　[NN[B[M V]]]2　[NN[B[V V]]]2　[NN[M MV]]1　[NN[M VV]]3　[NN[M[V A]]]1　[NN[N VV]]3　[NN[V VV]]1　[NN[V[V V]]]1

S+N 结构（1 行）（1 种结构）[[N N][N NN]]1

S+V+O 结构（95 行）（25 种结构）[[N N][M[V N]]]1　[[N N][N[V N]]]1　[[N N][V MN]]1　[[N N][V NN]]5　[[N N][V[M N]]]2　[[N N][V[N N]]]1　[[N V][V NN]]2　[[W N][V NN]]1　[AA[N[V N]]]2　[MN[N[V N]]]1　[MN[V MN]]2　[MN[V NN]]3　[MN[V[M N]]]1　[MN[V[N N]]]2　[NN[M[V N]]]6　[NN[N[V N]]]6　[NN[V MN]]2　[NN[V NN]]35　[NN[V WW]]1　[NN[V[N A]]]1　[NN[V[N N]]]7　[NN[V[N V]]]4　[NN[V[V N]]]6　[NN[W[V N]]]1　[VV[B[N V]]]1

S+A 结构（11 行）（7 种结构）[[N A][N[M A]]]1　[AA[N AA]]2　[MN[M[N A]]]1　[NN[A[C A]]]2　[NN[M AA]]3　[NN[M[A A]]]1

[NN[N[W A]]]1

名词结构（3 行）（3 种结构）[MN[C NN]]1 [MV[M MN]]1
[NN[C NN]]1

动词结构（55 行）（34 种结构）

无宾语动词结构（8 行）（7 种结构）[[B V][C[N V]]]1 [AA[B
MV]]1 [AA[M VV]]1 [AA[W[V V]]]1 [MM[M[V V]]]2 [VV[M
VV]]1 [VV[M[B V]]]1

有宾语动词结构（39 行）（22 种结构）[[M V][V NN]]1 [[P N]
[V NN]]1 [[V N][B VV]]1 [[V N][B[N V]]]1 [[V N][B[V N]]]1 [[V
N][M AA]]1 [[V N][M[B V]]]1 [[V N][M[V N]]]1 [[V N][N[B V]]]1
[[V N][P NN]]1 [[V N][V MN]]1 [[V N][V NN]]12 [[V N][V[M
N]]]2 [AA[B[V N]]]1 [AA[V[M N]]]1 [MM[M[V N]]]1 [MM[V
NN]]1 [MM[V[N N]]]1 [VV[B[V N]]]1 [VV[M NN]]1 [VV[V NN]]6
[VV[V[M N]]]1

连动结构（7 行）（4 种结构）[[N V][V[N V]]]1 [[V N][M[M
V]]]2 [[V N][V[N N]]]3 [VV[N VV]]1

兼语结构（1 行）（1 种结构）[VV[V[N V]]]1

其他结构（1 行）（1 种结构）

[OO[M OO]]1

[2[12]] 结构共 189 行，其中主谓结构 130 行，动词结构 55 行，
名词结构 3 行，无形容词结构。从各类结构的占比来说，主谓结
构占 68.8%，动词结构占 29.1%，名词结构占 1.6%，拟声词结构占
0.5%。动词结构内部细分为有宾语动词结构和无宾语动词结构，其
中有宾动词结构 39 行，所占比例是 20.6%，无宾语动词结构 8 行，
所占比例是 4.2%。各类句法结构、数量等总结如表 4.17 所示：

表 4.17　《焦仲卿妻》[2[12]] 结构中句法结构、数量、百分比和种类

排序	结构		例句	行数 / 行	百分比 / %	结构种类 / 种
1	主谓结构	S+V+O	女行无偏斜	95	50.3	25
		S+V	枝枝相覆盖	23	12.2	17
		S+A	心中常苦悲	11	5.8	7
		S+N	君尔妾亦然	1	0.5	1
2	动词结构	有宾语动词结构	娇逸未有婚	39	20.6	22
		无宾语动词结构	及时相遣归	8	4.2	7
		连动结构	下马入车中	7	3.7	4
		兼语结构	嗟叹使心伤	1	0.5	1
3	名词结构	—	初七及下九	3	1.6	3
4	其他结构	—	隐隐何甸甸	1	0.5	1

从表 4.17 的数据来看：[2[12]] 结构中数量最多的是主谓结构，其中又以 S+V+O 居多，其次是 S+V 和 S+A，最少的是 S+N 结构；动词结构占 29.1%，其中带宾语结构占 20.6%，无宾语动词结构占 4.2%，两者相差 16.4%；接下来是名词结构，只有 3 行，占比是 1.6%，拟声词结构只有 1 行，占比是 0.5%。总体上来说，主谓结构数量最多，约占 2/3，其余是动词结构，约占 1/3。每一具体的句法结构总数排序如表 4.18 所示：

表 4.18　《焦仲卿妻》[2[12]] 结构的句法结构总数排序

序号	结构	例句	行数 / 行	百分比 / %	结构种类 / 种
1	S+V+O	女行无偏斜	95	50.3	25
2	有宾语动词结构	娇逸未有婚	39	20.6	22
3	S+V	枝枝相覆盖	23	12.2	17
4	S+A	心中常苦悲	11	5.8	7
5	无宾语动词结构	及时相遣归	8	4.2	7
6	连动结构	下马入车中	7	3.7	4
7	名词结构	初七及下九	3	1.6	3
8	S+N	君尔妾亦然	1	0.5	1
9	其他结构	隐隐何甸甸	1	0.5	1
10	兼语结构	嗟叹使心伤	1	0.5	1

　　以上数据显示：占比最多的是 S+V+O 结构，约占总数的 50%；有宾语动词结构占 20.6%；S+V、S+A、无宾语动词结构、连动结构和名词结构这五类结构约占总数的 30%。进一步统计各词汇构成的数量，不计行数只有 1 行的结构，其词汇构成排序如表 4.19 所示：

表 4.19　《焦仲卿妻》[2[12]] 结构的词汇构成排序

序号	句法成分	例句	数量 / 行	百分比 / %
1	[NN[V NN]]	阿母谓府吏	35	18.5
2	[[V N][V NN]]	奉事循公姥	12	6.3
3	[NN[V[N N]]]	十七为君妇	7	3.7
4	[NN[M[V N]]]	府吏默无声	6	3.2
5	[NN[N[V N]]]	府吏马在前	6	3.2
6	[NN[V[V N]]]	府吏得闻之	6	3.2
7	[VV[V NN]]	伏惟启阿母	6	3.2
8	[[N N][V NN]]	女行无偏斜	5	2.6
9	[NN[V[N V]]]	十三教汝织	4	2.1
10	[[V N][V[N N]]]	下马入车中	3	1.6
11	[MN[V NN]]	新妇谓府吏	3	1.6
12	[NN[M AA]]	阿母大悲摧	3	1.6
13	[NN[M VV]]	枝枝相覆盖	3	1.6
14	[NN[N VV]]	五里一徘徊	3	1.6
15	[[N N][V[M N]]]	东家有贤女	2	1.1
16	[[N V][V NN]]	泪落连珠子	2	1.1
17	[[V N][M[V N]]]	槌床便大怒	2	1.1
18	[[V N][V[M N]]]	谢家来贵门	2	1.1
19	[AA[N AA]]	可怜体无比	2	1.1
20	[AA[N[V N]]]	精妙世无双	2	1.1
21	[MM[M[V V]]]	及时相遣归	2	1.1
22	[MN[V MN]]	新妇起严妆	2	1.1
23	[MN[V[N N]]]	新妇识马声	2	1.1
24	[NN[A[C A]]]	磐石方且厚	2	1.1
25	[NN[B[M V]]]	终老不复取	2	1.1

序号	句法成分	例句	数量 / 行	百分比 / %
26	[NN[B[V V]]]	夜夜不得息	2	1.1
27	[NN[V MN]]	府吏谓新妇	2	1.1

　　根据表 4.19，[NN[V NN]] 结构占比最高，为 18.5%，接近排序第二的 [[V N][V NN]] 结构的 3 倍。而且 [NN[V NN]] 是 S+V+O 结构，共 35 行，是 S+V+O 结构中的主要形式，这一结构的特点是主语是双音名词，谓语是单音动词，宾语是双音名词。含双音名词的其他结构共有 37 种，它们分别是 [[N N][N NN]]、[[N N][V NN]]、[[N V][V NN]]、[[N V][W NN]]、[[P N][V NN]]、[[V N][P NN]]、[[V N][V NN]]、[[W N][V NN]]、[MM[V NN]]、[MN[C NN]]、[MN[V NN]]、[NN[A[C A]]]、[NN[B[M V]]]、[NN[B[V V]]]、[NN[C NN]]、[NN[M AA]]、[NN[M MV]]、[NN[M VV]]、[NN[M[A A]]]、[NN[M[V A]]]、[NN[M[V N]]]、[NN[N VV]]、[NN[N[V N]]]、[NN[N[W A]]]、[NN[V MN]]、[NN[V NN]]、[NN[V VV]]、[NN[V WW]]、[NN[V[N A]]]、[NN[V[N N]]]、[NN[V[N V]]]、[NN[V[V N]]]、[NN[V[V V]]]、[NN[W[V N]]]、[VV[M NN]]、[VV[V NN]] 和 [[M V][V NN]]。诗行行首包含双音名词的结构有 23 种，共 91 行；诗行行末包含双音名词有 16 种，共 73 行。相对来说，双音名词出现在行首的数量多于行末。总体上来看，[1[12]] 结构共 189 行，其中 153 行包含双音名词，其占比是 81.0%。除此之外，诗行行首包含双音动词的结构有 9 种，共 14 行；诗行行末包含双音动词的结构有 8 种，共 12 行。由于两者数量相当，暂不能判断双音动词出现的位置的倾向。诗行行首包含双音形容词的结构有 5 种，共 16 行；诗行行末包含双音动词的结构有 3 种，共 9 行。从数量上看，双音形容词倾向于出现在行首。

　　对所有诗行进行统计，含双音名词的诗行有 235 行，含双音动词的诗行有 35 行，含双音形容词的诗行有 30 行。各类双音实词在诗行中出现的总数以及具体到 [2[12]] 结构中出现的数量对比见表 4.20：

表 4.20 《焦仲卿妻》[1[12]] 结构中双音实词数量和比值

双音实词	总数 / 行	[2[12]] 行数 / 行	百分比 / %
双音名词	235	128	54.5
双音动词	35	24	68.6
双音形容词	30	20	66.7

以上数据对比可知，双音名词占绝大多数，其次是双音动词，最后是双音形容词，它们之间的比值是 7.8∶1.2∶1。也就是说，双音名词数量最多，双音动词次之，双音形容词较少，尚未出现双音连词。具体到 [2[12]] 结构中，情况相同，还是双音名词最多，其次是双音动词，最后是双音形容词，无双音连词，三者的比值是 6.4∶1.2∶1。从百分比数据来看，接近 60% 的双音词包含在 [2[12]] 结构，而这一结构中约 90% 的诗行包含双音词，也就是说双音词是这一结构的主体。

二、《焦仲卿妻》[2[21]] 结构的句法和词汇特征

本章之所以对 [2[21]] 结构的句法成分进行分析，原因有两个：一是这一结构的数量较多，在所有结构中排名第三；二是其与节奏有关。四字诗行的节奏如果是二二节奏，增加一字，成为五字诗行，可能的节奏有三种，它们分别是一二二、二二一或二一二。由于二一二不能形成整齐有规律的等音层，所以这一类型是最早被放弃的，这一点从与之接近的句法结构的数量可见一斑，《焦仲卿妻》中 [[21]2] 结构是 2 行，剩下的二二一和一二二这两种节奏类型，有三类句法结构与之接近，一是 [[22]1] 结构，二是 [1[22]] 结构，三是 [2[21]] 结构，前两种结构分别是 2 行和 5 行，数量较少，

第三种结构有 35 行。因此，有必要对这一结构进行详细分析。

[2[21]] 结构共 35 行，其句法结构有 23 种，具体的句法成分和数量总结如下（结构后的数字表示此结构的行数）：

主谓结构（19 行）（8 种结构）

S+V 结构（12 行）（5 种结构）[[N N][NN V]]1　[AA[NN V]]1 [NN[[M V]V]]2　[NN[[V N]V]]7　[NN[NN V]]1

S+N 结构（4 行）（1 种结构）[NN[NN N]]4

S+A 结构（3 行）（2 种结构）[NN[MN A]]1　[NN[NN A]]2

名词结构（6 行）（5 种结构）

[[M N][NN N]]1　[MM[MN N]]1　[MM[NN N]]2　[MN[MV N]]1 [NN[[M V]N]]1

动词结构（10 行）（10 种结构）

无宾语动词结构（2 行）（2 种结构）[MV[MN N]]1　[VV[NN N]]1

有宾语动词结构（4 行）（4 种结构）[[MV[[N N]N]]1　[[P N][[V N]N]]1　[[V N][NN A]]1　[MV[NN N]]1

连动结构（4 行）（4 种结构）[[V N][[V N]V]]1　[[V N][MV V]]1 [[V N][NN V]]1　[AA[[V N]V]]1

以上数据显示，[2[21]] 结构一共 35 行，其中主谓结构 19 行，动词结构 10 行，名词结构 6 行。从各类结构的占比来说，主谓结构占 54.3%，动词结构占 28.6%，名词结构占 17.1%。动词结构内部细分为有宾语动词结构、无宾语动词结构和连动结构，其中有宾动词结构 4 行，所占比例是 11.4%，无宾语动词结构 2 行，所占比例是 5.7%。各类句法结构、数量等如表 4.21 所示：

表 4.21 《焦仲卿妻》[2[21]] 结构的句法结构、数量、百分比和种类

排序	结构		例句	行数 / 行	百分比 / %	结构种类 / 种
1	主谓结构	S+V	孔雀东南飞	12	34.3	5
		S+N	事事四五通	4	11.4	1
		S+A	物物各自异	3	8.6	2
2	动词结构	有宾语动词结构	多谢后世人	4	11.4	4
		无宾语动词结构	长叹空房中	2	5.7	2
		连动结构	仰头相向鸣	4	11.4	4
3	名词结构	—	绿碧青丝绳	6	17.1	5

从表 4.21 的数据来看，[2[21]] 结构中数量最多的是主谓结构，其次是动词结构，最后是名词结构。主谓结构中 S+V 结构最多，动词结构中有宾语动词结构和连动结构居多，名词结构约占 17.1%，没有形容词结构。每一具体的句法结构总数排序如表 4.22 所示：

表 4.22 《焦仲卿妻》[2[21]] 结构的句法结构总数排序

序号	结构	例句	行数 / 行	百分比 / %	结构种类 / 种
1	S+V	孔雀东南飞	12	34.3	5
2	名词结构	绿碧青丝绳	6	17.1	5
3	有宾语动词结构	多谢后世人	4	11.4	4
4	连动结构	仰头相向鸣	4	11.4	4
5	S+N	事事四五通	4	11.4	1
6	S+A	物物各自异	3	8.6	2
7	无宾语动词结构	长叹空房中	2	5.7	2

根据表 4.22，数量较多的是动词谓语句，然后是名词结构。进一步统计各结构的数量，只有 1 例的结构共有 18 种，包含 2 例及以上的所有结构的详情如表 4.23 所示：

表 4.23 《焦仲卿妻》[2[21]] 结构中词汇构成排序

序号	词汇构成	例句	数量 / 行	百分比 / %
1	[NN[[V N]V]]	阿母为汝求	7	20
2	[NN[NN N]]	事事四五通	4	11.4

续表

序号	词汇构成	例句	数量／行	百分比／%
3	[MM[NN N]]	寂寂人定初	2	5.7
4	[NN[[M V]V]]	府吏长跪告	2	5.7
5	[NN[NN A]]	物物各自异	2	5.7

[2[21]] 结构由五个字构成，前两字是一个整体，后面的 [21] 结构是一个整体。对后者句法成分进行分析后发现，出现比例最高的是 [NN N]，共 9 行，占 25.7%。这一结构中双音名词出现了 27 次，双音动词出现了 1 次，双音形容词出现了 5 次，因此，双音名词的数量仍是最多的。

三、《焦仲卿妻》[12] 结构和 [21] 结构的词汇构成

《焦仲卿妻》共有诗行 355 行，包括 [12] 结构的有 260 行，相关句法结构有 3 种，它们分别是 [2[12]]、[1[1[12]]] 和 [1[[12]1]]。[1[[12]1]] 结构有 5 行，[1[1[12]]] 结构有 66 行，[2[12]] 结构有 189 行，这 3 种结构所包含的 [12] 结构共有 53 种，只有 1 例的结构有 27 种，只有 2 例的结构有 8 种，包含 3 例及以上的结构详情如表 4.24 所示：

表 4.24　《焦仲卿妻》[12] 结构中词汇构成排序

序号	句法成分	数量／行	百分比／%
1	[V NN]	90	34.6
2	[V[N N]]	21	8.1
3	[M[V N]]	13	5
4	[N[V N]]	13	5
5	[V MN]	9	3.5
6	[V[N V]]	9	3.5
7	[V[V N]]	9	3.5
8	[V[M N]]	8	3.1
9	[M VV]	7	2.7

序号	句法成分	数量 / 行	百分比 / %
10	[N VV]	7	2.7
11	[M NN]	6	2.3
12	[M AA]	5	1.9
13	[B[V N]]	4	1.5
14	[P NN]	4	1.5
15	[C NN]	3	1.2
16	[M[V V]]	3	1.2
17	[N AA]	3	1.2
18	[N[B V]]	3	1.2

汇总数据呈现两大特点：一是 [12] 结构中的句法成分出现最多的是动宾结构，动词是单音动词，宾语是双音名词。二是这一结构中双音名词占大多数，包含双音名词的诗行共有 106 行；其次是包含双音动词的诗行，共有 18 行；最后是包含双音形容词的，共有 8 行。

接下来分析 [21] 结构。《焦仲卿妻》包括 [21] 结构的有 59 行，相关句法结构有 3 种，它们分别是 [2[21]]、[1[1[21]]] 和 [[21]2]。其中 [[21]2] 共 2 行，[1[1[21]]] 共 22 行，[2[21]] 共 35 行，汇总这 3 类结构包含 [21] 结构的句法成分及数量，排序如表 4.25 所示：

表 4.25 《焦仲卿妻》[21] 结构中词汇构成排序

序号	词汇构成	数量 / 行	百分比 / %
1	[NN N]	22	37.3
2	[[V N]V]	10	16.9
3	[MN N]	5	8.5
4	[NN V]	5	8.5
5	[NN A]	4	6.8
6	[[M V]V]	2	3.4
7	[MV N]	2	3.4
8	[[N N]N]	2	3.4

序号	词汇构成	数量	百分比
9	[[B A]N]]	1	1.7
10	[[M V]N]	1	1.7
11	[[P N]A]]	1	1.7
12	[[V N]N]]	1	1.7
13	[MM N]	1	1.7
14	[MN A]	1	1.7
15	[MV V]	1	1.7

从汇总数据有两点发现：一是 [21] 结构中的句法成分出现最多的是 [NN N]，出现在行末有 9 次，出现在行首有 1 次，所以说这种结构主要是出现在行末；二是这一结构中双音名词最多，共出现了 31 次，双音形容词出现了 1 次，没有出现双音动词。

四、《焦仲卿妻》非 [2[12]]、[2[21]] 结构的句法和词汇特征

《焦仲卿妻》中非 [2[12]]、[2[21]] 结构共 131 行，共有 89 种结构，具体的句法成分归类如下：

主谓结构（63 行）（32 种结构）

S+V 结构（7 行）（7 种结构）[[[N N]N][M V]]1 [[NN N]VV]1 [[NN NN]V]1 [A[X[N VV]]]1 [M[B[N[V V]]]]1 [N[B[V VV]]]1 [N[NN[V V]]]1

S+V+O 结构（44 行）（18 种结构）[N[C[V[N N]]]]1 [N[M[B[V N]]]]1 [N[M[M[V N]]]]1 [N[M[V NN]]]6 [N[M[V[N V]]]]2 [N[N[M[V N]]]]2 [N[N[V NN]]]2 [N[V NNN]]5 [N[V[M NN]]]5 [N[V[MN N]]]1 [N[V[MV N]]]1 [N[V[N[V N]]]]1 [N[V[NN N]]]4 [N[V[V MN]]]1 [N[V[V NN]]]3 [N[V[V[V N]]]]2 [N[VV NN]]2 [NN[V N V]]4

S+A 结构（2 行）（2 种结构）[N[N[N AA]]]1 [NN AAA]1

S+N 结构（10 行）（5 种 结 构）[[N V]NNN]1　[[V N]NNN]1
[N[[V NN]N]]1　[N[M NNN]]1　[NN NNN]6

名词结构（2 行）（2 种结构）[[NN NN]N]1　[M[B[N NN]]]1

动词结构（64 行）（53 种结构）

无宾语动词结构（9 行）（9 种结构）[C[[C NN]V]]1　[M[[P NN]
V]]1　[M[M[X[V V]]]]1　[M[V[P NN]]]1　[M[V[X VV]]]1　[V[[P NN]
V]]1　[V[M[M VV]]]1　[V[V[M VV]]]1　[W[V[M[V V]]]]1

有宾语动词结构（50 行）（40 种结构）[B[M[V NN]]]1　[B[V
MNN]]2　[B[V[M[N V]]]]1　[B[V[N VV]]]1　[B[V[N[B V]]]]1
[B[V[N[N V]]]]1　[B[V[NN A]]]1　[B[V[NN N]]]2　[B[V[V NN]]]2
[C[V[NN N]]]1　[C[V[V NN]]]1　[C[V[V[M N]]]]1　[M[B[V[N N]]]]2
[M[C[V[N N]]]]1　[M[M[V[N N]]]]1　[M[V[[B A]N]]]1　[M[V[M[V
N]]]]1　[M[V[MN N]]]2　[M[V[NN N]]]1　[M[V[V MN]]]1　[M[V[V
NN]]]2　[M[V[V[V N]]]]1　[V[B[N[V N]]]]1　[V[B[V[N N]]]]1
[V[C[V[N N]]]]1　[V[N MNN]]1　[V[N NNN]]2　[V[N[[P N]A]]]1
[V[N[MM N]]]1　[V[N[NN V]]]1　[V[N[V MN]]]1　[V[N[V NN]]]2
[V[NN[B A]]]1　[V[V[NN N]]]3　[V[V[V NN]]]1　[VV NNN]1　[W[B[V
NN]]]1　[W[V MNN]]1　[W[V[NN N]]]1　[W[V[V[N V]]]]1

连动结构（5 行）（4 种结构）[[V N][V N V]]2　[C[[C NN]V]]1
[M[[V NN]V]]1　[M[B[[V N]V]]]1

形容词结构（2 行）（2 种结构）
[W[M[M AA]]]1　[WW AAA]1

非 [2[12]]、[2[21]] 结构的诗行一共有 131 行，其中主谓结构
63 行，动词结构 64 行，名词结构 2 行，形容词结构 2 行。从各类
结构的数量来说，动词结构和主谓结构数量差不多，各接近一半，
另外还有名词结构和形容词结构各 2 行。动词结构内部细分为有
宾语动词结构、无宾语动词结构和连动结构，其中有宾语动词结

构 50 行，所占比例是 38.2%，无宾语动词结构 9 行，所占比例是 6.9%，连动结构 5 行，所占比例是 3.8%。各类句法结构、数量等总结如表 4.26 所示：

表 4.26　《焦仲卿妻》非 [2[12]]、[2[21]] 结构句法结构、数量、百分比和种类

序号	结构		例句	行数 / 行	百分比 / %	结构种类 / 种
1	动词结构	有宾语动词结构	云有第五郎	50	38.2	40
		无宾语动词结构	仍更被驱遣	9	6.9	9
		连动结构	出门登车去	5	3.8	4
2	主谓结构	S+V+O	君既为府吏	44	33.6	18
		S+V 结构	黄泉下相见	7	5.3	7
		S+A 结构	兒今日冥冥	2	1.5	2
3	名词结构	—	青雀白鹄舫	2	1.5	2
4	形容词结构	—	何乃太区区	2	1.5	2

从表 4.26 的数据来看，动词结构和主谓结构数量较多，名词结构和形容词结构各有 2 行，没有介词结构。动词结构中以有宾语动词结构居多，占比是 38.2%，约是无宾语动词结构的 5.5 倍。主谓结构中 S+V+O 的数量最多，占比为 33.6%。各结构按总数排序如表 4.27 所示：

表 4.27　《焦仲卿妻》非 [2[12]]、[2[21]] 结构的句法结构总数排序

序号	结构	例句	行数 / 行	百分比 / %	结构种类 / 种
1	有宾语动词结构	云有第五郎	50	38.2	40
2	S+V+O	君既为府吏	44	33.6	18
3	无宾语动词结构	仍更被驱遣	9	6.9	9
4	S+V 结构	黄泉下相见	7	5.3	7
5	连动结构	出门登车去	5	3.8	4
6	S+A 结构	兒今日冥冥	2	1.5	2
7	名词结构	青雀白鹄舫	2	1.5	2
8	形容词结构	何乃太区区	2	1.5	2

从表 4.27 可知，五言中动词结构数量最多，其中又以有宾语

动词结构最多，其次是主谓宾结构，而名词结构和形容词结构的数量减少到 2 行。进一步统计各结构的数量，共有 67 种结构，只有 1 例，含 2 例及以上的结构的详情如表 4.28 所示：

表 4.28 《焦仲卿妻》非 [2[12]]、[2[21]] 结构的词汇构成排序

序号	词汇构成	例句	数量 / 行	百分比 / %
1	[N[M[V NN]]]	君既为府吏	6	4.6
2	[NN NNN]	往昔初阳岁	6	4.6
3	[N[V NNN]]	妾有绣腰襦	5	3.8
4	[N[V[M NN]]]	腰若流纨素	5	3.8
5	[N[V[NN N]]]	命如南山石	4	3.1
6	[NN[V N V]]	媒人下床去	4	3.1
7	[N[V[V NN]]]	自名为鸳鸯	3	2.3
8	[V[V[NN N]]]	出置前窗下	3	2.3
9	[[V N][V N V]	出门登车去	2	1.5
10	[B[V MNN]]	不嫁义郎体	2	1.5
11	[B[V[NN N]]	勿违今日言	2	1.5
12	[B[V[V NN]]]	不足迎后人	2	1.5
13	[M[B[V N N]]]	慎勿违吾语	2	1.5
14	[M[V[MN N]]]	兼愧贵家了	2	1.5
15	[M[V[V NN]]]	便可白公姥	2	1.5
16	[N[M[V[N V]]]]	理实如兄言	2	1.5
17	[N[N[M[V N]]]]	吾今且报府	2	1.5
18	[N[N[V NN]]]	汝今无罪过	2	1.5
19	[N[V[V[V N]]]	汝可去应之	2	1.5
20	[N[VV NN]]	先嫁得府吏	2	1.5
21	[V[N NNN]]	著我绣袷裙	2	1.5
22	[V[N[V NN]]]	念母劳家里	2	1.5

表 4.28 的数据显示，同一结构出现的频率不高，但结构的种类较多，131 行诗行中，共有 89 种结构，结构呈现多样化。

五、小结

本项研究的假设是五言的节奏为二二一或一二二，由句法结构促成此节奏的形成，而《焦仲卿妻》五言诗半数以上的诗行是[2[12]]结构，其中主谓结构共有202行，动词结构共有129行，名词结构共有11行，形容词结构2行，其他结构1行，所有句法结构排序详情如表4.29所示：

表 4.29 《焦仲卿妻》句法结构排序

排序	结构		例句	行数 / 行	百分比 / %	结构种类 / 种
1	主谓结构	S+V+O	君既为府吏	139	39.2	43
		S+V	黄泉下相见	42	11.8	29
		S+A	儿今日冥冥	16	4.5	11
		S+N	事事四五通	5	1.4	2
2	动词结构	有宾语动词结构	云有第五郎	93	26.2	66
		无宾语动词结构	仍更被驱遣	19	5.4	18
		连动结构	出门登车去	16	4.5	12
		兼语结构	嗟叹使心伤	1	0.3	1
3	名词结构	—	青雀白鹄舫	11	3.1	10
4	形容词结构	—	何乃太区区	2	0.6	2
5	其他结构	—	隐隐何甸甸	1	0.3	1

整体上看，主谓结构数量最多，尤其是主语和宾语是双音名词，谓语是单音动词的结构，名词结构数量很少，约为3%，而形容词结构只有0.6%。因此，这首诗以叙事为主。词汇方面，双音名词出现了235次（66.2%），双音动词出现了35次（9.9%），双音形容词出现了30次（8.5%），助词出现了3次，是表被动的"被"和"见"。

第三节　总结与讨论

　　对于五言诗的节奏，本章假设它是二二一节奏，而且是由句法促成的。因此，本章对文人五言诗《古诗十九首》和汉乐府诗《焦仲卿妻》的词汇句法结构以及助词的数量和位置进行了统计和描述，从诗歌创作实践来看，两类诗歌中数量最多的结构都是[2[12]]，这与本章的假设不符，为什么会出现这样的情况？具体分析这一结构发现，数量最多的句式是主谓结构，其中主语和宾语是双音名词，谓语是单音动词。从双音词出现的次数来看，双音名词出现次数最多，占绝对优势，双音动词和双音形容词出现的次数相当。双音名词数量是双音动词和双音形容词的数倍，在这样的情况下，诗歌创作大量运用名词，并且以叙事为主的诗歌采用主谓结构的数量也较多，因此，以双音名词为主语和宾语、以单音动词为谓语的[2[12]]结构大量存在。此外，诗歌要表现的内容更丰富，必须在有限空间传递更多信息，名词结构和形容词结构较少，占位词助词就很少，甚至没有了。从结构内部来看，[12]结构数量远远多于[21]结构，[12]结构最多的句式是动宾，其中动词为单音动词，宾语是双音名词。[21]结构中数量最多的是名词结构，其中双音名词作修饰语，单音名词作中心语。

第五章　结语

　　本项研究的对象是四言诗和汉初五言诗，研究目标探讨诗歌本身的诗律结构与语言结构之间的关系，具体路径是描写四言和五言的不同，发现两者在句法和词汇方面的变化，增加的一个字放置何处，以及它们和节奏之间的关系。本项研究的假设是以声调为基础的节律尚未形成之时，诗人有意利用句法结构和词汇来形成节奏，四言的节奏是二二节奏，五言的节奏是二二一节奏。

　　通过对四言代表作进行分析发现，四言有多种句法结构，占比最高的是与节奏一致的句法结构。这一结构是 [22] 结构，它与二二节奏是统一的。它的占比随着时间的推移呈上升趋势，即从西周到东周，它的占比越来越高，在《鄘风》和《王风》中所有四言的句法结构都是 [22] 结构，与节奏完全统一。

　　其他句法结构的占比也由节奏决定。与节奏越接近，句法结构的占比越高。但是，相似的句法结构，其数量的差异是由语言因素决定，而不是节奏。具体来看，有两组节奏相似的句法结构，它们是 [1[12]] 结构和 [[21]1] 结构以及 [[12]1] 结构和 [1[21]] 结构，但是在《诗经》不同类的诗歌中，各组前者的数量是后者的几倍甚至是十几倍。从语言因素层面分析，[1+2] 结构数量最多，而且以单音动词和双音名词的组合占比居首位，数量上具有绝对优势，其他组合无法与之抗衡。相对来说，[2+1] 是非强势结构，它具体可以实现为名词结构、动宾结构或者主谓结构，但是没有哪种结构在数量上占绝对优势。

从词汇与节奏的关系来看，双音词促使形成了与节奏统一的句法结构，尤其是双音名词。《诗经》有《风》《雅》和《颂》三类诗，《颂》是用于祭祀等重大典礼的乐歌，音乐定其节奏的可能性较大；排除《颂》，从语言对《风》和《雅》的节奏关系看，[2+2] 的句法结构与二二节奏是一致的，诗行中大量存在双音名词、双音动词、形容词和拟声词，它们位于行首或行尾，都有利于形成 [2+2] 的句法结构，从而与二二节奏相统一。例如，句法结构中数量最多的是主谓宾结构，主语是双音名词，位于行首，这就是一个 [2+2] 结构，与节奏相统一，如"子孙保之"。从西周到东周，双音词的数量呈增长趋势，尤其是双音名词数量的增长远远大于双音动词和双音形容词，它的数量和使用占有绝对优势，促使 [2+2] 结构的占比越来越高。

从助词与节奏的关系来分析，虽然《诗经》中有大量助词，但节奏点位置的助词并不多，与其说它促进了节奏的形成，还不如说它的作用是作为占位词，填充一个位置，形成四字诗行。它在 [1+2] 结构或者 [2+1] 结构之后出现的情况较多。

对散文参照文本进行分析，四字行中与二二节奏相统一的句法结构约占 30%，这说明先秦时期语言本身结构有 [2+2] 组合的倾向，而《诗经》的数据远高于它，这说明诗人在进行诗歌创作中，有意运用语言因素来形成节奏，此时，节奏是制约句法的。散文文本中 [1+2] 结构远远多于 [2+1] 结构，而且 [1+2] 具体实现为动宾式，由单音动词和双音名词组合而成，这一组合形式也是占绝对优势。而 [2+1] 结构相对来说少很多，它具体表现为动宾结构和名词，但没有哪一种在数量上占绝对优势。

到五言诗时期，句法结构与节奏不一致，此时节奏已经不能完全制约句法。[1+2] 结构的强势地位愈加明显，动词结构变复杂，出现无介词状语、名词结构和形容词结构的诗行减少，助词数量减少，句法结构更丰富，表现力更强，叙事能力更强。因此可以说，节奏已经不能制约句法结构的发展，这就是为什么此后的诗人需要采用其他手段来形成节奏。

对出现频率最高的句法结构分析后发现，四言和五言中数量最多的都是主谓宾结构，相同点是两者都是双音名词作主语、单音动词作谓语，不同点是四言中是单音名词作宾语、五言中是双音名词作宾语。此时，暂且可以说五言较之四言增加了一字，增加的一字是由于双音化，尤其是双音名词增加，单音名词充当的宾语由双音名词替代，四言时用单音名词充当的句法成分，到五言时期由双音名词来充当。相对来说，双音动词的数量远低于双音名词，是它的1/4 或 1/5。这就使得主谓宾结构中，采用双音动词作谓语的可能性低，更多的是采用单音动词，从诗歌创作实践的数据来看双音名词作主宾语、单音动词作谓语的结构最多。

从四言到五言的转变说明了语言结构和诗律结构的关系是因语言的发展而变化的。在四言时期节奏可制约句法结构，到五言时期，双音词数量的增加，而且双音名词数量远远大于双音动词和形容词，[1+2] 动宾结构数量远远超过其他结构，句法不受节奏制约了。因此，从四言到五言的变化表面是增加了一个字，实际是词汇双音化以及句法结构变复杂的结果。

本项研究仅对四言和早期五言代表作进行了描写，从而说明诗律结构与句法结构的关系，还可从双音化以及句法与音系的关系角度，对它们进一步解释。

参考文献

中文文献

蔡宗齐，2019. 唐代五言律诗句法与诗境 [J]. 学术月刊（1）：115-
134.

陈丹蕾，2017. 吟诵经典《诗经》翻译的韵律音系学研究 [D]. 镇江：
江苏大学.

陈奂，1933. 诗毛氏传疏：上、下 [M]. 北京：商务印书馆.

陈祥明，2000.《毛诗训诂传》中的语法分析方法 [J]. 江苏理工大学
学报（社会科学版）（4）：85-88.

程湘清，2008. 汉语史专书复音词研究（增订本）[M]. 北京：商务
印书馆.

程毅中，2013. 中国诗体流变 [M]. 北京：中华书局.

戴维·克里斯特尔，2004. 现代语言学词典 [M]. 沈家煊，译. 北京：
商务印书馆.

代红燕，2012. 古典汉诗文的私塾吟诵与朝暮课诵中的梵呗之比较
[D]. 北京：中央民族大学.

邓葵，2014.《诗经》押韵及相关问题研究 [D]．天津：南开大学．

丁邦新，1998.丁邦新语言学论文集 [M]．北京：商务印书馆．

丁邦新，2008.中国语言学论文集 [M]．北京：中华书局．

董秀芳，2011.词汇化：汉语双音词的衍生和发展（修订本）[M].
北京：商务印书馆．

杜晓勤，2009.齐梁诗歌向盛唐诗歌的嬗变 [M]．北京：北京大学
出版社．

端木三，1999.重音理论和汉语的词长选择 [J].中国语文（4）：
246-254.

端木三，2014.重音理论及汉语重音现象 [J].当代语言学（3）：
288-302.

端木三，2016.音步和重音 [M].北京：北京语言大学出版社．

冯胜利，2006.论三音节音步的历史来源与秦汉诗歌的同步发展 [J].
语言学论丛（37）：18-54.

冯胜利，2015.汉语韵律语法新探 [M].上海：中西书局．

高亨，2010.诗经今注 [M].北京：清华大学出版社．

葛晓音，1990.汉唐文学的嬗变 [M].北京：北京大学出版社．

葛晓音，2006.论早期五言体的生成途径及其对汉诗艺术的影响 [J].
文学遗产（6）：15-17.

葛晓音，2010.诗歌形式研究的古为今用 [J].北京大学学报（4）：
134-142.

郭芹纳，2004.诗律 [M]．北京：商务印书馆．

何丹，2001.《诗经》四言体起源探论 [M]．北京：中国社会科学
出版社．

何乐士，2007.史记语法特点研究 [M].北京：商务印书馆．

何伟棠，1994.永明体到近体 [M]．广州：广东高等教育出版社．

柯航，2018.韵律和语法 [M].上海：学林出版社．

李凤杰，2012.韵律结构层次：理论与应用 [M]. 天津：天津大学出版社.

刘大杰，2007.中国文学发展史 [M]. 天津：百花文艺出版社.

刘师培，2004.中国中古文学史讲义 [M]. 北京：中国人民大学出版社.

刘现强，2007.现代汉语节奏研究 [M]. 北京：北京语言大学出版社.

刘昀，2017.唐代近体诗格律的性质、形成及若干问题的探索 [D]. 天津：南开大学.

卢盛江，2006.文镜秘府论校汇考 [M]. 北京：中华书局.

卢盛江，2013.文镜秘府论研究 [M]. 北京：人民文学出版社.

罗根泽，2009.五言诗起源说评录 [M]. 上海：上海古籍出版社.

罗桢婷，2016.论早期五言诗的节奏演变与美学示范 [C]// 蔡宗齐.声音与意义：中国古典诗文新探.上海：上海古籍出版社.

逯钦立，1983.先秦汉魏南北朝诗 [M]. 北京：中华书局.

吕叔湘，1963.现代汉语单双音节问题初探 [J]. 中国语言（1）：10-22.

梅祖麟，2000.梅祖麟语言学论文集 [M]. 北京：商务印书馆.

木斋，2005.初论古诗十九首产生在建安曹魏时代 [J]. 山西大学学报（哲学社会科学版）（3）：71-77.

启功，2004.诗文声律论稿 [M]. 北京：中华书局.

施向东，2001.诗词格律初阶 [M]. 天津：天津大学出版社.

施向东，2009.音史寻幽：施向东自选集 [M]. 天津：南开大学出版社.

施向东，2013.古音研究存稿 [M]. 天津：南开大学出版社.

宋晨清，2016.早期五言诗中的声调对立：三组诗歌作品的量化分析 [C]// 蔡宗齐.声音与意义：中国古典诗文新探.上海：上海古籍出版社.

王力，1979. 汉语诗律学 [M]. 上海：上海教育出版社．

王力，2000. 诗词格律 [M]. 北京：中华书局．

王力，2003. 王力近体诗格律学 [M]. 太原：山西古籍出版社．

王力，2004. 汉语史稿 [M]. 北京：中华书局．

王力，2008. 汉语语音史 [M]. 北京：商务印书馆．

王力，2012. 诗经韵读 [M]. 北京：中国人民大学出版社．

王力，2015. 龙虫并雕斋文集 [M]. 北京：中华书局．

王洪君，2001. 音节单双、音域展敛（重音）与语法结构类型和成分次序 [J]. 当代语言学（4）：241-252.

王洪君，2008. 汉语非线性音系学 [M]. 北京：北京大学出版社．

王洪君，2011. 基于单字的现代汉语词法研究 [M]. 北京：商务印书馆．

吴相洲，2006. 永明体与音乐关系研究 [M]. 北京：北京大学出版社．

吴小平，1985. 论五言八句式诗的形成 [J]. 文学遗产（2）：27-38.

向熹，2013. 诗经译注 [M]. 北京：商务印书馆．

向熹，2014. 诗经词典 [M]. 北京：商务印书馆．

谢思炜，2019. 五言诗基本句式的历史考察 [J]. 西北师大学报（社会科学版）（5）：22-27.

许希明，2018. 英汉语节奏类型对比研究 [M]. 北京：外语教学与研究出版社．

杨伯骏，1960. 孟子译注 [M]. 北京：中华书局．

杨公骥，1986.《诗经》、楚辞对后世语言形式的影响 [J]. 东北师大学报（5）：96-102.

杨仲义，1997. 中国古代诗体简论 [M]. 北京：中华书局．

叶嘉莹，1984. 迦陵论诗丛稿 [M]. 北京：中华书局．

叶军，2008. 现代汉语节奏研究 [M]. 上海：上海书店出版社．

俞敏，1999. 俞敏语言学论文集 [C]. 北京：商务印书馆．

宇文所安，2012. 中国早期古典诗歌生成 [M]. 胡秋蕾，王宇根，田晓菲，译．北京：生活·读书·新知三联书店．

张洪明，2014. 韵律音系学与汉语韵律研究中的若干问题 [J]. 当代语言学（3）：303-327.

张吉生，2021. 也论汉语词重音 [J]. 中国语文（1）：43-55.

赵敏俐，1996. 四言诗与五言诗的句法结构与语言功能比较研究 [J]. 中州学刊（3）：87-92.

赵敏俐，2016. 论五言诗体的音步组合原理 [C]// 蔡宗齐．声音与意义：中国古典诗文新探．上海：上海古籍出版社．

赵素蓉，1996. 五言诗的生命力 [J]. 四川教育学院学报（1）：48-51.

朱德熙，1985. 语法答问 [M]. 北京：商务印书馆．

朱光潜，2001. 诗论 [M]. 上海：上海古籍出版社．

周韧，2011. 现代汉语韵律与语法的互动关系研究 [M]. 北京：商务印书馆．

英文文献

BAO Z M, 1996. The syllable in Chinese[J]. Journal of Chinese linguistics（24）：312-353.

CAMPBELL W N, ISARD S D, 1991. Segment durations in a syllable frame[J]. Journal of phonetics（19）：37-47.

CHEN M Y, 1979. Metrical structure：evidence from Chinese poetry[J].

Linguistic inquiry（10）：371-420.

CHOMSKY N, MORRIS H, LUKOFF, 1956. On accent and juncture in English [C]// For Roman Jakobson.The Hague：Mouton.

CHOMSKY N, MORRIS H, 1968. The sound pattern of English[M]. New York：Harper & Row.

CONAL B,1980. Recitation of Chinese poetry[J]. Journal of the American oriental society, 100（4）：503-509.

DOWNER G B, GRAHAM A C,1963. Tone patterns in Chinese poetry[J]. Bulletin of the school of oriental and African studies（26）：145-148.

DUANMU S, 2000. The phonology of standard Chinese[M]. New York：Oxford University Press.

DUANMU S, 2004. A corpus study of Chinese regulated verse：phrasal stress and the analysis of variability[J]. Phonology, 21（1）：43-89.

DUANMU S, 2009. Syllable structure[M]. New York：Oxford University Press.

DUANMU S, 2014. Syllable structure and stress [M]// JAMES C T, HUANG Y H, LI A, et al. The handbook of Chinese linguistics. New Jersey：John Wiley & Sons.

FABB N, MORRIS H, 2008. Meter in poetry a new theory[M]. Cambridge, Mass.：Cambridge University Press.

HALLE M, SAMUEL J K, 1971. English stress：its form, its growth, and its role in verse[M]. New York：Harper & Row.

HALLE M, JEAN-ROGER V, 1987. An essay on stress[M].Cambridge：MIT Press.

HAMMOND M, 1995. Metrical phonology[J]. Annual review of anthropology（24）：313-342.

HANSON K, KIPARSKY P, 1996. A parametric theory of poetic meter[J]. Language (72) : 287-335.

HAYES B, 1981. A metrical theory of stress rules[D]. Cambridge, Mass.: MIT.

HAYES B, 1982. Extrametricality and English stress[J]. Linguistic inquiry (13) : 227-276.

HAYES B, 1983. The role of metrical trees in rhythmic adjustment[J]. North east linguist society (13) : 105-120.

HAYES B, 1984. The phonology of rhythm in English[J]. Linguistic inquiry (15) : 33-74.

HAYES B, 1985. Iambic and trochaic rhythm in stress rules[J]. Berkeley linguist society (11) : 429-446.

HAYES B, 1989. Compensatory lengthening in moraic phonology[J]. Linguistic inquiry (20) : 253-306.

HAYES B, 1995. Metrical stress theory: principles and case studies[M]. Chicago: University of Chicago Press.

JAKOBSON R,1970. The modular design of Chinese regulated verse[C]//POUILLON J, MARANDA P. Échanges et communications. Paris: Mouton.

KAGER R, 1988. Feet and metrical stress[M]//DE LACY P. The Cambridge handbook of phonology. Cambridge: Cambridge University Press.

KIPARSKY P, 1975. Stress, syntax, and meter[J]. Linguistic inquiry (51) : 576-616.

KIPARSKY P, 1977. The rhythmic structure of English verse[J]. Linguistic inquiry (8) : 189-247.

KIPARSKY P, GILBERT Y, 1989. Rhythm and meter[M]. San Diego:

Academic Press.

KENSTOWICZ M, 1994. Phonology in generative grammar [M]. Cambridge, Mass.: Blackwell Publishers.

LIBERMAN M, PRINCE A, 1977. On stress and linguistic rhythm[J]. Linguistic inquiry（8）: 249-336.

LIBERMAN M, 1975. The intonational system of English[D]. Cambridge, Mass.: MIT.

PING X, 1989. Prosodic constituents and the tonal structure of Chinese regulated verse[J]. Linguistic inquiry, 20（4）: 688-696.

PRINCE A, 1983. Relating to the grid[J]. Linguistic inquiry（14）: 19-21.

YIP M, 1980. The tonal phonology of Chinese[D]. Cambridge, Mass.: MIT.

SELKIRK E, 1980. The role of prosodic categories in English word stress[J]. Linguistic inquiry（11）: 563-605.

SELKIRK E, 1984. Phonology and syntax: the relation between sound and structure[M]. Cambridge, Mass.: MIT Press.